LE PRIX DE L'AUDACE

À mon papa,
Bonne fête
des pères!!!
bisous baveux
Brigitte

pour papa
bonne lecture!!!
Robin

DU MÊME AUTEUR

La Nouvelle Peste, Éd. du Triomphe – 1995 – roman.
Prix Saint-Exupéry Valeurs jeunesse

Les Chaussons par la fenêtre, Éd. du Triomphe – 1997 – roman

La Grand-Mère aux loups, Éd. du Triomphe – 1999 – roman historique – Grand Prix de la Renaissance française

Les Ailes brûlées des papillons, Éd. Téqui – 2000 – roman

Marie, Éd. Le Sarment-Fayard – 2000 – roman historique

La Bioéthique pour tous, Éd. Le Sarment-Fayard – 2001- essai

Envol, Éd. du Triomphe – 2002 – roman

Les Jeunes, le Sexe et l'Amour. Comment leur en parler, Éd. Parole et Silence – 2003 – essai

Marie de Beaujeu, Éd. du Triomphe – 2004 – roman historique – Premier Prix Notre-Dame-de-France

Chut… je t'aime, Éd. Le livre ouvert – 2005 – nouvelle

J'écoute ta tristesse, Éd. Le livre ouvert – mars 2006 – nouvelle

Les assassins sont si gentils, Éd. Salvator – mai 2006 – thriller

Élisabeth Bourgois

LE PRIX DE L'AUDACE

Roman

SALVATOR
103, rue Notre-Dame des Champs
Paris

Maquette intérieure : Atlant'Communication
Couverture : Isabelle de Senilhes

© Photo de couverture : PhotoAlto – Matthieu Spohn

103, rue Notre-Dame-des-Champs F-75006 Paris

www.editions-salvator.com
e-mail : salvator.editions@wanadoo.fr

ISBN : 978-2-7067-0454-3
Dépôt légal : novembre 2006

« L'important, c'est l'homme. »

1

Arnaud Mainvilliers semblait passer au milieu d'une foule tel un jeune félin dans la jungle. Il avançait doucement, dans un curieux mouvement du corps comme s'il reniflait sa proie. De ses yeux clairs aussi transparents que l'eau d'une lagune, il perçait le visage des hommes qu'il rencontrait, donnant l'impression que l'existence de l'autre dépendait soudain de lui.

Il avait une étrange allure de colosse avec de larges épaules, un dos légèrement voûté, de très longues jambes et des pieds immenses. De sa haute taille, il dominait un monde qu'il explorait avec la fougue d'un gamin, prenant plaisir à décortiquer mentalement tout ce qui se trouvait sur son passage.

Contrastant avec son physique qui aurait pu inquiéter n'importe qui dans la pénombre d'un soir, il avait un visage qui se striait sans cesse de ridules, sous l'influence d'un sourire tendre et chaleureux ou d'un rire énorme et communicatif.

L'homme était fier d'avoir hérité de ses ancêtres le goût de l'aventure. Il avait découvert par hasard, l'histoire des voyages extraordinaires de Monsieur de Mainvilliers au XVIIe siècle dans ces Indes où Louis XIV et Colbert envoyaient des flottes entières en vue de commercer. Avec le temps, le prénom de l'ancêtre fut perdu, comme la particule de son nom, coupée par la guillotine un siècle plus tard.

Arnaud avait rêvé toute son enfance de ressembler à cet aïeul mi-aventurier, mi-agent secret au profit de compagnies commerciales. Adolescent, bercé par le ton monotone de certains professeurs, il s'endormait en cours et s'évadait alors par la pensée sur les mers lointaines, voyageant avec ce grand-père extraordinaire qui avait acquis une immense fortune dans le négoce des pierres précieuses.

Intelligent, il eut son bac de justesse, ayant fait le minimum vital. Il annonça alors à ses parents éberlués qu'il partait sur la route des Indes, suivre les traces de Grand Papa de Mainvilliers.

— Tu es fou ! s'était exclamé son père, professeur d'histoire, qui n'avait jamais osé voyager autrement que dans les livres. Tu dois faire des études pour avoir un métier correct. Inscris-toi en faculté, et j'espère que tu te mettras à travailler sérieusement, car jusqu'à présent tu me fais honte !

— Non, c'est décidé, je partirai dans deux mois, je ne me sens ni attiré, ni prêt pour les études supérieures.

— C'est ridicule, on apprend un métier avant de pouvoir l'exercer et ce n'est pas à trente ans que tu auras le courage de te mettre sur les bancs de la Fac. Tu réagis comme un adolescent en crise !... Et puis de quoi vas-tu vivre ? Avec quel argent feras-tu ces voyages ?

— Je me débrouillerai.

— C'est stupide ! Tu n'es bon à rien, l'argent cela se mérite, il faut le gagner avec un vrai boulot ! C'est un peu facile, tu t'imagines sans doute que je vais te faire un chèque... Hors de question ! Je paie des études et rien d'autre !

— Je ne te demande rien non plus, grogna Arnaud.

— Mais enfin mon chéri, gémit sa mère, les larmes aux yeux, tu n'as pas conscience des risques d'un tel voyage, où vas-tu coucher ? comment vas-tu te nourrir ? les moyens de transport ne sont pas sûrs... enfin c'est totalement utopique et dangereux, sois réaliste... et puis... et puis... tu ne peux pas partir et nous laisser seuls !

— Papa, continuait Arnaud sans se préoccuper des jérémiades maternelles, au XVIIe siècle ton ancêtre est parti de Paris avec un ami médecin, sans aucune sécurité, sans pouvoir organiser quoique ce soit, ils n'avaient pas de cartes précises, ni de téléphone. Ils sont arrivés en Inde un an plus tard en passant par Marseille, la Méditerranée et puis le Liban, l'Iraq, l'Iran, le Pakistan et l'Inde qu'ils ont traversée pour rejoindre le Ceylan, enfin le Sri Lanka aujourd'hui. Ils ont découvert de multiples cultures, participé à l'expansion des échanges commerciaux avec la France, sont revenus avec des analyses passionnantes sur l'étude des plantes et des épices, ils…

— Oh, cela suffit ! l'interrompit son père, énervé, je connais tout cela, ce n'est pas toi qui va me l'apprendre tout de même !

— Ce que ces gens ont pu accomplir il y a trois siècles, je ne vois pas pourquoi moi, au XXe siècle je ne pourrais le faire. Les hommes d'aujourd'hui sont-ils moins courageux, moins aventuriers que ceux des siècles précédents ?

— Il ne s'agit pas de cela et ton courage s'exercerait sans doute beaucoup plus en acceptant de faire des études. Tu fuis… tu n'es qu'un lâche !

Monsieur Mainvilliers père était excédé. Avec ce projet, son fils mettait le doigt sur ses propres faiblesses, sa peur de l'inconnu, son besoin de confort et de sécurité. Il ressentait une véritable panique à l'idée de ce qu'Arnaud voulait entreprendre. Ne trouvant aucun argument, il s'enferra dans le déni.

— Tu renonces à cette idée stupide, je t'inscris en fac dès demain. La conversation est terminée !

Arnaud était parti, deux mois plus tard. Il avait préparé son voyage dans le plus grand secret. Il avait gagné un peu d'argent pendant les vacances, s'était offert un sac à dos dans lequel il avait mis le strict nécessaire dont quelques médicaments. La perspective de ce périple fantastique le rendait de plus en plus léger, comme un bateau larguant ses amarres.

Il avait laissé un mot à ses parents.

— Je pars dans la plus belle faculté du monde : celle qui m'apprendra la vie des hommes, celle qui me permettra de savoir ce que je vaux. Je vous aime. Arnaud.

Il avait ajouté un PS : « Contrairement à Monsieur de Mainvilliers, je pourrai vous téléphoner. »

Sa mère pleura, son père ressentit soudain une grande bouffée de fierté, ce qui le vexa et le laissa étrangement perplexe de longues heures durant.

2

Arnaud était parti gamin. Ce fut un adulte qui revint un an plus tard. Le visage amaigri, le teint buriné, la carrure élargie et les yeux pétillants d'étincelles de souvenirs.

Il ne resta qu'un mois en France et une seule semaine chez ses parents ne sachant par quel bout raconter ses aventures, ses frayeurs, ses moments de joie intense ou toutes ses rencontres qui lui avaient permis de goûter au parfum suave de belles amitiés comme au goût amer des trahisons. Ils vivaient sur deux planètes sans connexion et ne purent se comprendre.

Ainsi durant quinze années, le jeune Arnaud Mainvilliers passa son existence sans point d'attache, baroudant d'un point du globe à un autre, parlant plusieurs langues et dialectes et se découvrant de réels talents commerciaux qui lui permirent de se construire une belle fortune.

Il revenait souvent en France pour de courts séjours durant lesquels il passait de gros contrats avec diverses sociétés. Mais il avait vite des démangeaisons dans les jambes et repartait, l'imagination toujours en fusion, pour ouvrir de nouveaux marchés. Il avait l'art de percevoir les faiblesses de ses interlocuteurs et les niches où il pouvait s'engouffrer. Il devint rapidement maître dans l'art de la négociation sachant doser avec finesse le montant des inévitables bakchichs.

Il apprenait tout sur le tas, se trompant parfois, recommençant avec ténacité, se servant de chaque échec pour mieux rebondir et de chaque réussite pour s'améliorer.

Il avait tout fait : vendu des millions de savonnettes en Iraq du temps de Saddam Hussein ou encore du papier hygiénique et des lits d'hôpitaux à Dubaï. Au Pakistan, il avait monté une belle filière où il vendait des vêtements en fibres synthétiques. Il avait conçu des parapluies contre le soleil pour les pèlerins de La Mecque. En Inde, au Sri Lanka, et dans tout le Sud Est asiatique il faisait fabriquer des chaussettes et des jeans. Les pays de l'Est s'ouvrirent bientôt aux biens de consommation et là encore, il fut un des meilleurs pour offrir des produits de luxe à ceux qui en rêvaient depuis longtemps.

À son âge, les rapides succès le rendirent de plus en plus sûr de lui et trop confiant en sa bonne étoile et en ses talents de vendeur et de négociateur. Il méprisait la masse grossissante de ses concurrents devenus pourtant de véritables ennemis. Ce n'était pas le fait qu'il gagne de l'argent qui lui était reproché, mais sa manie de casser parfois un marché au profit de personnes dans le besoin.

Le principe d'Arnaud était simple : prendre l'argent où il était et le faire jaillir où il n'était pas. En Arabie par exemple, on l'appelait le roi du commerce. Mais au Mali ou au Sri Lanka, il était celui qui trouvait toujours mille astuces pour apporter un peu de bien-être à la population, depuis les médicaments jusqu'au matériel agricole. Comme beaucoup de jeunes de sa génération, il avait une certaine attirance pour l'humanitaire, dans la mesure cependant où il gardait toujours une porte de sortie vers le confort matériel.

Un jour, il reçut une immense commande de rideaux pour équiper une chaîne d'hôtels luxueux en Arabie Saoudite. Il y répondit : c'était une affaire colossale de plusieurs milliers de dollars. Il rencontra plusieurs fois un homme appelé Alcibiade qui était son intermédiaire avec les commanditaires qui exigeaient d'épaisses soieries brodées de très haute gamme. Un caprice de riches dont Arnaud allait profiter, étant donné la marge fantastique qu'il pouvait avoir.

Les bons de commande furent remplis.

— J'aimerais avoir le chèque d'acompte avant de lancer la commande, avait dit Arnaud à Alcibiade.

— Il va venir, ne vous inquiétez pas Mister Liers, nous avons déjà travaillé ensemble, vous savez que vous avez toujours été payé. J'ai autant intérêt que vous à ce que cette affaire se fasse, mais il faut agir, sinon la commande va partir à un de vos concurrents qui pourra livrer les rideaux plus rapidement. Vous savez, ici, quand on décide quelque chose, on veut que tout aille vite.

Arnaud avait examiné attentivement les documents et les contrats signés. Tout semblait correct. Il lança la commande.

Il surveilla la livraison arrivée dans les temps à l'aéroport de Riyad. Il avait essayé plusieurs fois de joindre Alcibiade pour son chèque mais en vain. Un peu inquiet, il décida d'aller, avec un échantillon de la marchandise, dans un des hôtels qu'il devait livrer.

Quand il arriva dans l'immense hall, il régnait une certaine effervescence de fin de travaux. Arnaud se mit à chercher le directeur et pénétra dans une des chambres dont l'installation se terminait. Il regarda les fenêtres et avala difficilement sa salive : elles étaient décorées de riches rideaux, mais ce n'était pas les siens.

— Qu'est-ce que c'est que ça ? demanda-t-il brusquement à un homme en l'attrapant par le bras, d'où viennent ces rideaux ?

— Euh, je ne sais pas, moi.

Arnaud lâcha l'homme et parcourut de longs couloirs en ouvrant toutes les portes. À chaque fois les fenêtres étaient déjà habillées de tissu. Il sentait monter en lui une colère qu'il refreinait difficilement.

Enfin il trouva un des responsables de l'hôtel qui le reçut avec amabilité. Assis derrière un bureau immense, il avait sur la tête le keffieh blanc retenu par l'anneau noir en poil de chameau. La barbe bien taillée, il arborait un large sourire.

— Que puis-je pour vous Mister Liers ?

— Vous m'avez commandé les tentures pour votre hôtel, je viens vous les livrer à la date convenue et vous présenter ma facture.

— Quelles tentures ? Nous avons déjà ce qu'il faut. Nous n'avons aucune entente avec vous.

— Et ça ? s'écria Arnaud en fourrant le contrat sous le nez de l'homme qui souriait toujours.

— C'est un contrat.

— Que vous avez signé ! gronda Arnaud.

— Vous croyez ?... c'est possible.

— Alors vous devez prendre mes rideaux et me payer !

— Non, nous avons changé d'avis.

— Mais... c'est un contrat !... c'est un engagement ! bafouilla Arnaud qui était pris de frisson.

— Oh, c'est la confiance qui prime et non un papier. Nous avons fait affaire avec quelqu'un d'autre, pour toute la chaîne d'hôtels.

— Toute... toute la chaîne ?

— Toute, répéta l'homme en souriant de plus belle.

— Où est Alcibiade ?

— Je ne connais pas d'homme ayant ce nom.

— Vous me paierez ! hurla Arnaud en toisant le petit homme de haut.

— Vous ne pourrez m'y obliger... Vous êtes jeune... il vous faut apprendre le fonctionnement du monde des affaires !

Disant cela, il fit un signe à deux hommes qui encadrèrent soudain Arnaud et le forcèrent à quitter la pièce. Leurs regards mauvais ne présageaient rien de bon !

— Je vous attaquerai en justice !

— Cher Mister Liers, cela coûte si cher un avocat international, répondit l'homme d'une voix mielleuse. Et ici, il est très rare que ce soit un étranger qui gagne !

C'est ainsi qu'en une journée, Arnaud se trouva totalement ruiné, acculé à verser une somme colossale pour payer ses fournisseurs et le transport de tonnes de rideaux dont personne ne voudrait. Qu'allait-il bien pouvoir faire de tout cela ?

Il prit alors conscience qu'il avait peu d'amis véritables et que son argent était le seul sésame qui lui ouvrait toutes les portes, ce qui est un constat pour le moins déplaisant à faire.

Il partit vers Dubaï, espérant pouvoir y trouver un acheteur, mais il se doutait qu'il lui serait particulièrement difficile de revendre des rideaux de soie brodée, faits sur mesure.

— Je crois que je vais m'acheter des charentaises et rentrer en France, dit-il en soupirant à Édouard Desremaux, le seul vrai copain qui baroudait avec lui depuis toujours.

— Tu n'y arriveras pas, je te connais ! Allez tu vas te refaire, ce n'est pas la première fois qu'on te fait un coup pareil. C'est un sale moment à passer. Moi aussi j'ai déjà tout perdu et puis j'ai récupéré mes mises. Et je ne rentrerai jamais moi, ça non ! Métro, boulot, grisaille, info télé, petites courses dans les supermarchés… petites vacances à la mer… je préfère mourir nu et pauvre sous un palmier, que chômeur dans un HLM ! Ce n'est pas à notre âge que l'on s'installe !

— Par moment, je me dis que ma vie est une fuite constante, je suis comme le vent, personne ne sait d'où je viens et où je vais et on ne me remarque que si je remue un peu trop violemment ! J'ai été très riche et je n'ai plus un sou en poche… je n'ai rien construit, je ne vais rien laisser sur cette terre… J'achète, je vends, je gagne de l'argent qui me file entre les doigts… et ensuite ? Si je me projette dans l'avenir, je me dis qu'il ne restera rien.

Ils marchaient doucement le long des quais du port de Dubaï. Il faisait doux en ce mois de novembre, la lumière rose du soleil couchant se reflétait sur les parois de verre des immenses buildings modernes dont les pieds étaient enfouis dans des palmeraies. Quelques bateaux-restaurants se balançaient tranquillement en attendant leurs clients. Tout respirait l'argent et le luxe, même le tchador noir des femmes était fait de tissu fin et coûteux.

— Regarde tout ça, s'exclama Édouard, on n'est pas bien ici ? Tu préfères le gris de la Seine ?

— J'aime ce pays, comme tant d'autres endroits magnifiques qui existent un peu partout dans le monde. J'aime tous ces gens que l'on rencontre, mais je crois que je suis un peu fatigué Édouard, j'ai envie de poser mon sac… au moins quelque temps… de faire le point, de souffler et peut-être de penser à construire quelque chose de durable, comme… comme une famille tiens, avec une petite femme rien qu'à moi ! À trente-trois ans ce serait normal, non ?

Arnaud soupirait en faisant une curieuse grimace de désespoir.

— Mais c'est la pleine fleur de l'âge ! s'exclama Édouard, le moment où tu peux tout faire bouger ! Pas celui de l'ancrage ! Toi tu fais une sacrée déprime, c'est bien la première fois que je te vois dans cet état, tu ne couves pas une maladie grave, au moins ?

Arnaud se ressaisit et se mit à rire bruyamment.

— La maladie grave, cela va être du genre couteau sous la gorge, car je ne te l'ai pas dit, mais Alcibiade, ce salaud, me réclame sa commission sur l'affaire des rideaux. Il s'en fout que cela n'ait pas marché ! Il me tanne… et je suis même certain qu'il était de mèche avec ces truands ! Alors je suis mal, très mal… c'est pourquoi j'ai filé de Riyad et j'ai même intérêt à ne pas m'éterniser ici !

— Ah ! Je préfère ! Ça c'est normal, c'est bien.

— Eh, tu trouves ?

— Mais oui, tu vas fiche le camp, imaginer un quelconque marché juteux dans un autre pays, et hop, tu recommenceras dans quelques mois.

— Non, non, reprit Arnaud, ce que je t'ai dit, je le pense sérieusement. Mais il faut d'abord que je réussisse à faire quelque chose de ces satanés rideaux après avoir décampé d'ici et cela... rapidement!

Ils regagnaient leur hôtel luxueux qui était proche du port quand Arnaud s'immobilisa à quelques pas de l'entrée et recula brusquement en tirant Édouard par derrière.

— Alcibiade! Il est là et pas tout seul! Merde!

— Qu'est-ce qu'on fait? Je dis « on », parce que de toutes les façons, je suis sur la même galère que toi. Ils connaissent notre amitié et s'ils ne te trouvent pas, ils me prendront à ta place!

— Tu as beaucoup de choses à l'hôtel?

— Euh... ma brosse à dents, et trois trucs, mais j'ai tous mes papiers sur moi.

— Moi aussi, alors on file à l'aéroport et on laisse nos quelques fringues... il vaut mieux perdre un costume mais garder son intégrité physique, car ce type-là et ses gorilles ont une sale réputation de cogneurs que je n'ai aucune envie de vérifier.

Ils se précipitaient vers un taxi quand Alcibiade et ses hommes les virent. Poussant des cris, ils s'engouffrèrent à leur tour dans une voiture qui se mit à les suivre.

— Et qu'est-ce qu'on fait, maintenant? demanda Édouard en faisant une drôle de grimace.

— On essaie de les semer, comme dans les films de James Bond, c'est apparemment sportif mais faisable!

— Ben, voyons et elle est où, ta femme fatale, 007? Dans le coffre?

— Je n'ai pas eu le temps de peaufiner le casting... foncez à l'aéroport! cria Arnaud au chauffeur.

Mais la circulation était dense et sourde aux bruits de klaxons qui ne purent dissoudre les bouchons. En se retournant, Arnaud aperçut par la vitre arrière les petites jambes boudinées puis le ventre d'Alcibiade s'extraire du véhicule, tandis que les autres hommes beaucoup plus agiles couraient déjà vers leur taxi, arrêté lui aussi. Gesticulant comme un vieux bonhomme Michelin secoué par le vent, Alcibiade faisait mille gestes d'énervement en s'épongeant le front avec un mouchoir crasseux.

Arnaud jeta un billet au chauffeur pour régler la course et les deux amis se précipitèrent hors du véhicule en fonçant dans la ville.

— On va où ? demanda Édouard sans ralentir sa course, car il connaissait mal Dubaï.

— Suis-moi et cours !

De leurs grandes jambes, ils fendaient la foule qui s'écartait avec des gestes et des cris de crainte.

— Ils sont… toujours… là ?

— J'sais pas… cours !

Enfin, ils arrivèrent au cœur d'un entrelacs de ruelles et purent reprendre souffle dans le renfoncement d'une maison.

— Tu as une idée maintenant ? demanda Édouard, et de préférence géniale si tu veux bien.

— Je connais quelqu'un près d'ici. On va lui demander de nous amener à l'aéroport.

— Il va bien vouloir ?

— Oh… je crois… il a pas mal de dettes envers moi… morales, pas financières… ce sont les meilleures !

Frôlant les murs, persuadés d'apercevoir leurs poursuivants dans le moindre recoin, ils arrivèrent enfin à l'échoppe d'un vieil arabe qui vendait des pots en cuivre.

— Mister Liers ! Qu'Allah soit avec toi ! Et ta famille ? Comment ça va ?

— Ça va et chez toi ?

— Ça va, ça va.

Les salutations d'usage ayant été faites, Arnaud alla droit au but.

— Mon ami, peux-tu m'aider ?

— Je le fais si je le peux, Inch Allah !

— Certains individus qui ne sont pas de mes amis, nous veulent du mal et nous empêchent de partir à l'aéroport, peux-tu demander à ton petit-fils de nous y conduire ?

Le vieillard ne répondit pas, mais frappa dans ses mains. Un jeune homme d'une vingtaine d'années apparut. Il regarda les deux Français et sourit.

— Je vais vous conduire dans ma Mercedes.

Le mot Mercedes qu'il prononçait avec un accent d'immense fierté, convenait mal au tas de ferraille rouillée et cabossée qui trônait dans une petite cour au centre d'une véritable caverne d'Ali Baba.

— Il vaut mieux vous coucher, si vous ne voulez pas que l'on vous voit, dit-il ravi de l'aventure, un derrière par terre, un dans le coffre.

Le gamin ouvrit le coffre et en riant, jeta sans précaution tout ce qui s'y trouvait. Avec un immense sourire de bonheur, il présenta à Arnaud son coffre gluant d'huile, comme s'il se fut agi d'un fauteuil confortable.

Après un court instant d'hésitation, Arnaud y posa une jambe, puis l'autre et s'assit en se cognant le front sur le coin du coffre. Grognant de douleur, il s'allongea alors pour réussir à rentrer la tête mais ses genoux pliés débordèrent de l'espace exigu. Il se mit en chien de fusil, mais ce furent ses pieds qui sortirent du coffre.

Hilare, les bras croisés, Édouard le regardait.

— Tu as fini de faire le zouave ? dit-il enfin. À moins de te couper en deux et de te mettre en quinconce, méthode sardines à l'huile, eh bien, tu n'y arriveras pas !

— Aide-moi à sortir de là au lieu de te marrer, faux frère !

Après bien des difficultés, Arnaud se retrouva à quatre pattes sur le macadam. Il se redressa en grimaçant, essayant de retrouver sa dignité.

Le jeune Arabe les regardait avec un air tellement ahuri que les deux amis s'étranglèrent de rire.

— On est cons... les types d'Alcibiade ne vont pas surveiller toutes les voitures. Si on a un doute, on se couche sur la banquette... Allez en route, en espérant qu'ils ne nous attendront pas à l'aéroport.

— Je ne le pense pas, dit Édouard, car ils savent que nous avons encore toutes nos affaires dans nos chambres. Elles, par contre, doivent être surveillées !

Se demandant à chaque seconde si leur jeune chauffeur avait son permis, fermant les yeux face aux multiples embardées et risques de percussion, ils arrivèrent cependant sans encombre à l'aéroport et foncèrent vers les guichets, prêts à embarquer dans le premier avion en partance quel qu'en soit la destination. Mais ils eurent de la chance et trouvèrent de la place dans un charter pour Paris.

Alcibiade avait dû deviner leur destination, car il arriva à l'aéroport au moment où les deux amis franchissaient les portes d'embarcation.

Essoufflé, dégoulinant de sueur, la mâchoire tremblante, les narines dilatées pour essayer d'aspirer un peu d'air, il serrait les poings pour contrôler sa fureur.

— Ah, tu crois m'échapper, Mister Liers, mais je te retrouverai et dans quelques temps tu m'imploreras et tu me paieras... ou alors...

Il fit sur sa gorge un geste particulièrement évocateur et désagréable.

Quelques milliers de kilomètres plus loin et sept heures plus tard, Édouard et Arnaud, frissonnant dans leurs fines chemisettes de lin, arrivaient à Roissy.

Riant soudain de leur aventure, ils claquaient des dents en se faufilant parmi les passagers emmitouflés dans leurs gros manteaux d'hiver. Ils s'engouffrèrent dans un taxi qui leur sembla être le comble de la propreté et qui se glissa bientôt au milieu du trafic de l'autoroute A1 encombrée comme toujours. Le brouillard s'épaississait avec la nuit qui tombait.

— Pouvez-vous mettre le chauffage à fond ? demanda Arnaud au chauffeur qui se méfiait un peu de ces deux olibrius hilares débarquant à Roissy à moitié nus et sans valises. On va d'abord chez toi ? demanda-t-il à Édouard.

— Euh, en fait, non. J'avais oublié que j'ai sous-loué mon appartement pour plusieurs mois, je ne pensais pas revenir si vite. Tu peux m'accueillir quelques jours, le temps d'y voir clair ?

— Pas de problème.

Arnaud donna l'adresse au chauffeur.

— Ouah, c'est encore plus lugubre que dans mes cauchemars ! bougonna Édouard en essuyant la buée sur la vitre. Dis, ton adresse ? Elle est connue de ce type… de cet Alcibiade ?

— Cela m'étonnerait, je ne l'indique à personne, c'est un jardin totalement secret. Même mon nom n'est pas repéré, trop compliqué à prononcer pour les étrangers. Je suis Mister Liers là-bas, c'est d'ailleurs le nom que j'ai mis sur mes cartes de visite. Alors trouver mon appartement à Paris, personne ne le pourrait !

— Même les jolies filles ? demanda Édouard en riant.

— Surtout les jolies filles ! Je n'ai aucune envie qu'elles me poursuivent de leurs pleurs quand je pars… ou de leurs reproches quand je reviens !

3

En arrivant dans l'entrée de son immeuble, Arnaud sonna chez le concierge qui prenait soin en son absence de veiller sur son appartement et qui ramassait son courrier.

— Bonsoir, Monsieur Valon, je suis de retour, puis-je avoir mes clefs et le courrier ?

Le concierge dévisagea les deux hommes avec un regard suspicieux.

— D'où vous venez ? C'est pas l'été ici ! dit-il en lui tendant un paquet de lettres.

— Merci, Monsieur Valon, merci, on parlera un peu plus tard, nous sommes épuisés par le voyage... Et... euh... on nous a volé tous nos bagages à l'aéroport... Bonsoir.

Dans l'ascenseur, Arnaud regarda vaguement son courrier, il décacheta une lettre qui semblait différente des autres. Elle provenait d'une de ses cousines qu'il connaissait à peine.

L'ascenseur arriva à l'étage.

— Tiens tu peux ouvrir ? dit-il en tendant sa clef à Édouard, tandis qu'il s'attachait à déchiffrer une petite écriture ronde.

« *Arnaud, même si tu ne sembles pas animé d'un grand sens familial, je voulais te prévenir du décès accidentel de tes parents. Cela fait plusieurs mois que tu ne les avais pas vus et nous ne savions pas où te joindre, au moment de la catastrophe. Leur voiture a été percutée de plein fouet par une camionnette. Ils sont enterrés dans le cimetière de Mainvilliers, d'où nous sommes originaires depuis des générations. J'ai fait pour le mieux avec le notaire et heureusement que j'étais là, car je les aimais beaucoup, moi. (Le moi était souligné de deux traits rageurs.) Le notaire est maître Delorier. Je ne sais quand tu rentreras, j'ai fait mon devoir, tu es au courant. Carole.* »

Arnaud était maintenant immobile devant la fenêtre sombre d'où on pouvait apercevoir les lumières de Paris.

— Une mauvaise nouvelle ? demanda Édouard.

Il lui tendit la lettre et s'assit lourdement dans un canapé de cuir clair. Une tristesse profonde lui noua soudain la gorge.

— Bois un coup, cela te remontera, dit son ami en lui tendant un verre de whisky. Ta déprime à Dubaï avait une raison, une vraie qu'on ne pouvait comprendre sur le moment. Ils avaient quel âge tes parents ?

— Soixante-dix et soixante-douze ans… j'étais leur seul fils, ils m'ont eu très tard… on ne s'est jamais compris… je… je les ai complètement abandonnés.

— Oh, oh ! ce n'est pas parce que cette vieille cousine, cette Carole, t'accuse, que tu vas te croire coupable tout de même ! Tu avais le droit de faire ta vie en dehors de la leur ! À ton âge il est normal d'avoir coupé le cordon, non ?

— Le village de Mainvilliers… le berceau de la famille… dit-il en ricanant curieusement pour cacher son émotion, un drôle de berceau d'ailleurs, la génération s'éteint avec moi !

— S'éteint ! S'éteint ! Tu n'es pas mort ! Et c'est où ce bled ?

— Près de Chartres. Tu te souviens de l'ancêtre dont je t'avais parlé ? Il avait son château en cet endroit, dans les années 1650. Mais tout a disparu…

— Je suis désolé pour toi Arnaud, je t'assure… pas pour le château, pour tes parents… moi je n'ai jamais connu les miens, je suis un gars de l'Assistance publique ! Ça fait scénario télé de quatre sous de dire ça, mais c'est vrai ! Pas d'attache, libre de mes sentiments et de ma vie !... j'apprécie !... Enfin je me suis toujours efforcé d'en voir le bon côté.

Édouard s'étira, tel un chat qui se réveille.

— Dis, j'ai faim, j'ai froid, je suis crevé avec le décalage horaire et la différence de température. On coule dans le blues, ça me déprime !

— OK, on va se faire livrer une pizza, il y longtemps que je n'en ai pas mangé... et puis tu dormiras sur le canapé, parce que moi, à part une jolie fille, je ne veux personne dans mon lit ! répondit Arnaud avec un rire forcé, désemparé de se sentir le moral à zéro pour la première fois de sa vie... ce qui était un sentiment curieux et parfaitement désagréable !

En quarante-huit heures, son existence avait basculé d'une façon totalement imprévisible : il était ruiné et sans famille.

Le lendemain, les deux amis louèrent une voiture et partirent sur la route de Chartres. Arnaud se sentait étranger dans cette petite ville de Mainvilliers qui ressemblait à n'importe quelle ville de banlieue. Il resta un moment devant la pierre tombale qui recouvrait les cercueils de ses parents. Il ne ressentait aucune émotion. En fait, il ne réussissait pas à les imaginer là-dessous.

— C'est bien qu'ils soient partis ensemble, dit-il à Édouard qui était resté un peu en retrait, se dandinant d'une jambe sur l'autre, sans savoir que dire à son ami. La cousine Carole a un sale caractère, mais elle a bien fait les choses. Partons.

Édouard laissa Arnaud rencontrer le notaire. L'héritage était beaucoup plus important qu'il n'aurait pu l'imaginer. En dehors de la maison, son père avait placé son petit salaire de professeur de façon astucieuse, économisant sou après sou, pour s'offrir une belle et longue retraite, à l'abri de tous besoins. Il n'en avait pas profité et maintenant tout revenait à Arnaud… au bon moment !

Pour la première fois depuis qu'il avait appris la mort de ses parents, Arnaud sentit une très forte émotion lui serrer la gorge quand il entra dans la maison vide et silencieuse. Chaque objet s'était figé dans le mouvement des vies interrompues brutalement : la pipe posée dans un cendrier plein, le linge qui séchait dans la buanderie, la vaisselle non rangée, le frigo encore plein de produits périmés dont la moisissure verdissait les emballages. Rien n'avait bougé. Personne n'était entré dans la maison depuis plus d'un mois, la chaudière continuait à ronronner et le robinet de la cuisine à goutter.

Arnaud s'assit dans le fauteuil de cuir usé de son père. Il se sentait totalement tétanisé par cette situation inattendue et si étrange. Toutes ces choses immobiles le terrorisaient littéralement, lui qui changeait sans cesse de cadre de vie.

Soudain, il se redressa, prit son agenda électronique puis appela le notaire.

— Maître, j'ai décidé de vendre la maison et tout ce qu'elle contient. Il faut faire cela rapidement. Je conserverai quelques meubles, c'est tout. Je vous remercie de bien vouloir vous en occuper pour le mieux.

Garder la maison, c'était s'enchaîner à un lieu figé, à une histoire interrompue qui n'était pas la sienne. C'était impossible, il ne le pouvait pas. Peut-être fallait-il qu'il reparte, qu'il continue ses errances au gré des affaires qu'il pouvait trouver ? Mais soudain, il ne savait plus ce qu'il devait faire. Cette histoire de rideaux de Riyad suivie du décès de ses parents, lui avait donné un véritable choc bien qu'il ait quelques difficultés à le reconnaître, car son orgueil en avait pris un gros coup.

Une immense lassitude l'envahit et cela lui fit peur.

Il jeta le contenu du réfrigérateur dans une poubelle et laissa le sac plastique sur le trottoir. Il coupa la chaudière, l'eau et l'électricité et s'enfuit de la maison, horriblement mal à l'aise. Il avait seulement emporté la photo de ses parents, retirée d'un petit tableau du salon. Il la glissa dans son portefeuille.

4

Arnaud louait depuis des années un minuscule bureau dans un centre d'affaires à la Défense. C'était extrêmement pratique et discret, surtout pour la permanence téléphonique assurée par des secrétaires polyglottes. L'interlocuteur avait ainsi l'impression d'appeler une grande société commerciale, alors qu'Arnaud se contentait de 6 m^2, quand il y travaillait.

Honnête, il avait fait un virement à l'hôtel de Riyad, payé le fournisseur des rideaux et avait puisé dans ses dernières ressources pour faire revenir les caisses qui étaient maintenant dans un dépôt en France. Qu'allait-il pouvoir en faire ? Pas facile de revendre des rideaux en épaisse soierie brodée, faits sur mesure.

Une secrétaire, jolie brunette aux yeux en amande, décrocha un téléphone qui bourdonnait.

— Centre d'affaires, bonjour.

Une voix étrangère rugit en anglais.

— Mister Liers, please !

— Je regrette Monsieur, mais il n'y a pas de Monsieur Liers chez nous.

— Si, il y a Monsieur Liers, Arnaud, International Shopper, c'est son numéro. Alors vous me le passez et vite !

Le ton de la voix était rude et violent.

— Vous voulez sans doute parler de Monsieur Mainvilliers ?
— C'est ça, oui, c'est ça.
— Qui dois-je annoncer ?
— Édouard, dit la voix après un court instant d'hésitation.
— Ne quittez pas Monsieur, répondit-elle d'une voix toujours aussi neutre.

L'interlocuteur fut dans l'obligation de patienter en écoutant la marche turque de Mozart ce qui dut l'excéder encore plus.
— Monsieur Mainvilliers ? J'ai au téléphone un certain Édouard qui veut parler à Monsieur Liers, je vous le passe ? C'est vous ?
— Monsieur Liers ? Édouard ? s'exclama Arnaud en présageant le pire, cet homme, il a un accent ?
— Oh oui, il parle un anglais exécrable avec un accent bizarre, pas une voix à s'appeler Édouard si je puis me permettre et… il semble assez furieux.
— Je ne suis pas là, vous comprenez ? Je ne suis pas là. Je suis en déplacement pour plusieurs mois, je viens juste de partir et vous ne savez pas quand je reviendrai… vous avez bien compris ? C'est un fou ce type.
— J'ai bien compris, ne vous inquiétez pas, répondit-elle de son ton toujours aussi professionnel et standardisé.
Arnaud raccrocha. C'était inévitable. Alcibiade avait ses coordonnées téléphoniques et l'adresse postale de son bureau à Paris. Il avait dû comprendre qu'il avait quitté Dubaï.

La secrétaire reprit son interlocuteur.
— Je regrette Monsieur, mais la personne que vous demandez vient juste de partir.
— Il revient quand ce salaud ?
— Hum, toussota-t-elle, je crois qu'il ne reviendra pas avant plusieurs semaines, c'est souvent le cas quand il part à l'étranger.

— C'est des mensonges tout ça, je sais où vous êtes, je vais venir et lui casser la figure à Monsieur Liers, il me paiera, c'est moi qui vous le dis.

— J'ai bien entendu, bonsoir Monsieur, dit-elle en raccrochant rapidement.

Elle se renversa sur son siège et prit ses collègues à témoin.

— Je viens d'avoir un malade au téléphone, il veut casser la figure de Mainvilliers.

— Va le prévenir tout de suite, il faut appeler la police !

— Oh, il y a souvent des mecs qui disent ça et entre ce qu'ils disent et ce qu'ils font, il y a une marge.

Mais Arnaud n'avait pas attendu la réaction de la secrétaire qui avait perdu quelques couleurs. Il était sorti de son bureau et alla la trouver.

— À votre avis, d'où appelait-il ? demanda-t-il.

— Peut-être de France car il n'y avait aucun décalage dans la conversation. Qui est-ce ?

— Un escroc de la pire espèce qui m'a arnaqué et continue à espérer me soutirer un maximum d'argent. Bon, ne vous inquiétez pas, je ne vais pas vous mettre en danger, je comptais de toutes les façons, arrêter la location de ce bureau et des services, on va avancer les choses et surtout retirer rapidement les plaques avec mon nom. Il ne pourra me trouver.

— Mais c'est vous Monsieur Liers ?

— Dans ces pays, mon nom est imprononçable, dit-il en riant, pour tous je suis effectivement Mister Liers, c'est la meilleure des protections !

— Soyez prudent tout de même, reprit la jeune secrétaire dont le joli regard sombre émut Arnaud.

Il lui sourit.

— Vous êtes mignonne, je vais vous regretter. Mais, reprit-il en prenant un plaisir juvénile à faire jouer ses muscles, vous avez vu ma carrure et mes biceps ? Ce gros mec n'est qu'un escargot gluant !

— Cela a beaucoup de force un escargot, dit-elle avec une moue de dégoût, et ces bestioles-là glissent partout ! Il peut être plus dangereux que vous ne le pensez !

— Oui, vous avez raison, dit Arnaud en pensant à l'arnaque dont il avait été victime. Il lui pinça le menton. Rien que pour vos beaux yeux, je veillerai à ma santé.

Les battements cardiaques de la jolie secrétaire s'emballèrent !

Il repartit vers son bureau et rangea ses affaires. Les rideaux et Alcibiade faisaient partie du passé. Il avait tourné la page de cette aventure-là et depuis quelque temps, il ressentait ces petits chatouillis de plaisir qui surgissaient en lui, chaque fois que son imagination le projetait à l'autre bout du quotidien.

Il avait une idée qui l'obsédait de plus en plus, une idée qu'il trouvait géniale et il enrageait de cette perte de temps pour se mettre à l'abri.

En deux heures, il régla tous les détails matériels pour mettre fin à la location de son bureau, il ouvrit une boîte postale pour y faire suivre son courrier. Plus personne ne pourrait le retrouver. Il savait qu'il pouvait compter sur la discrétion absolue des secrétaires.

Respirant l'air de la liberté, il quitta la Défense en se mêlant à la foule qui s'engouffrait dans le métro.

À quelques pas derrière lui, une silhouette longiligne toute de noir vêtue, le suivait discrètement.

Arnaud n'avait pas oublié le coup de fil d'Alcibiade et se méfiait d'une éventuelle surveillance. Il aperçut l'homme en noir qui montait dans le même wagon que lui. Instinctivement il fut sur ses gardes et ressortit immédiatement de la rame en se glissant entre les portes qui se refermaient.

Il sourit en voyant l'homme faire un mouvement vers lui. Il ne s'était pas trompé. Alcibiade n'abandonnait pas la partie. Avec humour, il lui fit un petit signe de la main et sortit rapidement de la station pour s'engouffrer dans un taxi.

5

La nuit avait déposé depuis longtemps un manteau de lumière tamisée sur la ville portuaire.

Avec la régularité d'un métronome, un phare balayait les ténèbres dans lesquelles la mer et le ciel s'étaient fondus.

Au cœur d'une petite zone d'activités, quelques fenêtres illuminées trouaient la monotonie des façades d'immeubles de tôles grises ondulées ou de crépi ocre.

Penché sur le clavier de son ordinateur, un homme sursauta soudain et décrocha le combiné de son téléphone.

— Oui... oui, chérie, j'arrive. Quelle heure est-il ? 10 heures ? Oh je suis désolé, je n'ai pas vu le temps passer... oui, oui promis, je pars tout de suite... tu te couches ?... Je comprends. Je t'embrasse.

Bernard Rosit ferma les yeux un instant en s'appuyant fortement sur le dossier de son fauteuil qui bascula en arrière. Il se frotta les tempes recouvertes d'une toison de cheveux gris bouclés. Il sourit, respira à fond et se redressant brusquement, tapa d'un coup sec sur son clavier. L'écran s'éteignit, le murmure de l'ordinateur disparut, englouti dans le silence complet du bureau.

Il regroupa grossièrement ses dossiers, éteignit les lampes et ouvrit la porte qui donnait sur le grand atelier silencieux. Des veilleuses en rendaient l'atmosphère floue. Il regarda longuement ce lieu de travail qu'il avait entièrement imaginé, construit et financé. Un lieu qui lui avait permis d'embaucher cinq personnes dès le démarrage de son entreprise, six mois plus tôt.

Il se promena lentement dans l'atelier, caressant du regard tout ce qui l'entourait comme un enfant qui aurait voulu contempler son nouveau jouet avant d'aller se coucher. Il ramassa un objet tombé sur le sol de ciment peint en vert. Il avait envie de prendre son temps, après tout sa femme Valérie lui avait dit qu'elle se couchait. Tout ce qu'il avait fait depuis ces derniers mois, c'était pour elle, pour les enfants… C'est ce dont il essayait de se persuader mais c'était surtout lui, qu'il voulait sauver.

À cinquante ans, il n'était pas un homme fini au contraire ! Il avait longtemps travaillé comme comptable dans une entreprise de métallurgie qui avait été mise en liquidation judiciaire deux ans plus tôt.

— Tu vas retrouver un boulot facilement, lui avait dit sa femme, affolée d'avoir un mari au chômage. Ton expérience de comptable est certainement un atout, non ?

— Je ne sais pas, parce toute cette expérience comme tu le dis, s'accompagne aussi d'un âge certain ! Je suis vieux pour une nouvelle embauche.

— C'est ridicule !

— Oh, non… et puis… j'ai envie de faire enfin quelque chose d'intéressant de ma vie. Les chiffres, c'est limité.

— Mais tu ne sais rien faire d'autre !

— Merci ! C'est super gentil, grogna Bernard, tu oublies ma passion.

— Le bateau ? C'est plus coûteux que rentable !

Soudain le visage de Bernard s'était animé.

— Tu sais, j'y pense jour et nuit. Les voiliers que j'utilise pour les compétitions ne correspondent pas tout à fait à ce que je voudrais et surtout à la demande. J'ai repéré tout ce que les marins souhaitent trouver sur leur bateau. Il faut travailler la ligne, les matériaux… on peut faire quelque chose de merveilleux et il y a un marché, j'en suis certain. Regarde celui que j'ai déjà réussi à construire !

— Tu veux faire quoi, je ne comprends pas.

— Je voudrais créer ma boîte pour fabriquer des voiliers de haute mer, affirma-t-il soudain avec un ton de victoire.

— Tu es fou ! avait-elle dit en soupirant, garde les pieds sur terre, je te rappelle que tu as trois enfants et qu'ils ne se nourrissent pas d'eau fraîche ! Oublie cette idée de gamin et cherche un boulot stable d'arrache-pied ! Ce foutu bateau que tu construis depuis six ans, te coûte les yeux de la tête, ce n'est absolument pas vendable !

Il ne voulut plus en discuter avec Valérie, cherchant sans enthousiasme un travail correspondant à son expérience. Faire les petites annonces et envoyer des dizaines de CV, le tuaient peu à peu, vouloir créer une boîte le faisait vivre. Il préféra alors passer des heures pour mettre au point son projet.

Il lui manquait cependant un atout essentiel : une fine connaissance technique. Il se débrouillait pourtant assez bien et il était même assez fier de ce voilier qu'il avait réussi à construire, sans moyens, dans un vieux garage, y passant tous ses loisirs quand il n'était pas en mer… ce que ne supportait pas Valérie ! Il aurait pourtant tant aimé qu'elle puisse partager sa passion comme lorsqu'ils étaient fiancés !

Il parla de son projet à un de ses jeunes amis, Olivier Tracot, amoureux de la mer lui aussi et travaillant depuis dix ans dans la construction navale.

Olivier qui avait trente-cinq ans, réfléchit quelques jours.

— Je suis d'accord Bernard, je suis prêt à foncer avec toi, mais je ne quitterai mon boulot actuel qu'avec la certitude qu'il nous sera possible de démarrer. Toi, tu as des indemnités de licenciement, moi je n'aurai rien. Ma femme travaille, on n'a qu'un enfant pour l'instant, mais des remboursements de maison. Je ne pourrai pas t'aider ni pour la mise de fond de départ, ni pour toutes les démarches à faire.

— Ce dont j'ai besoin, Olivier, c'est de ton aide technique : les machines à acheter, les matériaux, les plans de bateaux, les meilleurs fournisseurs. J'ai plein d'idées mais il faut pouvoir les réaliser. Pour les paperasses et les finances, ne t'inquiète pas, c'est mon domaine.

Olivier, grand gaillard aux cheveux décolorés par le soleil de la mer, le regardait en souriant.

— C'est fantastique ton projet ! Je suis certain que cela va marcher. Je vais y réfléchir sérieusement, te faire une étude technique poussée... C'est génial !

Jamais Bernard n'avait autant travaillé pour réussir à franchir les obstacles qu'il découvrait au fur et à mesure pour pouvoir avancer dans la concrétisation de son projet et créer son entreprise. Quand son moral était au plus bas, c'était Olivier qui tenait bon et vice-versa.

Après une année de galère, où il put décrocher des financements et de l'aide, il réalisa enfin son vœu et passa à un des moments excitants d'une création : choisir un nom porteur de l'entreprise et des futures réalisations : ils se décidèrent pour « Cap Voile ». Un ami leur fit un logo et contemplant le graphisme avec émotion, ils préparèrent leur campagne de commercialisation, tout en démarrant la construction du prototype.

Aujourd'hui, Bernard était épuisé, mais heureux. Olivier avait pu le rejoindre et les heures de travail acharné s'enchaînaient avec l'arrivée des premières commandes. Quand il le pouvait, il quittait son bureau pour prendre les outils et aider les ouvriers. Les clients avaient des exigences et des demandes qui étaient autant de pistes de réflexion, de remise en cause et de recherche permanente de perfection.

À cinquante ans, Bernard pouvait recevoir pendant plusieurs mois des indemnités des Assedic en tant que créateur d'entreprise. C'était assez juste pour vivre, mais il s'en contentait. Il roulait sans complexe dans sa vieille voiture et attendait les soldes pour changer de chaussures ! Sa femme avait à peu près compris les enjeux et ne lui tenait pas trop rigueur des restrictions budgétaires familiales imposées, pourvu que cela soit d'une brève durée ! Sans vouloir l'admettre, elle appréciait parfois de voir son mari aussi enthousiaste et dynamique !

En regardant son atelier, Bernard songeait qu'il n'était pas le seul à prendre des risques dans une nouvelle entreprise. L'après-midi même, il avait eu la visite d'un homme jeune, de haute taille, au teint bronzé, à la carrure de colosse, qui voulait savoir à qui appartenait le terrain contigu à ses bâtiments.

— Je me présente, avait dit l'inconnu en tendant la main, Arnaud Mainvilliers. Je me promenais par ici car je suis à la recherche d'un terrain pour construire un atelier. L'endroit est intéressant et je voulais savoir si vous connaissiez le propriétaire de ces quelques hectares qui jouxtent votre entreprise.

La voix était chaleureuse et dynamique.

— Je ne sais pas exactement, il faudrait voir le cadastre en mairie, dans quelle activité êtes-vous ?

— Dans le textile.

— Ah… il y a encore de l'avenir dans cette branche ?

— Oui, oui, répondit Arnaud en souriant, pas de problème et vous-même que construisez-vous, exactement ?

— Je fabrique des voiliers de haute mer. Je viens de démarrer mon activité…

Les deux hommes firent ainsi connaissance, se sentant immédiatement sur la même longueur d'onde. Bernard avait expliqué ce qu'il faisait, Arnaud était resté assez discret. Son projet était encore bien fragile.

— Si je puis vous être utile dans les méandres de l'administration, n'hésitez pas à m'appeler, proposa Bernard, et j'espère que ce terrain sera libre pour vous, mais par ici ce n'est pas toujours facile, il y a beaucoup de magouilles, politiques ou autres !

— Ça c'est un domaine que je connais et je flaire les sales combines tout de suite ! Mais je n'hésiterai pas à vous demander des conseils si nécessaire, c'est vraiment super. Merci pour la visite et bravo, vous me donnez envie de partir en mer ! dit Arnaud en caressant une coque blanche.

— À bientôt. Nous nous reverrons peut-être.

— Ce serait avec plaisir.

Tout en quittant l'entreprise, Bernard pensait encore à cette rencontre sympathique. Il était plus de vingt-trois heures quand il arriva enfin chez lui.

Sans bruit, il pénétra dans sa chambre et embrassa sa femme qui grogna en se retournant.

— Il y a de quoi manger à la cuisine, il suffit que tu réchauffes le plat au micro-onde, dit-elle d'une voix embrumée de sommeil.

— Excuse-moi, mais il fallait que je termine la mise en place des commandes.

— Oh, soupira-t-elle, j'ai pris l'habitude d'être seule depuis six mois, tu trouveras toujours une excuse !

Il ne sut que répondre, soudain malheureux.

Il glissa vers les chambres des enfants qu'il ne réussissait plus à voir autrement qu'endormis. Il entra à pas de loup dans une petite pièce sombre que la lumière du couloir éclaira. Dans un lit à barreaux, une fillette dormait, souriant d'innocence. Les bras en croix, les paumes de main ouvertes vers le plafond, l'enfant de dix-huit mois respirait doucement. Arnaud la contempla. L'annonce de la grossesse avait été une surprise que lui et sa femme avaient acceptée avec fatalisme bien que l'époque n'avait guère été propice à l'agrandissement de la famille.

Cela faisait quinze ans qu'il avait épousé Valérie. Il avait alors trente-cinq ans et elle vingt-cinq. Leur vie de couple était assez ordinaire se balançant parfois au creux des vagues de l'ennui ou de petits désaccords, mais sans gravité. En plus de la fillette, ils avaient deux fils, Romain qui abordait sa jeunesse dans un hourvari assez perturbant du haut de ses treize ans et Ludovic, petit bonhomme de six ans, grand amateur de poney et de nature.

Bernard passa devant la chambre de Romain. De la lumière filtrait encore sous la porte, il tapa et entra. L'adolescent était à sa table de travail, devant l'ordinateur allumé. Il se retourna vivement vers son père.

— Pas encore couché, Romain ? Tu as vu l'heure ? Qu'est-ce que tu fais ? Tu as tant de travail que cela ?

— Euh non, non, enfin oui, répondit celui-ci d'un air curieusement gêné. Mais il se reprit. En fait je cherche un truc pour… pour un exposé.

— Ah ? Et sur quel sujet ?

— Euh, c'est compliqué… je suis fatigué… j'avais fini de toutes les façons.

Il tripota son clavier rapidement, cachant à la vue de Bernard le site porno qu'il était en train de regarder avec avidité.

Insouciant, absorbé par ses propres problèmes, celui-ci ne remarqua rien et l'embrassa sur le front.

— Dépêche-toi de te coucher, tu vas être crevé demain. Ça va au collège ?

— Oui, oui… bonsoir Papa, répondit l'adolescent gentiment.

Seule la touffe de cheveux de Ludovic dépassait de la couette. Se frayant un chemin au milieu des petites autos, Playmobil, Lego et autres jeux indispensables, Bernard réussit à arriver jusqu'à lui et embrassa le petit coin de front accessible.

Il se retrouva dans la cuisine. Il eut soudainement envie de parler à Valérie, de lui confier ses espérances et ses doutes. Mais elle l'écoutait rarement, rejetant même de façon de plus en plus violente tout ce qu'il avait envie de partager comme si elle était jalouse de ses bateaux ! Il comprenait qu'elle ait besoin de dormir, fatiguée par son rôle de mère de famille, mais elle était aussi son épouse, et refusait depuis un moment d'en avoir conscience !

Sa solitude lui pesa soudainement. Un sentiment étrange. Il se mit à douter de lui. Peut-être aurait-il dû se trouver un boulot peu payé mais tranquille, se préparant doucement à une retraite bien méritée, tout en faisant de la voile et en bricolant tranquillement son petit bateau dans son garage. Au lieu de cela, il n'avait même plus le temps de naviguer et l'angoisse le tenaillait parfois de façon si violente qu'il avait l'impression d'être paralysé et de perdre tous ses moyens.

Il se servit un whisky, se donnant l'excuse qu'il l'avait bien mérité et grignota des pistaches. Il remit le plat préparé au réfrigérateur, il n'avait plus faim, soudain trop fatigué et anxieux. Il regarda son agenda électronique. Le lendemain avait lieu une réunion de l'association des lauréats créateurs d'entreprise dont il faisait partie. Cela l'ennuyait, il n'avait pas le temps, mais il s'était engagé à y participer… et ces rencontres lui faisaient même du bien. Il n'était pas seul à se battre et sans avoir besoin spécifiquement l'un de l'autre, ils étaient maintenant soudés par un lien étonnant : celui de ceux qui avaient osé ! Comme le parachutiste qui se sent soudainement différent de tous, parce qu'il a sauté… eux aussi avaient fait le grand plongeon, dans une atmosphère d'excitation, de joie profonde et de stress incommunicable… tout cela nappé d'un petit zeste d'orgueil dont ils n'avaient pas honte.

6

Ils étaient dix dans la salle aux murs nus faits de cloisons amovibles. Huit hommes et une femme, créateurs d'entreprise et lauréats d'une association d'aide à la création. Un autre homme était là pour animer la rencontre. Il était le responsable local et le lien entre tous.

Chacun se dit bonjour, en baragouinant un nom impossible à retenir.

Certains, intimidés, contemplaient le parking que l'on apercevait de la fenêtre, comme s'ils voyaient une voiture pour la première fois de leur vie. D'autres étaient un peu plus à l'aise, le téléphone à l'oreille, la tasse de café à la main. Tous attendaient patiemment le début de la réunion, spontanément unis par le même statut étrange, celui de « lauréat ».

— Servez-vous, il y a du café, du thé, des croissants, du jus d'orange, enfin tout ce que vous voulez, dit Franck Durand, en allant de l'un à l'autre, un immense sourire aux lèvres.

De taille moyenne, il émanait de lui une aura rassurante et un peu mystérieuse.

— Nous allons commencer tout de suite la réunion, dit-il, car je pense que vous êtes tous surchargés... j'entends même des téléphones vibrer !... et je sais que pour certains, c'est un gros effort de venir, à cause de la distance. Nous allons faire un petit tour de table car il y a des nouveaux : Philippe, Christophe et Marie. Tu te présentes, Philippe ?

— Bonjour, dit un homme d'une quarantaine d'années, je m'appelle Philippe Poiret, j'ai monté une entreprise d'accueil téléphonique et de sous-traitance de réception d'appels. Euh, je ne sais pas ce que je dois dire d'autre… en fait, je remplace les secrétaires particulières dont les gens n'ont pas besoin régulièrement ou qu'ils n'ont pas les moyens de payer à temps plein.

— Tu as combien de salariés ? demanda Franck en utilisant le tutoiement habituel entre les membres d'une même promotion.

— Pour l'instant, j'en ai dix, mais il va falloir que j'embauche énormément. En dehors de la centrale elle-même, mon investissement se trouve surtout dans l'humain, et c'est le plus difficile à gérer… Ça coûte cher et il faut faire de la formation en permanence… ça se dérègle plus vite qu'une machine, étant donné la masse d'aléas personnels à régler !

— Merci Philippe, on verra ensuite les difficultés principales que tu rencontres… Christophe ?

L'homme interrogé ressemblait plus à un étudiant qu'à un chef d'entreprise, tout le monde le dévisagea avec curiosité, pariant qu'il avait fait quelque chose dans l'informatique.

— Je m'appelle Christophe Despoix. J'ai vingt-huit ans et j'ai créé ma boîte de communication graphique.

— Tu nous expliques un peu plus ?

— C'est simple et en fait assez logique. Quand j'étais étudiant et même étant gamin, je m'amusais à créer des logos, des plaquettes de présentation, des étiquettes, enfin plein de choses pour des associations et même des entreprises. Depuis un moment, j'étais dans l'incapacité de répondre à toutes les demandes, faute de matériel et de temps… Il fallait tout de même finir mes études !

— Les parents étaient derrière ! s'exclama Bernard en riant.

— Exactement ! Donc je bricolais avec un ami, plus doué que moi en informatique et capable de monter des sites Internet. Nous avons décidé de créer notre société… En fait, on avait les clients et les idées, mais il nous fallait une aide surtout pour des logiciels extrêmement coûteux.

— Le plus difficile était fait, puisque tu avais les clients avant même de démarrer ! dit Franck, c'est une chance que tout le monde n'a pas.

— Oui et non, car c'était le danger de croire que tout était déjà dans la poche. Je vous avoue que l'on travaille énormément mais on s'amuse beaucoup aussi ! C'est passionnant, nous ne prenons pas vraiment de risques et même si nos salaires sont minuscules pour l'instant, nous sommes jeunes, sans charge de famille, donc ça passe. Mais les clients, on les cherche tous les jours et ce sont eux qui nous forcent aussi à faire des progrès car ils nous demandent parfois des trucs bien difficiles… on est fous et on dit oui… et il faut que cela plaise ensuite ! dit Christophe en riant.

— Tu comptes embaucher ?

— Oui, sinon, nous ne serions pas lauréats. Les perspectives de marchés sont très intéressantes, il y a beaucoup de travail et nous sommes obligés pour l'instant d'en refuser… C'est un comble ! Nous devons pourtant attendre d'être plus solides pour nous engager avec un ou plusieurs salariés.

— Bravo ! reprit Franck… à toi Marie.

— Eh bien bonjour, dit Marie Frenay, une petite femme brune à l'air énergique. L'origine de mon entreprise est bien différente, mais comme Christophe, je crois que j'avais ça dans le sang. En fait, mes parents étaient boulangers, ils auraient bien voulu que je travaille avec eux, mais d'un côté je n'en avais pas envie, j'avais fait des études de gestion, et de l'autre je suis partie vivre loin du nid familial à cause du travail de mon mari qui est agriculteur. Je vous passe les détails de ma vie, mais un jour j'ai su que la vannerie du village d'à côté était à vendre. Le propriétaire voulait prendre sa retraite. La vannerie, ce sont surtout les paniers de pain… une parcelle de mon enfance. Le propriétaire avait fixé le prix d'une façon bizarre : c'était le montant des indemnités de licenciement qu'il aurait dû verser à ses ouvriers s'il devait fermer la boutique ! Bref, j'ai décidé de reprendre cette vannerie avec ses vingt employés : une folie, dit-elle en riant. Je n'avais presque pas d'argent ! Le banquier m'a regardé avec des yeux en soucoupe, comme s'il avait une extraterrestre devant lui !… Et puis j'ai entendu parlé de cette association, j'ai foncé… je crois que cela a été l'épreuve la plus angoissante de ma vie que de passer devant leur Comité !

— Ils ne sont pas méchants, dit Franck avec un petit sourire.

— Non, au contraire, mais il faut être tellement confiant en son projet, avoir tant d'arguments, être aussi pro qu'enthousiaste… bref quand j'ai su que j'avais été retenue, ça a été génial. Mon entourage a cru que je devenais folle, s'exclama-t-elle en riant. Et puis, reprit-elle d'un ton plus calme, les banquiers m'ont déroulé le tapis rouge !… voilà ma petite histoire. Aujourd'hui, j'ai de bonnes perspectives mais je crains cependant de devoir me séparer de quelques employés, les charges salariales sont extrêmement lourdes.

— La vannerie, c'est de l'osier ? demanda un homme qui semblait très intéressé par ce que disait Marie, ça se trouve où l'osier ?

— Il est cultivé en plein champ, à raison d'une récolte par an, c'est mon mari qui s'en occupe. Ceux que cela intéresse peuvent venir à l'atelier, je leur montrerai comment on fait les paniers, de la culture à la fabrication manuelle des objets selon des techniques assez ancestrales car aucune machine ne peut remplacer les doigts des hommes.

— Merci, Marie, pour ton enthousiasme communicatif, je crois que tu as de belles perspectives tout de même ?

— Oui, à l'export entre autres… ça va… on s'en sort.

Le tour de table continua ainsi quelques minutes. Les visages anonymes prenaient vie. L'un vendait du matériel médical de haute technologie, un autre s'était lancé dans la production de films publicitaires pour les collectivités territoriales. Il y avait encore celui qui avait créé une imprimerie pour faire des documents de qualité très rapidement, ou celui qui avait installé un centre de remise en forme, et encore un autre qui avait monté un service d'aide à domicile. Bernard termina le tour. Puis des questions diverses fusèrent témoignant de problèmes pratiques plus ou moins complexes à résoudre.

Un observateur attentif se serait amusé à noter les mimiques de chacun car presque tous considéraient les faits exposés par les autres comme étranges, se demandant même comment on pouvait se passionner dans la création de ce genre de produits ! Mais personne n'aurait eu l'indélicatesse de le dire tout haut. Alors ils écoutaient les difficultés ou les réussites que l'on voulait bien rapporter au groupe, essayant d'en tirer profit, de donner leur avis et se disant qu'ils ne tomberaient pas dans les mêmes pièges !

Franck Durand examinait tous ces visages jeunes et moins jeunes, ces fronts marqués par les rides des soucis, ces cheveux qui grisonnaient un peu trop vite, ces regards qui s'échappaient rapidement vers un bureau ou un atelier. Il se sentait en même temps admiratif et soucieux. Toutes ces personnes avaient réussi à convaincre un comité de chefs d'entreprise, de la valeur de leur projet. Ils avaient reçu de l'aide tant financière que d'accompagnement, mais malgré cela, tout ne reposait que dans leur capacité propre à savoir tenir le coup dans les deux à trois ans de démarrage quand le risque est maximum, avant que leur boîte ne puisse prendre un certain rythme de croisière.

Rien ne pouvait remplacer le créateur lui-même et tous avaient conscience que l'échec ou la réussite ne dépendaient que de leur aptitude personnelle à gérer le quotidien et à se projeter dans l'avenir au fil d'une infinie multitude de petites choses, de rencontres ou d'événements, imprévisibles parfois.

Ils se quittèrent deux heures plus tard, après avoir eu une conférence techniquement primordiale sur les contrats de travail, effarés de constater que le code du travail était passé de quatorze pages en 1911 à plus de deux mille six cents en 2006, et ceci en écriture très serrée !

Spontanément de nouvelles amitiés se forgèrent.

Après un repas pris en commun à la brasserie du coin, chacun repartit rapidement, personne n'ayant de temps à perdre en papotage !

7

Arnaud Mainvilliers savait que la seule façon de pouvoir récupérer de l'argent sur ces fameux rideaux, était de les revendre ou de les recycler. Le tissu, en épaisse soierie brodée et doublée, était magnifique et le recyclage difficile, cela relevait même du gâchis. Il en envoya donc des échantillons à plusieurs amis qui construisaient des hôtels en Afrique et en Asie. Peu à peu, il réussit à les revendre à un prix très attractif. Il ne fit aucun bénéfice et récupéra à peine le prix de la marchandise, mais c'était mieux que rien du tout.

Tout cela lui avait donné une idée étayée de nombreux calculs. Les marchés textile-habillement mondiaux étaient en hausse progressive. La consommation des six milliards d'individus de la planète était environ de 8,8 kg de textile par an, avec de gros écarts entre les pays industrialisés (près de 25 kg) et les pays en développement (un peu plus de 5 kg). Rien qu'en France, les achats d'habillement représentaient près de 26 milliards d'euros. Un chiffre important qui allait certainement croître étant donné ce phénomène qui voulait qu'un vêtement démodé ou un peu défraîchi soit relégué au fond d'un placard, jeté ou encore donné à des associations.

De multiples voyages à travers le monde avaient permis à Arnaud de prendre conscience de l'attrait que pouvait avoir des vêtements bon marché, mais de qualité, pour tous ceux qui vivaient parfois en guenilles.

Son idée était donc simple : récupérer les vêtements dont on ne voulait plus, les trier selon l'usage que l'on pouvait en faire, et les revendre à un prix accessible. Sa matière première était gratuite, ses frais serait la collecte, le personnel pour faire les tris, puis le transport des vêtements vers les pays demandeurs.

Il passa des journées et des nuits entières à faire des calculs, des plans de trésorerie, des budgets prévisionnels. Il se posait les questions les plus basiques, pour savoir si son projet tenait : comment récupérer des vêtements de qualité, solides et encore à la mode, qui soient propres ? Le personnel serait-il capable de faire des tris intelligents, c'est-à-dire de distinguer la laine du coton, ou du synthétique, de repérer les vêtements de marque qu'il pourrait vendre à part. Il calculait le coût des containers de récupération, le coût du transport, des frais de douane. Il réfléchissait à tous les contacts qu'il avait un peu partout dans le monde pour savoir qui pourrait assurer la vente de ses vêtements en toute sécurité en lui permettant de gagner de l'argent, que ce soit en Afrique, en Asie ou dans les pays de l'Est.

Quelle devait être la taille de ses ateliers ? Dans quels cas et sous quelles conditions, pouvait-il recevoir de l'aide de l'État pour ses embauches ?

Enfin il essaya de voir quelles étaient les contraintes administratives et faillit alors désespérer devant le nombre d'organismes auxquels il devait s'inscrire !

Par moment, il regrettait la facilité de ses transactions d'antan, tout en reconnaissant qu'il était parfois à la limite de la légalité, mais il agissait honnêtement et avec débrouillardise. En France, il était dans un véritable carcan administratif, se tirant les cheveux devant l'incompétence de certains interlocuteurs dont les avis semblaient aussi variables que le temps ou leur humeur.

Mais l'important était de trouver des prêts bancaires pour construire son premier atelier, fabriquer les containers de récupération, faire les premières embauches.

Il avait assez d'argent pour acheter le terrain, et commencer la construction des bâtiments mais il lui fallait un prêt pour les machines : tapis roulant et presse pour compacter les vêtements et pour le matériel comme les bacs de récupération sans oublier les premiers salaires accompagnés des inévitables charges sociales.

Il alla rencontrer un banquier, aussi confiant qu'un enfant demandant une pièce à son père. Élégamment habillé, il avait opté pour un costume sombre et une cravate assez discrète pour se vieillir et bien montrer le sérieux de l'entreprise.

Il était très sûr de lui et expliqua son projet avec détails et enthousiasme, se demandant seulement le montant que le banquier serait prêt à lui accorder. Il avait bien réfléchi à la question.

L'homme qui était en face de lui, avait des petites lunettes rondes, un visage rond, une bouche toute ronde et des yeux globuleux. Il regardait l'écran de son ordinateur, comme s'il pouvait y puiser une parcelle de vivacité.

— Oui, oui, je comprends bien Monsieur Mainvilliers. Toute votre expérience est intéressante, je dirai même passionnante… vous avez eu de la chance de pouvoir ainsi découvrir le monde en étant si jeune.

— Merci, c'est vrai que j'ai acquis une belle expérience dans la vente, surtout en export et dans les besoins de mes contemporains en matière d'habillement. Et c'est pourquoi je souhaite créer mon entreprise aujourd'hui, en France, et vous demande donc de bien vouloir m'accorder un prêt, répliqua Arnaud, détendu et tout à fait à l'aise dans cette négociation gagnée d'avance.

— Oui, oui… un prêt.

Le banquier se tut, cherchant sur les touches du clavier qu'il fixait, une phrase résumant sa pensée.

Arnaud se pencha vers lui.

— C'est possible, évidemment ? Quelle somme pourriez-vous me prêter par rapport à mes besoins ?

— Écoutez, je crains… je crains… enfin je vais en parler au directeur, mais voyez-vous, notre banque est habituée aux prêts plus… comment dirai-je, plus conventionnels, sur un marché que nous connaissons… enfin… je ne dis pas que votre projet est sans intérêt mais… c'est un domaine inconnu pour nous… un risque énorme qu'il ne me paraît pas opportun de prendre… dans… dans votre intérêt à vous aussi, bien évidemment.

— Attendez, s'écria Arnaud qui se mit à grogner, forçant ainsi son interlocuteur à relever la tête dans un sursaut de frayeur. Vous êtes en train de me dire que vous ne me faites pas confiance ? Mais j'ai déjà engagé des sommes bien plus importantes que celle que je vous demande et m'en suis bien sorti, comme toujours.

L'homme se tassa sur son fauteuil.

— Alors c'est bien, dit-il d'une voix mal assurée, continuez à vous en sortir… comme toujours, mais sans nous. Nous ne pouvons vous suivre sur cette affaire, continua-t-il avec un sourire crispé, vous comprenez Monsieur Mainvilliers, c'est utopique, il n'y a pas de marché envisageable… C'est trop risqué pour nous.

— Qu'est-ce que vous en savez ?

— Nous ne le savons pas justement et ça Monsieur Mainvilliers, une banque n'aime pas, mais alors pas du tout ! Vous ne nous apportez aucune garantie.

— Mais pour moi aussi, c'est risqué, répondit Arnaud en le dévisageant avec mépris. Je sais que je peux réussir, il me faut simplement une avance pour acheter quelques machines, et surtout embaucher du personnel que je formerai, même des gens non qualifiés.

— Oui, oui, c'est bien, mais vous comprenez, nous ne sommes pas une œuvre sociale, nous ne pouvons avoir aucune visibilité sur ce type de marché… vous comprenez… répéta-t-il encore une fois.

— Vous comprenez ! Vous comprenez ! redit Arnaud en le singeant, oui je crois comprendre ! La France est foutue avec des types comme vous ! lui lança-t-il en se levant brusquement, je suis sûr que je vais trouver un de vos concurrents qui aura l'intelligence de m'aider, lui !

— Je vous le souhaite, marmonna l'homme entre ses dents, en fixant son écran pour éviter de jeter un dernier regard à Arnaud, autant vexé que fou furieux d'avoir été rejeté.

Arnaud fit cinq banques, en vain. Il ne trouvait aucune explication à ces refus. Avait-il une tête de bandit ? Était-il trop jeune ? Lui qui croyait que ses expériences de baroudeur allaient le servir, se rendait compte que dans le monde protégé des banques, il y a bien une chose que l'on déteste, c'est de prendre des risques non calculés. Tout le contraire du caractère aventurier d'Arnaud ! Et son orgueil en prenait un coup !

Il ne se posa pas la question un seul instant de savoir si ce n'était pas son projet qui était encore trop mal ficelé pour avoir l'accord d'une banque… ou s'il ne se présentait pas sous un angle peu professionnel. Il était sûr de lui, les autres devaient lui faire confiance, un point c'est tout !

Alors tant pis, se dit-il, il grappillerait les quelques sous qu'il avait en réserve et commencerait son activité, malgré tout… et il se jura que ces banquiers-là seraient les derniers à avoir son argent quand il en gagnerait, car il en gagnerait et beaucoup, il le savait, lui !

8

— Dis Romain, demain je vais faire un petit tour en mer pour essayer le premier bateau que je dois livrer, tu veux m'accompagner ou tu préfères rester toute la journée de dimanche devant l'écran de ton ordinateur ?

— Oh oui, chic, cela fait longtemps qu'on n'a pas navigué ! C'est sur quel bateau ?

— Ah c'est un secret, mais tu vas voir, il est magnifique ! répliqua Bernard les yeux brillants de bonheur. Seulement, tu fais ton travail de classe à fond aujourd'hui, parce que je te connais, en rentrant tu vas prétexter être fatigué et mouillé et tu ne vas plus rien faire.

— Oui, oui, j'y vais… Oh, chic alors ! Super ! Génial !

Bernard souriait en regardant son fils sauter en l'air en se tapant sur les cuisses. Cela leur ferait beaucoup de bien à tous les deux de passer un peu de temps ensemble et surtout de se détendre. La mer lui manquait horriblement., alors qu'il était avec des bateaux toute la journée… enfin, des morceaux de bateaux. L'excuse était bonne de tester le nouveau voilier, le premier qui sortait de son atelier. Bernard en avait une immense appréhension. Une partie de l'équipe, dont Olivier évidemment, serait aussi de sortie avec eux, pour vérifier le bon fonctionnement de l'ensemble du matériel.

Valérie s'agitait dans la cuisine en faisant anormalement un bruit de casseroles.

— Qu'est-ce qui se passe ? lui demanda Bernard, intrigué par ce remue-ménage.

— Oh rien du tout, répliqua-t-elle énervée, une fois de plus tu vas partir, et un dimanche ! Je reste toute seule, sans même pouvoir prendre l'air, moi ! Comme si je n'en avais pas besoin.

— Mais... mais tu as toujours détesté faire de la voile surtout quand il ne fait pas encore chaud ! Et puis c'est une sortie de travail, pour essayer le bateau, donc on va le malmener un peu. Ce ne sera certainement pas très agréable pour toi qui as horreur du roulis.

Valérie se calma soudain et Bernard s'aperçut qu'elle pleurait. Ému, il la prit dans ses bras.

— Qu'est-ce qui se passe, ma chérie ? Qu'est-ce qui ne va pas ?

— Nous, moi... dit-elle en le repoussant, tu vis d'un côté, je passe mon temps à t'attendre, sans comprendre ce que tu peux faire de toutes les heures passées à Cap Voile... C'était... c'était mieux avant, tu avais des horaires réguliers, on vivait largement. Maintenant, il faut se restreindre en tout. Tu m'as dit qu'on gagnerait rapidement de l'argent et puis rien ne vient. Il y a toujours des achats à faire en plus pour ta boîte, des fournitures coûteuses, des frais de commercialisation, des clients qui paient au compte-gouttes, et ton atelier que tu veux agrandir... le peu que tu gagnes tu le mets dans ces fichus bateaux... et nous alors ? Tu penses à nous ?

— Je n'arrête pas d'y penser, tout cela est complexe, mais ça marche chérie, je t'assure, le chiffre d'affaires pour l'année prochaine s'annonce déjà excellent.

— OK, alors pourquoi ne gagnes-tu pas mieux ta vie ?

— Parce que je ne veux pas gaspiller le peu d'argent que je reçois et que je dois pouvoir payer les ouvriers dont j'ai absolument besoin pour travailler, sans compter toutes les charges sociales. Il me faut aussi des matériaux de qualité, pour avoir un produit de qualité, parce que c'est cela que veut le client. On est en décalage de trésorerie, c'est tout. L'investissement de départ est énorme. Je dois, entre autres, acheter un moule pour que nous puissions fabriquer nos coques nous-mêmes, c'est excessivement cher, mais c'est ce qui donne la caractéristique du voilier, c'est très important… Moi j'ai la chance de pouvoir encore être aidé quelques mois par les Assedic et je ne peux pas me verser de salaire pour l'instant. J'agis avec prudence Valérie, on ne peut pas faire autrement, ni plus vite. Essaie de le comprendre.

Elle renifla, haussa les épaules, attrapa Églantine qui était tranquillement assise par terre, jouant inlassablement avec une petite balle. Elle partit la coucher pour la sieste.

— Ne t'énerve pas si je te dis cela, mais si tu reprenais un travail ? osa-t-il lui suggérer quand elle revint dans la cuisine, les yeux encore rouges. Tu aimais bien ton boulot de secrétaire, cela te distrairait et puis on gagnerait ainsi un peu plus.

— C'est… c'est dégueulasse ce que tu me demandes ! répliqua-t-elle la voix engorgée de sanglots. Tu n'as aucune idée du travail que j'ai déjà dans la maison avec les trois enfants. Qui fait le ménage, les courses, les conduites de classe, la cuisine, la lessive, le repassage ? C'est un peu trop facile ! Moi je dois toujours faire des efforts en plus et toi ? Jamais tu ne me donnes un coup de main, jamais ! Regarde-toi, tu es là, planté au milieu de la cuisine, le lave-vaisselle est plein et tu n'aurais même pas idée de le débarrasser ! Tu me regardes faire !

— Mais… mais c'est parce que l'on était en train de parler ! dit-il, ahuri par sa réflexion et ne comprenant pas son reproche. Excuse-moi, poursuivit-il penaud en se penchant pour prendre les assiettes.

— Ah, bouge-toi de là ! Tu m'énerves !

Ne sachant que dire, ni que faire, Bernard libéra rapidement les lieux. Romain qui avait entendu les bruits de voix le regardait, intrigué. Son père lui signifia par signes qu'il fallait attendre que l'orage passe.

Pour une fois, il fit un effort pour ranger tout ce qu'il avait l'habitude de laisser traîner, depuis son journal, en passant par ses vestes qui décoraient irrémédiablement les chaises autour de la table, jusqu'à ses chaussures éparpillées dans le garage.

Le lendemain, dimanche, après une très mauvaise nuit entrecoupée de cauchemars, il ressortit avec bonheur son ciré, ses bottes et un chaud bonnet de laine.

— On y va Romain ?

Le jeune garçon était habillé depuis longtemps, trépignant d'impatience, très fier de ce privilège d'aîné qui le mettait au-dessus des petits.

— Tu es bien couvert ? Nous ne sommes qu'en avril et il ne fait pas chaud. Je crains aussi que nous soyons obligés de supporter un peu de pluie et de vent. La météo n'est pas excellente, mais on ne peut pas reculer l'essai, nous n'en avons pas le temps. Après tout, cela tombe bien, on testera mieux le bateau et on vérifiera l'étanchéité de tous les hublots, faute de pouvoir pour l'instant faire les tests en piscine.

— En piscine ?

— Oui, une spéciale, c'est le terme que l'on donne souvent au bassin profond dans lequel on met le bateau quand la structure est terminée. Avec des pompes, on l'asperge pendant vingt-quatre heures sans arrêt. C'est idéal pour repérer d'éventuels petits défauts ou des fuites.

Il voulut embrasser Valérie, mais elle se recula en le foudroyant du regard. En robe de chambre, assise dans la cuisine, elle tournait nerveusement sa cuillère dans une tasse de café.

— Euh... bonne journée ma chérie... je ne sais pas à quelle heure nous rentrerons.

Elle haussa les épaules se retenant de lui lancer une méchanceté à la figure… l'enfant était là entre eux.

Le père et le fils se regardèrent un peu gênés et sans rien dire, presque sur la pointe des pieds, ils quittèrent la maison.

— Ne t'inquiète pas trop pour la réaction de Maman, dit Bernard qui ne voulait pas que Romain s'imagine que ses parents se disputaient, elle est fatiguée en ce moment.

— Oui, cela se voit, ce n'est rien.

Ils arrivèrent bientôt sur le port où il gara sa voiture.

— Aide-moi à prendre les sacs, dit-il à Romain, attention il y a une bouteille de champagne !

L'enfant scrutait tous les bateaux amarrés au ponton de bois qui remuait doucement sous la poussée des vagues.

— C'est lequel, Papa ?

— Devine.

— Euh, celui-là est trop vieux. Celui-là bof, il est trop moche. Celui-là ? demanda-t-il en montrant un petit voilier fin et élégant.

— Non.

— Ah dommage, il était pas mal… Euh… je ne sais pas… il ne reste que celui qui est là-bas au bout, mais il est trop grand, dit-il en désignant un superbe voilier de haute mer dont le pont en teck sombre mettait en valeur la coque blanche décorée d'un fin liseré rouge grenat.

— Tu peux monter à son bord moussaillon !

— Quoi ? C'est… c'est ton bateau ?… Papa !

Romain se jeta au cou de son père et resta un moment niché contre lui. Bernard retenait difficilement son émotion. L'enthousiasme de son fils était la plus belle récompense qu'il pouvait espérer.

— Papa… c'est… c'est magnifique, tu es un champion ! Il faut que Maman le voie, elle ne crierait plus, elle serait si fière de toi !

— Tu as sans doute raison, mais je veux d'abord être sûr qu'il est aussi fiable que beau.

— Olivier ! s'écria Romain en apercevant le collaborateur de Bernard et en courant vers lui.

— Salut, content d'avoir ton aide matelot, tu es en forme ?

Romain posa les pieds sur le pont du voilier comme s'il pénétrait dans un palace. Avec émerveillement, il caressa du regard les manilles, ridoirs, cabestans et taquets qui permettaient le réglage du gréement et la manœuvre des voiles, et qui luisaient sous le pâle soleil. Dans la cabine, les petits hublots laissaient entrer la lumière scintillante de l'onde sur les meubles au ton chaleureux qui sentaient bon le vernis frais. Il restait sans voix. Radieux, Bernard lui souriait.

— Il te plaît ?

L'enfant hocha la tête.

— Il manque encore les coussins sur les banquettes et les matelas des couchettes, mais je ne veux pas prendre le risque de les salir. Allez, viens nous aider ! Et je vais te présenter Robert et Philippe qui travaillent aussi avec moi. Cette sortie en mer est leur récompense pour ce magnifique travail qu'ils ont fait et nous ne serons pas trop de cinq pour manœuvrer.

Très fier de faire partie d'une équipe d'hommes et encore plus d'être le fils de celui qui avait construit une telle merveille, Romain n'avait jamais été aussi heureux de sa vie. Amusé, Bernard le regardait du coin de l'œil.

La manœuvre pour quitter le port se fit sans difficulté, le moteur démarra du premier coup en un ronronnement discret. Le voilier laissa un long sillage sur l'eau du chenal en dessinant des vaguelettes qui s'écrasaient au pied d'une digue où se promenaient quelques badauds emmitouflés. Ils atteignirent rapidement la haute mer.

Les hommes qui travaillaient avec Bernard étaient tous des marins expérimentés, amoureux de cette mer belle et mystérieuse qui s'habillait ce matin-là de bourres blanches sous la force d'un vent frais qui grossissait en force 5.

Le bateau se para soudain de sa voile bicolore qui faseya un instant puis se tendit brusquement en couchant légèrement la coque dans un mouvement élégant. L'ensemble éclatait de beauté, s'épanouissant comme une femme qui revêt sa robe de mariée.

Tout semblait aller pour le mieux, l'accastillage fonctionnait à merveille, le voilier tenait magnifiquement la mer, malgré la houle qui s'amplifiait beaucoup plus que ne l'avait prévu la météo. Bernard avait d'ailleurs ordonné que chacun mette un gilet de sauvetage.

Il ouvrit la bouteille de champagne et tendit aussi un verre à Romain de plus en plus fier d'être considéré comme un homme.

— Les amis, merci pour tout ce que vous avez fait et superbement fait. Cela a été une aventure difficile pour réussir à fabriquer ce bateau, mais vous pouvez être extrêmement fiers du résultat. En tout cas, moi je suis fier de vous tous et… et je vous dis merci aussi pour votre confiance… À l'avenir de Cap Voile !

— C'est nous qui te remercions Bernard, pour ta pugnacité et ta persévérance dans ce projet totalement fou ! dit Olivier. J'y croyais mais je t'avoue que plus le temps passait, plus les difficultés me semblaient innombrables et même insurmontables. Tu as été têtu, opiniâtre et tu as réussi, merci. De plus, tu nous permets de faire un travail qui nous passionne tous.

— Bravo Papa ! hurla Romain en levant si brusquement son verre qu'il en répandit le contenu sur le pont.

— Eh bien voilà qui est fait, c'est toi qui a baptisé ce voilier notre premier « Cap Voile 45 » ! dit Bernard en riant, il y a du remous, fais attention à ne pas tomber !… je dirais même que le temps se gâte sérieusement, continua-t-il en regardant le ciel. Je pense qu'il nous faut être prudents et ne pas risquer de casser le bateau, nous allons rentrer.

— Vous avez raison, dit Philippe, car cela va souffler et fort !

Chacun avala son champagne d'un trait. L'heure n'était pas aux réjouissances mais à la sauvegarde de tous.

Et les éléments se déchaînèrent tout à coup. La mer se gonfla en murs d'eau de plusieurs mètres de haut. Bernard força Romain à rester à l'abri dans la cabine, inquiet par la tournure dangereuse que prenait cette première sortie en mer.

Ah, il voulait malmener le voilier pour le tester ! Oui, mais il n'en demandait pas tant aux éléments !

L'inquiétude grandissait de minute en minute. Tous les marins ayant une foi un peu superstitieuse, Bernard entendit Philippe et Robert se mettre à implorer la Sainte Vierge. Il comprit l'angoisse de ses hommes et lui aussi, lança alors un appel au secours vers le ciel ! S'ils chaviraient, s'ils cassaient quelque chose, c'était la catastrophe, le bateau ne pourrait être vendu à temps et Cap Voile n'y survivrait pas. Toutes les futures commandes dépendaient de la réussite de ce premier voilier, de cette première sortie en mer. Bernard se dit soudain qu'il avait été fou de jouer toute la vie de son entreprise sur un seul produit.

Mais il fallait qu'il fasse cette sortie en mer. Il aurait été incapable de vendre un voilier sans en connaître l'équilibre, les performances et la maniabilité.

Ils luttèrent plus de trois heures, découvrant peu à peu l'extraordinaire tenue du voilier. Puis la colère du vent se calma, la pluie cessa brusquement et un rayon de soleil illumina les hommes dégoulinants d'eau de mer.

Ils se regardèrent, épuisés par l'effort, encore pétrifiés par l'angoisse.

— Ben dites donc, pour un baptême, c'est un baptême ! s'exclama Olivier en soufflant.

— On n'a rien cassé ? demanda Bernard qui tenait le gouvernail, ne cachant pas son inquiétude.

— Non, non, je ne crois pas, répondit Robert, mais on vérifiera tout ça au port. En tous cas, Monsieur Rosit, j'ai jamais vu un voilier tenir la mer de cette façon, c'est fantastique ! Vous allez pouvoir en vendre des bateaux comme ça, avec un certificat de sécurité, en paquet cadeau !

Bernard retira la capuche de son ciré. Ses cheveux étaient plaqués sur son front et son visage ruisselait d'eau salée, ce qui accentuait ses rides de la cinquantaine. Assis, il tenait toujours fermement le gouvernail, sa stature massive, faisant corps avec son voilier.

Il commençait à se détendre et sourit.

— Philippe, tu peux dire à Romain de sortir ? Il ne risque plus de passer par-dessus bord maintenant. Le pauvre, il doit avoir le mal de mer là-dedans.

Romain sortit de la cabine un peu blafard en effet. Il regarda autour de lui, testant le roulis en gardant les jambes écartées. Il sourit.

— C'était génial, Papa ! dit-il fièrement. Qu'est-ce que cela a tangué ! Mais là-dedans rien n'a bougé, ça tient bien ! Et puis il n'y a pas une seule goutte d'eau qui soit entrée, tes hublots sont super étanches ! J'ai tout vérifié !

— Bonne initiative, moussaillon !

À leur retour, devant le visage toujours bougon de Valérie, le père et le fils prirent soin d'étendre soigneusement toutes leurs affaires dans le garage pour les faire sécher.

— Papa, dit Romain, c'est… c'est vraiment trop cool ce que tu construis.

À treize ans on ne sait comment exprimer ses sentiments, mais le regard qu'il décrocha à Bernard, suffit pour que celui-ci comprenne l'admiration sans borne de l'adolescent.

— Il y a une chose que tu dois savoir, Romain, lui dit-il en souriant, c'est que pour réussir il faut beaucoup, beaucoup travailler et être persévérant, même dans les difficultés.

— Aih, je me disais qu'il y avait longtemps que tu n'avais pas parlé de mes études.

— C'est toi qui en parles, mais tu as donc compris, répliqua Bernard en frottant les cheveux collants d'eau de mer de son fils ! Allez va vite prendre une bonne douche avant le dîner et tu fileras dormir.

— Merci Papa… On recommencera ?

Pour une fois, avant de se coucher, le jeune garçon ne se connecta pas sur un site porno mais surfa sur Internet à la recherche de toutes les régates. Il s'endormit en ressentant encore le roulis, fier de cette étrange complicité avec un père qu'il trouvait « super génial » et il souriait en imaginant la tête de ses copains, quand il leur raconterait son aventure.

9

Arnaud Mainvilliers avait passé plusieurs heures à la Chambre de Commerce et d'Industrie pour connaître toutes les formalités à remplir pour créer son entreprise. Tout cela ne semblait pas trop compliqué, bien que ce fut fastidieux à faire. Il lui manquait toujours l'essentiel : le nerf de la guerre c'est à dire l'argent. Penser à un banquier lui donnait des maux d'estomac et pourtant il en existait certainement qui accepteraient de l'aider mais il n'était pas tombé sur les bons !

Son projet était viable, il le sentait, il pouvait même le prouver, il avait cependant besoin de rencontrer une race humaine bien spéciale : des gens qui osent prêter de l'argent parce qu'ils ont confiance dans les capacités créatrices de quelqu'un d'autre, des gens qui osent croire en l'avenir d'une entreprise qui peut créer des emplois.

Si Arnaud avait choisi de quitter Paris, c'était parce qu'il y étouffait. Une ville portuaire lui permettait de sentir l'air du grand large et cela l'aidait à ne pas craindre l'immobilisme géographique. Il n'y connaissait personne, à part Bernard Rosit. Mais cela lui importait peu, il aimait la solitude, à son âge ce n'est pas une compagne effrayante.

Il était bien décidé à acquérir le terrain qu'il avait vu et ne voulait ni perdre son temps, ni risquer qu'il soit acheté par quelqu'un d'autre. La maison de ses parents venant d'être vendue à un prix supérieur à ce qu'il avait espéré, il se retrouvait avec une réserve financière conséquente.

Il se rendit de nouveau sur place pour accrocher ses rêves à la réalité d'un lieu.

Bernard l'aperçut de la fenêtre de son bureau et vint le trouver.

— Alors, ça y est, lui dit-il, vous l'avez acheté ?

— Oh pas encore, il faut que la mairie lève son droit de préemption et il paraît qu'il y a quelqu'un qui a déjà mis une option.

— Vous avez rencontré le propriétaire ?

— Je n'ai pas pu, je ne sais pas qui il est.

Bernard parut un peu ennuyé.

— En fait je sais qui c'est… mais j'ai entendu dire tellement de choses sur ce terrain que je ne voulais pas vous en parler, d'autant plus que je ne vous connaissais pas. C'est un type un peu bizarre, il s'appelle Durofour, un vieil homme qui avait son entreprise ici, avec sa maison et quelques logements pour les ouvriers. D'un côté, il paraît qu'il ne veut pas vendre, de l'autre je sais qu'il est manipulé par des gens qui essaient de faire baisser les prix et lui bloquent tout autre client potentiel. Il est vieux et ne se rend plus compte des choses à faire, ni des prix réels, à cause de l'euro. Venez, je vais vous donner son adresse, cela me ferait plaisir de vous voir arriver à côté de chez moi, plutôt que ces charlatans, qui achètent à bas prix pour revendre dix fois plus cher quelques mois plus tard. Ça me dégoûte !

Arnaud suivit Bernard. Ils traversèrent l'atelier où un voilier commençait à prendre forme. Ils passèrent sous la coque blanche d'où sortait la longue quille en plomb. Cette coque faite de plusieurs couches de résine était moulée pour l'instant chez un fabricant extérieur. La ligne de flottaison y était dessinée en bleu marine.

— J'espère pouvoir bientôt fabriquer moi-même les coques, ce sera plus économique. Vous voyez toute la structure du voilier est collée et stratifiée sur cette coque. Nous utilisons énormément de matériaux différents, tous choisis pour leur résistance exceptionnelle, leur légèreté aussi. Si le bateau est trop lourd, il navigue mal.

— C'est un travail de précision incroyable, s'exclama Arnaud, je ne pensais pas qu'il faille autant de techniques pour construire un voilier. Cela semble simple quand on n'y connaît rien.

— Et pourtant tout est calculé au millimètre près, comme le moule du pont, des cabines ou de la salle de douche, que l'on fait en fibres de verre et en résine. Ah, voilà, continua Bernard en recherchant l'adresse du vieillard. N'hésitez pas à l'appeler de ma part, il se souviendra peut-être de moi, je l'ai aidé dans sa comptabilité pendant quelques mois.

— C'est vrai que vous étiez comptable, on l'oublie en étant ici !

Bernard rit.

— Pour l'instant j'ai un peu l'impression de bricoler, mais j'ai réussi à mettre à la mer mon premier voilier dimanche dernier. C'était pour moi le vrai lancement de ma boîte ! Quelle émotion ! C'était merveilleux, j'ai lancé mon bateau comme on lance une entreprise. Une fois en mer, il faut que cela fonctionne et bien, il y va même de la vie de tout l'équipage !

— Donc, ça marche ?

— Pas encore vraiment, c'est difficile, dit-il avec un petit sourire crispé, mais heureusement j'ai le soutien d'une association de chefs d'entreprises. J'ai tous les conseils dont je peux avoir besoin, un bon accompagnement et, surtout, j'ai pu avoir un prêt d'honneur, et ça ! ça fait du bien, pour le moral comme pour les finances !

Debout à côté du bureau, Arnaud qui le dominait de toute sa taille, le regardait pourtant avec admiration. Nettement cet homme avait eu une vie professionnelle ordinaire : comptable ! Qu'y a-t-il de plus immobile qu'un comptable ? Et cela ne l'avait pas empêché de créer son entreprise en prenant des risques colossaux pour assouvir sa passion, alors qu'il n'était plus tout jeune.

— Mais vous ne m'avez pas vraiment expliqué ce que vous allez faire, reprit Bernard. Si vous créez une PME, vous pourriez aussi bénéficier de cette aide.

— C'est sans doute trop tôt, il faut avoir démarré non ?

— Disons qu'il faut que le projet soit bien avancé, cela simplifie les choses, mais vous savez, cette association vous aide à y voir clair pour le démarrage. Le regard extérieur n'est pas négligeable quand on devient obsédé par son projet sans capacité d'analyse objective... Attendez, je vais vous donner de la doc là-dessus et n'hésitez pas à les appeler.

— Merci.

— C'est normal... Avant de partir, cela vous intéresserait de voir l'intérieur d'un bateau ?

Ils grimpèrent sur une plate-forme qui entourait la coque. Arnaud découvrit l'étonnant travail minutieux accompli par les ouvriers dans ce minuscule espace où chaque chose avait sa place : moteur, cuves de carburants et d'eau douce, mobilier, etc. Il admira l'intelligence de la conception, la précision dans les finitions, l'amour du bel ouvrage. Il était impressionné et le dit à Bernard.

Mais Arnaud le solitaire, n'avait guère l'habitude de demander de l'aide et il ressentait un certain malaise devant la gentillesse de Bernard Rosit. Ce n'était pas un petit comptable, même devenu chef d'entreprise qui allait lui donner des leçons pour créer sa boîte, malgré sa relative jeunesse ! Il avait acquis une sacrée expérience depuis des années, dans des marchés complexes où les négociations devaient tenir compte aussi bien des personnalités des interlocuteurs, que de leurs cultures et des coutumes du pays dans lequel il faisait affaire. C'était tout de même d'une autre ampleur que d'acheter un terrain et d'y construire un grand hangar pour emmagasiner, trier et recycler du textile !

Mais, s'il pouvait déjà trouver le propriétaire de ce fameux terrain, cela relevait du bon tuyau et non de l'assistanat !

10

Monsieur Durofour ressemblait à un vieil hibou. À quatre-vingt-douze ans, il avait encore le regard vif derrière d'énormes lunettes aux verres sales et griffés, et une très bonne oreille même s'il faisait semblant d'être sourd quand cela l'arrangeait. C'était le privilège de l'âge.

— Vous voulez mon terrain ? dit-il à Arnaud en levant les yeux vers lui. Et pour quoi faire ? Tout le monde le veut ce terrain, mais moi, je ne veux pas, ce sont tous mes souvenirs qui ont été rasés, toute l'histoire de ma famille, depuis des générations et des générations… je ne veux pas qu'il y ait quelque chose à la place. C'est tout… c'est fini… il n'y aura rien… rien…

Il répétait le « rien » d'un ton péremptoire qu'il accompagnait d'un geste de la main.

Arnaud le regardait en souriant. Il aimait ce genre de caractère teigneux.

— Je vous comprends. Quelle était votre activité ?

— On faisait du chanvre, Monsieur, pour faire les filets de pêche et tous les cordages. C'est qu'il en fallait sur les bateaux ! Ça marchait bien… Vous savez comment on faisait les cordes dans le bon temps ?

Le visage du vieillard se métamorphosait.

— Non.

— Normal, vous êtes trop gamin, malgré votre taille de géant. Mais vous vous êtes pas demandé pourquoi il était aussi long et grand mon terrain ?

Le vieil homme se redressa.

— Le chanvre, il fallait d'abord le peigner, avec des peignes aux dents plus ou moins longues. Et puis on le filait et pour ça, on mettait tout le chanvre dans son tablier, on accrochait un bout au rouet et puis on reculait en tirant pour dévider le fil. On faisait au moins cent mètres à reculons pendant qu'un tourneur faisait mouvoir la roue pour tordre le fil. Ça paraît simple, mais il en fallait du muscle et puis on reconnaissait le bon chanvrier à la régularité de la corde. Chez nous Monsieur, c'était les meilleures cordes de toute la côte !

— Et comment tenait la torsion ?

— Ben réfléchissez ! Il suffisait d'imprégner la corde avec de la colle et de l'eau… à l'époque, on prenait le temps de faire du beau travail. Après, dans les années 50, on a vu arriver la fabrication des cordes en nylon. C'était plus pareil. Les machines remplaçaient les hommes. Avec le fils et la belle-fille, on a voulu continuer comme avant, c'est tellement plus beau une corde et des filets en chanvre. On a tenu tant qu'on pouvait, mais un jour, c'était plus possible, il n'y avait plus de commandes.

Il se tut et resta un long moment plongé dans ses souvenirs. Arnaud ne bougeait pas.

— Vous comprenez pourquoi, cette terre, où on a peiné, je veux pas qu'on y mette un truc moderne… et puis, je sais pas pourquoi je vous dis tout ça, partez ! Tant que je vivrais, vous l'aurez pas… et mon fils non plus ne veut pas qu'on le vende.

— Pourtant ce serait pas mal d'argent.

— Qu'est-ce que vous voulez que j'en fasse de ces sous ? Je vais pas les mettre dans mon cercueil !

— Et votre fils ?

— Oh, il est en retraite maintenant, il a tout ce qu'il faut.

— Très bien, je ne vais pas vous déranger plus longtemps.

Arnaud s'apprêtait à partir quand le vieux se ravisa.
— C'est quoi votre entreprise ?
— Cela vous intéresse ?
— Non… non… n'en parlons plus… cela me fatigue…

En quittant la pièce, Arnaud se heurta à un homme d'une soixantaine d'années qui entrait au même moment. Tout de suite sur la défensive, ce dernier le dévisagea avec méfiance.
— Qui êtes-vous ? Que voulez-vous à mon père ?
— Rien, puisqu'il ne veut pas.
— C'est encore le terrain, n'est-ce pas ? Il n'en est pas question et puis comment vous nous avez trouvés ?
— Grâce à Monsieur Rosit, Bernard Rosit qui a fait de la comptabilité pour vous.
— Connais pas.
— C'est étrange que vous ne souhaitiez pas vendre, puisque vous n'en faites rien de ce terrain… et je vous aurais payé un prix normal moi.
— Qu'est-ce que vous voulez dire ? cria le vieil homme en entendant Arnaud.
— Oh, je sais tout simplement que certains vous en proposent un prix dérisoire pour le revendre ensuite avec une belle plus-value.
— Ils veulent me rouler ?
— Sans doute… je dirais même sans aucun doute.
Le fils semblait très nerveux. Il était petit, avait les cheveux gris sale, les joues creuses, les doigts jaunis par la nicotine.
— On ne vendra pas Papa, c'est dit, c'est comme ça, quel qu'en soit le prix proposé.
— Ben ça te ferait des sous quand même, à toi et à ta femme. Elle est bien malade que tu m'as dit et ça fait si longtemps que je l'ai pas vue ! T'aurais de quoi la soigner !
— J'ai besoin de rien, toi non plus, on ne change pas ce qu'on a décidé.

— Bon, si tu veux.

Arnaud avait bien des difficultés à comprendre la réaction de ces deux hommes. Mais il se rendait compte que l'opposition venait beaucoup plus du fils que du père. C'était bizarre. Pourquoi rechignait-il à cette vente ?

Un Mainvilliers ne s'avoue pas vaincu aussi rapidement ! Il voulait ce terrain car il n'avait rien d'autre en vue et n'avait plus de temps à perdre. Il se trouvait devant un défi à relever et se fit la promesse de réussir !

Il alla à la bibliothèque municipale de la ville et chercha dans les archives toute l'histoire des chanvriers du port. Il découvrit les grands bâtiments de la corderie, les petites maisons du patron et des ouvriers, ainsi qu'une photo de Monsieur Durofour avec tous ses ouvriers.

Devant les photos dont il avait fait des copies et que lui avait rapportées Arnaud, le vieillard retenait difficilement son émotion.

— Vous voyez, tous ces gens, j'ai pas pu les garder, j'ai pas réussi à conserver leur travail. C'est le plus moche quand on est patron : devoir mettre les gens à la porte parce que l'on a pu su maintenir leur emploi. Ça vous reste là, au fond des tripes pendant des années ! Il y en avait plusieurs qui avaient eu des accidents en mer, ils ne pouvaient plus partir à la pêche aux harengs. Chez moi, ils étaient contents, ils touchaient encore les filets, les cordes… et puis c'était un peu leur seconde famille… Tiens là, c'est ma maison, et celle de mon fils juste à côté. Il n'a jamais pu avoir d'enfant, lui…

Il soupira profondément, puis se reprit et regarda Arnaud d'un air malicieux.

— Vous êtes un malin vous, vous savez comment toucher les gens. Et vous croyez que je vais me laisser faire maintenant ?

— C'est vrai que je pensais vous avoir à la sympathie, mais vous êtes coriace, répliqua Arnaud en riant de telle façon que les murs de la vieille maison en tremblèrent un instant.

— D'où vous venez ?

— D'où je viens ? Par moment je ne sais plus… du monde, de partout… j'ai voyagé pendant quinze ans. J'ai d'ailleurs rencontré beaucoup de pêcheurs qui utilisent encore le chanvre pour leurs cordages et les filets.

— C'est vrai ?

— Bien sûr ! Ce sont des gens assez pauvres en général et ils les fabriquent eux-mêmes.

— Bon, écoutez-moi jeune homme. Si vous me promettez de faire quelque chose de bien, là où toute ma famille a travaillé, alors j'accepte de vous le vendre ce terrain. Qu'est-ce que vous allez y faire ?

— Recycler du textile… pour ne rien perdre si vous voulez. Ramasser ce dont les gens ne veulent plus, transformer, revendre… Et faire ainsi travailler pas mal de monde.

— Vous êtes astucieux. C'est une bonne idée. Bon, allez chez mon notaire, c'est Monsieur Trouville, dites-lui de venir me voir demain, on va régler tout ça, vous me plaisez et, je vais vous dire quelque chose, c'est mon bougre de fils qui ne veut pas vendre ! J'ai jamais compris pourquoi. Alors je disais que c'était moi, pour mes souvenirs. On embête moins un vieux. Les autres, ils pensent que je suis Alzhei… j'sais pas quoi… mais j'ai encore toute ma tête ! et puis il ne faut pas être andouille tout de même, la vie passe, qu'est-ce que cela peut faire maintenant ?

Arnaud lui serra la main en souriant.

— Vous êtes content, vous avez gagné, n'est-ce pas ? lui fit remarquer le terrible vieillard.

— Oui, bien sur, mais je suis aussi content de savoir que cette terre où je vais m'installer a une histoire, une belle histoire.

— Allez filez, dites pas n'importe quoi pour me faire plaisir ! et euh… merci pour les photos.

Mais Arnaud était sincère. C'était un besoin sans doute héréditaire mais profondément inscrit en lui, de toujours chercher à connaître les lieux où il mettait les pieds.

Le bonheur d'avancer dans son projet, lui permit de prendre à la légère le courrier qui était arrivé dans sa boîte postale via le Centre d'affaires de Paris. Il était signé d'Alcibiade.

« *Ne croyez pas pouvoir échapper à votre dette, Mister Liers. Je sais que vous avez vendu les rideaux, vous me devez donc la commission, je vous retrouverai et vous me paierez, sinon…* »

La menace aurait pu sembler ridicule venant d'un autre personnage, mais celui-ci était réputé pour sa cruauté proportionnelle au nombre de dollars qu'il pouvait espérer récupérer de sa victime. Peu habitué aux échecs, il reportait son orgueil bafoué sur Arnaud et s'était juré de ne pas le lâcher avant d'en avoir extrait tout ce qu'il pouvait.

11

Arnaud était si content d'avoir réussi cette négociation, qu'il déchira la lettre et arriva peu après à Cap Voile avec une bouteille de champagne.

Il traversa l'immense atelier qui sentait la résine, le bois, la colle et le vernis. Des hommes s'activaient autour de plusieurs coques, certaines étaient vides, d'autres commençaient à se meubler. Dans un coin, reposaient de longs mats. Bernard était dans son bureau, les sourcils froncés, le visage inquiet. En voyant Arnaud à travers la vitre, il lui fit signe d'entrer.

— Cela avance vos affaires ? dit-il en se levant.

— Regardez, répondit Arnaud en levant la bouteille, grâce à vous j'ai réussi à acheter le terrain. Nous allons être voisins.

— Oh, bravo ! C'est vous qui avez gagné car le vieux était coriace, si je ne me trompe !

— Assez coriace en effet !... Et vous, cela va ? demanda Arnaud constatant la mine soucieuse de son interlocuteur.

Bernard soupira. Il en avait tellement gros sur le cœur, qu'il s'engouffra dans l'oreille prête aux confidences.

— L'argent part plus vite qu'il ne rentre et quand la fin du mois arrive, vous ne pouvez savoir l'angoisse que j'ai de pouvoir payer les hommes. En fait je fabrique un produit de grand luxe pour un nombre restreint de clients. Une seule commande perdue ou gagnée fait vaciller tout mon équilibre de trésorerie. C'est effrayant. Si le client savait à quel point il nous donne du bonheur quand il confirme sa commande ! Vous voyez Monsieur Mainvilliers, dans une entreprise, le vrai patron n'est pas celui qui est dans le bureau, c'est le client… et je consacre plus de la moitié de mon temps à le chercher ! C'est lui qui donne ou non le boulot. Moi, je gère, mais c'est lui qui paie. Mais je ne veux pas vous décourager, reprit-il soudain en se ressaisissant et en souriant, nos activités sont tellement différentes, qu'il est idiot de vouloir en comparer le fonctionnement… quand pensez-vous pouvoir démarrer ?

— Rapidement je l'espère. J'ai repéré un petit local juste à côté d'ici pour surveiller le chantier en permanence et pouvoir démarrer l'activité en miniature… sinon, cela risque de durer des mois.

— Avec vous les choses ne traînent pas, répliqua Bernard en riant et en pensant au temps que lui-même avait passé pour mettre en place son projet… Venez ce soir à la maison, nous boirons ce champagne avec ma femme, elle se plaint de ne jamais me voir.

Arnaud n'avait guère envie de partager l'intimité familiale d'un homme qu'il connaissait à peine, mais il accepta de peur de le blesser.

Bernard avait acheté quinze ans plus tôt une maison de crépi blanc dans le lotissement d'un petit village de bord de mer.

Sa femme aimait beaucoup le jardinage et soignait fleurs et plantes, essayant de les protéger des embruns et du sable. Même en hiver on voyait que le jardin était bien entretenu et rien ne semblait être négligé, depuis les dalles de l'allée, sans mauvaises herbes, jusqu'aux rideaux des fenêtres habillées de stores clairs, en passant par la petite cloche de l'entrée.

En entrant, Arnaud eut l'impression d'être dans une maison décorée à partir de revues standard et ne se sentit pas très à l'aise.

Valérie était occupée avec Églantine et n'éprouvait aucun plaisir à boire le champagne avec un inconnu. Elle fit un effort pour venir le saluer et entra dans le salon, la fillette accrochée à son cou.

Arnaud se leva en la voyant. Elle s'immobilisa un court instant, subjuguée par cet homme jeune, grand, au visage mystérieux d'aventurier ! Elle bafouilla un rapide bonsoir, s'excusa de devoir s'occuper de la petite et s'enfuit presque du salon.

Elle s'appuya un instant sur le mur du couloir, le cœur battant. Elle venait de voir l'homme dont elle avait toujours rêvé. Grand, beau, le regard vif et intelligent. Était-il possible qu'un tel homme fut l'ami de son mari, qu'elle trouvait maintenant si insignifiant, si ordinaire, montrant les premiers signes de la vieillesse qu'elle détestait et qui lui faisait étrangement peur. En âge, elle était d'ailleurs certainement plus proche de Mainvilliers que de Bernard.

Elle fit rapidement la toilette de sa fille, gronda Romain qui regardait la télévision au lieu de faire son travail, secoua Ludovic qui jouait à la bataille navale dans la baignoire et enfin retrouva les hommes au salon.

Bernard la vit arriver avec plaisir, d'autant qu'elle souriait et avait pris soin de se recoiffer et même de se parfumer légèrement. Elle déposa Églantine par terre, sur le tapis. L'enfant, sans prêter attention aux gens qui l'entouraient, prit sa petite balle et se mit à jouer gentiment.

Comme toujours Arnaud ne pouvait s'empêcher de dévisager ses interlocuteurs qui avaient parfois l'impression gênante d'être quasiment déshabillés ! C'est ce que ressentit Valérie, mais cela lui donna un frisson étrange qu'elle trouva curieusement agréable. Elle ne parvenait pas à saisir le moindre sens à la conversation, obsédée par cet homme qu'elle dévorait des yeux, sauf quand il tournait son visage vers elle. Elle piquait alors le nez dans son verre, se sentant rougir comme une idiote.

— Je ne vous ai pas vraiment parlé de cette association qui aide les créateurs d'entreprise, dit Bernard. Je vous préviens tout de suite qu'il ne s'agit ni de paternalisme, ni d'assistanat, ni de *charity business*. En fait, ce sont des chefs d'entreprise qui ont réussi dans leurs boîtes et qui sont heureux de pouvoir en aider d'autres, aussi bien par le conseil que par le coup de pouce que peut être un prêt sur honneur.

— Prêt à quel taux ? interrogea Arnaud.

— Zéro, c'est un prêt sans intérêt.

— Ah bon ? Mais dans quel but font-ils cela ? Prêter de l'argent coûte cher.

— Oui, je sais, mais... mais je crois que diriger une entreprise c'est avoir une mentalité bien spéciale. On veut réussir, on veut que l'entreprise gagne de l'argent, et nous aussi on veut en gagner, c'est naturel. Cet argent sert aussi bien à créer d'autres emplois et à payer les employés, qu'à réinvestir et à faire vivre tout un tissu local et même une région, pourquoi pas. Quand quelqu'un gagne, il fait gagner beaucoup de monde autour de lui. C'est la motivation profonde de cette association : aider à la création d'entreprises donc augmenter les emplois. C'est un cercle gagnant. Rester seul dans son coin, est réducteur.

— Donc, pour revenir à cette association d'entrepreneurs, comment font-ils pour choisir l'entreprise à aider ? Parce que je suppose que l'on doit se bousculer au portillon !

— Ce n'est pas l'entreprise qu'ils aident, c'est l'homme, le créateur. Et c'est une différence de taille ! Il faut donc que cet homme ou cette femme les séduise en quelque sorte. D'abord le créateur doit leur présenter un projet écrit qui se tient sérieusement, avec la motivation, le concept, le marché, les enjeux financiers. Ensuite, ils se réunissent en groupe de travail et font une présélection de tous les projets en fonction du critère important de potentialité de création d'emplois. Il y a beaucoup d'organismes qui aident les indépendants, les petits commerces, mais pas les futures PME. Le besoin de financement du créateur va se situer entre 75 000 et 750 000 €, mais ils veulent que celui-ci investisse aussi dans sa boîte. Ils ne vont pas tout faire à sa place, loin de là.

— Mais comment peut-on être retenu ? demanda Arnaud, qui commençait à trouver cette démarche intéressante.

— Le créateur est reçu, écouté. Toutes les étapes de la création de son entreprise sont bien repérées, analysées et validées, ainsi que ses besoins. Tout ceci par des personnes qui connaissent le métier ou qui s'en rapprochent s'il s'agit, par exemple, d'une idée vraiment originale et nouvelle.

— C'est un peu comme un élève qui présente sa copie au professeur pour être noté !

— Non, pas du tout parce que le dossier est une simple base du projet ! Ce qu'ils font, ressemblerait plutôt à du coaching : mise en valeur des capacités et des talents du créateur, mise en garde contre ses faiblesses et ses défauts. Il n'y a pas de critique de l'homme, mais une analyse du projet. Il faut bien se mettre dans la tête que cette association est centrée sur l'homme qui se met au service d'une idée pour créer des emplois. On peut avoir des gens qui ont des idées extraordinaires mais seront incapables de les mettre en œuvre ou ont choisi un créneau sans possibilité de développement et il vaut mieux pour eux comme pour les autres, qu'ils le comprennent rapidement.

Valérie prit la bouteille de champagne et s'adressa à Arnaud.

— Puis-je vous resservir ?

— Oui, merci. On doit vous ennuyer avec tout cela, dit-il en riant.

— Oh, pour une fois je comprends ce qu'est cette fameuse association dont mon mari est lauréat.

— C'est parce que, pour une fois, tu m'écoutes ! répliqua Bernard en faisant la moue, énervé par les sourires appuyés que sa femme faisait à Arnaud qui avait l'air de ne pas s'en apercevoir.

— Donc, reprit ce dernier en se retournant vers lui, comment cela se passe ensuite ?

— Eh bien, c'est leur Comité composé de plusieurs chefs d'entreprise qui décide à l'unanimité des projets qu'il peut soutenir. Il désigne aussi un accompagnateur pour chaque créateur, en fonction de l'activité et des besoins spécifiques de celui-ci, en recherchant toutes les solutions les mieux adaptées. Il octroie enfin un prêt d'honneur et s'engage à accompagner gratuitement le créateur pendant deux ans. C'est la bonne durée pour le lancement sérieux d'une entreprise.

Arnaud tournait son verre entre ses grandes mains, il n'était pas encore convaincu. Orgueilleux, persuadé qu'il réussirait à tout faire seul, il n'avait cependant qu'un seul besoin : l'argent. Mais il comprenait bien que cette association n'était pas une banque et que les gens qui en prêtaient, avaient besoin d'une certaine garantie. Quoi de mieux alors que d'aider celui à qui on prête ses propres fonds, pour éviter qu'il ne les gaspille ?

Comme s'il devinait les pensées d'Arnaud, Bernard reprit en souriant :

— Moi par exemple, je n'ai vraiment pas besoin d'être conseillé dans ma comptabilité, ou dans tout ce qui est administratif. Par contre, il m'a fallu des avis judicieux aussi bien sur un plan technique que pour repérer la législation maritime ou les règles de sécurité à respecter sur les bateaux, ou encore pour bien étudier le marché qui est international et très spécifique. Un chef d'entreprise vient une fois par mois, pendant une heure, m'aider à faire un point de la situation, à m'ouvrir des pistes. Il est devenu un ami très précieux.

— Il espionne pour voir si vous allez réussir à rembourser !

— Non, il me conseille pour m'éviter de faire des bêtises et pour que cela marche mieux. Vous savez, si je me plante, et personne n'est à l'abri, je ne serai pas tenu à rembourser ce prêt. Par contre mes biens sont cautionnés par la banque, et le banquier, lui, ne fait jamais de cadeau !

— C'est tout de même risqué de la part des membres de cette association !

— Oui, dans la mesure où ils prêtent leur propre argent. Ce sont des créateurs eux-mêmes mais ils savent que le risque entraîne une dynamique positive.

— Moi, ce dont j'aurais besoin, c'est d'y voir clair dans les méandres de l'administration tatillonne ! dit Arnaud en riant de telle façon que la petite Églantine eut peur et se mit à pleurer.

Valérie la prit dans ses bras. Elle souriait toujours.

— L'administratif occupe peut-être 10 % du temps du créateur, dit Bernard. C'est important à faire quotidiennement pour ne pas être submergé tout à coup… mais c'est le plus simple au fond. Vous êtes assez intelligent pour vous en sortir, par contre je pense qu'il vous faudra de l'aide pour bien comprendre le système français des contrats de travail par exemple. On n'a vraiment pas intérêt à mal ficeler une embauche !

— Et que faisiez-vous avant de venir dans notre coin perdu ? demanda Valérie qui mourrait d'envie qu'Arnaud la remarque un peu plus. Elle avait pris sa fille qui se balançait sur ses genoux tout en pleurant.

Il se mit à raconter ses voyages, exagérant parfois ses aventures en s'amusant du regard qui le transperçait.

C'était un regard qu'il connaissait bien, celui d'une femme prête à lui tomber dans les bras !

12

Habitué depuis de longues années à mener sa vie de façon totalement autonome, Arnaud ne parvenait pas à prendre la décision de demander de l'aide à l'association dont lui avait parlé Bernard. Il voulait se débrouiller tout seul, ne devoir de compte à personne, sauf à un banquier anonyme qui ne viendrait pas mettre son grain de sel dans ses affaires. Oui, mais aucun banquier n'acceptait de lui faire confiance pour l'instant !

La situation le rendait furieux. À trente-trois ans, il avait déjà une énorme expérience internationale, il savait acheter, négocier, vendre. Il parlait couramment au moins cinq langues. Pourquoi se sentait-il à ce point bloqué tout à coup, qu'il lui faille l'aide d'une association comme le premier péquenot du coin ? Soudain il eut envie de tout laisser tomber, de repartir au hasard des routes sous le soleil, de reprendre les fines négociations qu'il adorait faire, au fin fond de boutiques suffocantes de chaleur ou dans les salons climatisés de grands hôtels de luxe. C'était cela sa vie : poser ses pieds sur des terres inconnues et laisser ensuite le vent en chasser la trace.

Mais Arnaud était aussi orgueilleux que persévérant. Pour lui toute action entamée devait être menée à son terme, c'était une question d'honneur, ce qui l'avait guidé en permanence depuis son départ du domicile familial à dix-huit ans. Puisqu'il avait réussi à acheter ce fameux terrain, il y bâtirait son entreprise, gagnerait de l'argent et repartirait, sans doute dans deux ou trois ans, mais en ayant ainsi pu reconstruire sa fortune. S'arrêter maintenant était une preuve de faiblesse insupportable.

Enfin il se décida à composer le numéro donné par Bernard. On lui répondit aimablement.

— Votre projet est bien une création d'entreprise, ce n'est pas une activité personnelle ou un commerce ?

— Non, une entreprise, avec plusieurs emplois à la clef. J'ai cependant quelques problèmes pour boucler mon budget et Bernard Rosit, qui est lauréat de votre association m'a parlé de vous.

— Très bien. Pour pouvoir vous donner un rendez-vous et voir si votre projet entre bien dans le cadre de nos actions, pourriez-vous nous en faire un petit descriptif de quatre à cinq pages maximum ? Nous en discuterons lors de notre réunion hebdomadaire et nous vous rappelons immédiatement après, pour vous dire si nous pouvons poursuivre l'étude avec vous ou s'il vaut mieux vous aiguiller sur un autre organisme, ce qui est le cas une fois sur deux.

— Et ensuite, comment cela se passe ?

— Si vous êtes retenu, nous vous faisons rencontrer une personne qui vous aidera à instruire votre projet. Il va vous guider si vous le voulez, jusqu'au moment où vous pourrez vous présenter vous-même devant un comité qui acceptera ou non, de vous accorder un prêt d'honneur. Bernard Rosit a dû vous en parler ?

— Oui, effectivement. Très bien, je vous remercie, je vous envoie un descriptif dans les jours qui viennent.

Un type pour le guider dans son projet ! Cette seule idée l'exaspérait. Il n'avait aucune envie de passer des heures à rédiger un dossier qui serait parcouru en quelques secondes par des gens qui n'avaient sans doute aucune idée du terrain ! Il n'avait aucune envie de devoir répondre à des questions comme un élève devant son professeur, qui lui dirait « Tu peux mieux faire ! » Tout cela l'horripilait.

Arnaud était si énervé qu'il se sentait dans l'incapacité totale de faire quoi que ce soit.

Il fallait qu'il se détende pour pouvoir réfléchir calmement.

Il décida subitement de partir faire une grande balade à cheval. Il avait appris à monter sur des purs sangs arabes, magnifiques bêtes nerveuses, au pelage sombre, aux crins soyeux. Au moins, le cheval lui ficherait la paix !

Il se rendit dans un centre équestre installé non loin de la plage. Le responsable du centre hésita un court instant à confier l'animal à un inconnu.

— Vous avez l'habitude de monter ?

— Oh oui ! répondit Arnaud en souriant et en caressant la tête du cheval qui se laissait faire.

— À quel endroit ?

— Principalement en Arabie Saoudite sur de superbes chevaux arabes.

— Rapides et nerveux, n'est-ce pas ? C'est une belle expérience, vous avez eu beaucoup de chance. Très bien. Vous pouvez me faire un ou deux tours de manège avec Cyclamen, pour que je puisse voir si je puis vous la confier pour une promenade ?

L'homme fut immédiatement subjugué par la maîtrise d'Arnaud qui semblait faire corps avec le cheval, dans un mouvement de souplesse élégante.

— Vous devriez faire des concours, lui dit-il, vous montez parfaitement ! Vous habitez la région ?

— Pour l'instant, lui répondit Arnaud qui sentait soudainement toute sa tension s'évanouir. Puis-je partir deux heures ?

— Sans problème, allez sur la plage, elle adore galoper sur ces grandes étendues et la mer est basse à cette heure-ci. Mais, méfiez-vous, elle a un caractère fort et même têtu !

Dominant la nature du haut de sa monture, le visage cinglé par le vent et les grains de sable, les jambes éclaboussées par l'eau de mer laissée par la marée descendante, Arnaud aspirait l'air de la liberté par tous les pores de son corps. Le cheval fougueux lui obéissait comme s'il savourait lui aussi cette course éperdue sur des kilomètres de sable fin, à côté d'une mer à l'espace infini dont l'horizon clair se fondait dans le ciel.

L'homme et l'animal reprirent bientôt un rythme de promenade plus calme. Arnaud caressa la tête du cheval.

— On se comprend nous deux, n'est-ce pas ? Tu as besoin de courir, tu as un caractère vif, mais tu acceptes de m'obéir car tu sais que je ne veux pas te faire de mal, au contraire et je te sens heureux de cette balade… Au fond c'est peut-être cela le guide d'un projet, c'est le cavalier qui permet au cheval de sortir de son boxe mais qui respecte sa personnalité, ses défauts et ses qualités. Je me sens totalement enfermé dans mon box en ce moment, incapable de me sortir seul de mes difficultés, mais sans doute trop orgueilleux comme toi, pour ne pas montrer mon sale caractère !

Fatigué mais détendu, Arnaud rentra deux heures plus tard et nettoya consciencieusement les jambes du cheval, éclaboussées d'eau salée collante de minuscules algues mousseuses.

— Merci pour tes conseils, Cyclamen, dit-il en souriant et en caressant l'animal qui remua la tête en le regardant de ses grands yeux sombres, bordés de longs cils noirs. Tu es épatante !

Tard dans la soirée, Arnaud finit d'écrire trois pages résumant son projet de création d'entreprise de récupération de textile. C'était concentré et précis… cela marcherait ou pas, mais c'était sa dernière piste.

Il se sentait maintenant en paix. S'il recevait de l'aide de cette association, il monterait sa boîte et en serait fier. S'il n'en avait pas, c'était que son idée était idiote. Il revendrait alors le terrain et repartirait à l'autre bout du monde. Tout devenait simple et lumineux.

À une heure du matin, il chercha une boîte aux lettres et y jeta son courrier.

Respirant à fond l'air pur de la nuit, il rentra dans le petit studio qu'il louait provisoirement et s'endormit rapidement, ressentant avec bonheur toutes les courbatures dues à sa longue promenade à cheval.

13

— Asseyez-vous, je vous en prie. Vous désirez un café ? dit Patrick Rouget.

L'homme qui était en face d'Arnaud avait une cinquantaine d'années. Ses yeux vifs et intelligents contrastaient avec son physique anguleux. Il était très grand, très maigre, très pâle, mais il dégageait un dynamisme étonnant comme s'il brûlait instantanément toutes ses réserves dans l'action qu'il menait.

Arnaud était partagé entre la joie de susciter l'intérêt de l'association et la crainte toujours ancrée en lui, de se faire accaparer. Il était donc venu à l'entretien autant pour expliquer ce qu'il voulait faire, que pour exiger de savoir ce que les autres attendaient de lui. Il refusait de se mettre dans la position du quêteur et voulait rester maître de la situation. C'était lui qui accepterait ou non l'aide de l'association, n'imaginant pas un seul instant l'idée qu'elle puisse le rejeter.

— Je crois que vous connaissez un peu notre fonctionnement grâce à Bernard Rosit. Mon rôle n'est pas d'agir comme un censeur ou un jury, mais de vous aider à peaufiner votre projet non seulement pour vous permettre de le présenter au Comité qui peut vous accorder un prêt d'honneur, mais surtout pour savoir si vous avez tous les éléments en main pour que vous, personnellement, puissiez réussir. Je suis moi-même chef d'entreprise, j'ai créé ma société il y a quinze ans et je connais toutes les difficultés que vous allez pouvoir rencontrer comme le bonheur aussi que vous allez vivre dans cette création. Nous accompagnons, chaque année une soixantaine de porteurs de projets. Sur ceux-ci, environ vingt cinq sont retenus. Les autres ne sont pas mauvais pour autant, mais certains prennent conscience qu'ils n'ont pas la stature pour tenir la route ou le charisme de chef d'entreprise. D'autres, ne correspondent pas à notre démarche d'aide à la création d'emplois à travers les PME et nous les orientons alors vers d'autres organismes mieux adaptés que nous, pour répondre à leurs besoins spécifiques. Que vous soyez ou non lauréat, le seul gagnant dans ce pilotage que nous proposons, ce sera vous, en toute liberté et nous espérons que vous ne regretterez pas d'être venu nous voir.

— D'accord, répondit Arnaud, mais comment cela se passe, le pilotage ?

— C'est en quelque sorte, mettre en adéquation votre personnalité et votre projet. Vous avez une expérience professionnelle, des compétences, des atouts, des faiblesses ; vous avez un caractère qui peut ou non être en harmonie avec une création d'entreprise, avec sa gestion spécifique, tant au plan matériel que humain. Dans le projet d'une création d'entreprise, je sais que le regard de l'autre n'est pas toujours facile à recevoir, mais j'aimerais que vous compreniez que mes questions ou mes suggestions ne sont pas des critiques mais simplement des révélateurs d'éventuels problèmes. Puisque nous sommes dans un port, vous pouvez rapprocher notre action, du pilotage d'un navire pour quitter le bassin. Le pilote guide mais c'est le capitaine qui est responsable de son bateau et une fois le chenal passé, le pilote ne sert plus à rien.

— Puis-je vous poser une question ?

— Je vous en prie.

— Même si elle est… directe ?

Patrick Rouget se renversa en arrière, déployant sa carcasse comme un grand épervier à l'envol.

— Si nous sommes amenés à travailler ensemble, vous comprendrez vite que j'ai horreur des chemins de traverse et du temps perdu en faux-fuyants ! dit-il. Alors allez-y !

— Pourquoi faites-vous cela ? Enfin, cet accompagnement ? C'est bénévole ?

— Totalement bénévole. Et le comble c'est que je cotise même pour avoir le droit de donner mon temps ! répondit-il en riant, mais c'est un boomerang créatif ! J'en ai bénéficié moi-même il y a quelques années. Je me sens absolument libre de le faire à mon tour. Ce qu'il y a de curieux, c'est que moi aussi, je reçois énormément de ces accompagnements. J'ai devant moi des personnes qui se battent quand moi-même parfois je me sens fatigué, des créateurs qui ont dix mille idées à l'heure, quand j'ai l'impression de ne plus rien inventer... Bref des hommes et des femmes qui ont un dynamisme qui m'éclabousse ! Je vous assure que cela fait du bien même si j'ai parfois l'impression en arrivant que je ferais mieux de m'occuper de mes propres affaires, qui ne sont pas si simples !

— Quelle est votre activité ?

— Les travaux publics.

— C'est éloigné de la mienne !

— Vous allez me l'expliquer précisément mais je suis certain que nous allons nous trouver de nombreux points communs. Sachez cependant, que mon but est de bien vous comprendre pour vous permettre de rencontrer des personnes compétentes dans votre domaine d'activité, même si elle est totalement nouvelle.

— Oui, oui, répondit Arnaud pas encore tout à fait à l'aise. Et combien de temps dure cette étude ?

Patrick Rouget sourit, car il sentait les réticences de son interlocuteur.

— Cela va plus vite que si vous la faisiez seul, car nous vous évitons de perdre du temps. Donc en général, en trois mois minimum votre dossier peut être bouclé et bordé dans tous les sens, avec la marge d'imprévus inhérents à toute création… mais c'est le piment de l'histoire !

— Et si je veux me retirer ?

— Vous pouvez le faire. Nous n'avons aucun contrat ensemble. C'est seulement si vous êtes lauréat et que vous acceptez de l'être, que vous vous engagez alors à respecter certaines choses, qui ne sont guère difficiles mais faites pour vous aider au démarrage : un accompagnement régulier, plusieurs rencontres de formation, une entraide entre lauréats… Mais nous en parlerons en temps voulu… sans doute voulez-vous prendre le temps de la réflexion ?

— Je croyais que je devais vous exposer mon projet ?

— Si vous le souhaitez vraiment, bien sûr.

Arnaud dévisagea Patrick et eut un petit sourire.

— Excusez-moi, vous devez me sentir méfiant, mais c'est bien la première fois de ma vie que je dois expliquer ce que je veux faire… ce n'est pas difficile dans la mesure où je pense bien connaître mon dossier, c'est difficile parce que… parce que…

— C'est désagréable de devoir faire appel à quelqu'un qui semble vouloir vous juger… c'est cela ?

Arnaud hocha la tête puis respira profondément.

— Ce n'est pas évident en effet, mais j'ai ce projet à cœur, je réussis à le lancer ou pas. C'est peut-être une idée stupide dans le contexte des entreprises françaises dont je connais mal le fonctionnement. Vos conseils sont donc les bienvenus mais c'est moi et moi seul qui créerai cette entreprise, ni vous, ni votre association.

— Heureusement ! Vous êtes le seul maître de vos décisions. Je voudrais vous donner un exemple. Prenez un architecte très doué, qui construit de superbes maisons. Il peut se débrouiller entièrement des fondations à la dernière couche de peinture, mais il y a une chose qu'il ne peut négliger, c'est connaître le terrain où il va construire, tant dans le domaine de la géologie que de l'histoire même de cet endroit. Je me rappelle un lotissement établi à la place d'une ancienne tannerie où il y avait d'énormes cuves pleines de produits chimiques. Le lotisseur avait tout recouvert d'une couche de terre et vendu ses terrains sans rien dire. Vous devinez la surprise du pauvre type dont la maison s'est retrouvée au-dessus d'une fosse pleine de vieux cuirs pourris ! Construire votre entreprise relève de la même démarche : vous devez vous connaître, vous ; et puis connaître le métier, les financements, les réglementations, etc., etc. Derrière votre imaginaire : les machines qui tournent et les ouvriers qui reçoivent leur paie, il y a dix mille choses qui vous font tomber dans le trou si vous en ignorez l'existence… Ce n'est pas dégradant de demander conseil, au contraire, c'est faire preuve d'intelligence, de finesse dans le jugement et surtout c'est mettre tous les atouts de votre côté pour réussir la tête haute. Si vous gagnez la partie, ce ne sera que grâce à vous. Personne n'ira dire que c'est parce que l'association vous a aidé.

— Excusez-moi, si j'ai pu vous paraître sceptique, reprit Arnaud en se penchant en avant et en ouvrant un dossier… bon je vous explique mon idée ?

— Très volontiers, parce que vous m'intriguez sérieusement !

Quand, après plusieurs semaines de travail commun, Patrick dit à Arnaud que son dossier était prêt pour être présenté au Comité de l'association, celui-ci dut admettre que l'aide apportée n'avait pas été négligeable, loin de là ! On lui avait mis le doigt sur une multitude de questions simples ou complexes qu'il ne s'était jamais posées, mais c'était lui qui avait dû trouver les solutions. Il avait découvert un monde étrange, bien éloigné de ses habitudes commerciales en des terres lointaines. Lui qui ignorait tout d'une feuille de salaire, faillit s'enfuir en jetant le premier coup d'œil à la réglementation française ! Il n'avait jamais employé quiconque et ne savait pas du tout comment s'y prendre !

Honnêtement, il reconnut la valeur du pilotage de Patrick et ne craignait pas la dernière épreuve, celle de passer devant ce fameux Comité. Bizarrement, l'argent lui apparaissait maintenant presque secondaire par rapport aux bienfaits de ce qu'il avait appris.

— Tout est prêt pour le prochain Comité, lui dit Patrick.

— Comment cela se passe ?

— Il y a sept à huit chefs d'entreprise, tous en activité, qui ont lu votre dossier, enfin la synthèse que je leur ai fait parvenir en une dizaine de pages. En début de réunion, je commente ma note en détaillant vos points faibles et vos points forts, ceci pendant une dizaine de minutes, puis je viens vous chercher et vous présentez vous-même votre projet à « main nue » en quelque sorte : qui vous êtes, votre formation, vos expériences, votre vie familiale.

— Elle est réduite !

— Je le sais, mais il est important de le dire, nous avons quelquefois des personnes qui agissent en opposition avec leur conjoint et les conséquences peuvent être dramatiques pour le couple. Ce n'est pas votre cas… Votre liberté est une sorte d'atout !

— Je ne comprends pas en quoi, créer une entreprise peut influer sur la vie d'un couple.

— La boîte peut vous bouffer en entier, jour et nuit, semaine et week-end, et en général, l'épouse et les enfants n'aiment guère, sauf si le projet a été bien partagé depuis le début ! Bref, vous parlez une dizaine de minutes sur votre futur métier, les lignes principales du business plan, l'équilibre budgétaire, etc. puis on vous posera des questions pendant vingt minutes environ. Après votre départ, chaque membre du Comité rédige brièvement une note, puis chacun exprime son ressenti, sans discussion, enfin la discussion arrive quand tout le monde a pu s'exprimer. Alors on vote. Il faut qu'il y ait l'unanimité. Le soir même ou le lendemain matin, je vous préviendrai du résultat.

Arnaud grimaça.

— Pas marrant votre truc !

— Vous allez vous en sortir à merveille !

— En tous cas, moi je voulais vous remercier de tout ce que vous avez fait et du temps passé… quelle que soit la décision de ce Comité. J'ai eu très peur au début de subir une sorte d'enfermement et de jugement… Mais pas du tout !

Patrick sourit et secoua la tête.

— C'est vous qui m'avez beaucoup apporté en m'ouvrant de nombreuses perspectives de travail à l'étranger. Bien, à la semaine prochaine ?

— À la semaine prochaine.

14

Arnaud se sentit rougir comme un idiot en entrant dans la petite salle où s'était réuni le Comité de l'association devant lequel il devait se présenter. Il avait attendu près d'un quart d'heure à l'extérieur de la salle, très mal à l'aise à l'idée que des inconnus puissent ainsi discuter de son projet d'entreprise sans qu'il en perçoive une bribe de phrase !

Vêtu d'un costume sombre, il avait longuement hésité sur le port de la cravate, se disant enfin qu'en arborer une assez classique compenserait le peu de sérieux apparent de son parcours professionnel.

Il serra la main de sept hommes et de deux femmes qui lui envoyèrent un petit sourire qu'il jugea glacé. Mais c'était lui qui bizarrement se sentait frissonnant. Un sentiment qu'il n'avait jamais eu, ne connaissant ni le stress des examens ni celui d'être face à un jury.

Assis face à tous ces visages inconnus, il écouta le nom et la profession de chaque membre et découvrit qu'ils représentaient un beau panel de compétences professionnelles. Il prit la parole à son tour.

— Bonsoir, je vous remercie de me recevoir et surtout de vous intéresser à mon projet de récupération de textile. Je suis donc Arnaud Mainvilliers. J'ai trente-trois ans, suis célibataire… ma vie assez aventureuse jusqu'à présent, ne m'a pas permis de construire une famille. J'ai, en effet, toujours voyagé depuis l'obtention de mon bac. Ma formation a été celle du terrain. J'ai appris à négocier, à acheter, à vendre. Je parle couramment cinq langues. Je connais principalement les Pays Arabes Unis, les pays du Sud-Est asiatique et plusieurs pays d'Afrique. J'ai fait beaucoup de commerce mais j'ai aussi monté plusieurs projets d'aide humanitaire, selon les besoins rencontrés au cours de mes voyages. J'ai gagné beaucoup d'argent et j'en ai aussi perdu énormément. En effet, il y a quelque mois, j'ai subi un revers assez catastrophique dans une commande de rideaux pour une chaîne d'hôtels de luxe à Riyad. Une arnaque effrayante. J'ai tout perdu financièrement, sauf ces rideaux dont je ne savais que faire. J'ai réussi à les revendre en limitant les pertes mais c'est alors que l'idée m'est venue qu'il y avait un gros marché dans la récupération de textile. Je souhaitais poser mes valises dans mon pays et j'ai décidé de créer mon entreprise dans ce domaine.

Il s'arrêta un court instant en regardant tous ces yeux qui le fixaient. Il se sentait tout autre soudain, face à des gens qui semblaient l'écouter avec intérêt. Il reprit confiance.

— Dans le dossier, vous avez tous les détails techniques pour mettre en place un réseau de récupération fiable, pour installer des ateliers de tri puis le réseau de vente. C'est un métier qui nécessite du personnel, car aucune machine ne pourrait faire ce travail. Le personnel doit cependant être bien formé et efficace, car toute l'activité se base sur un tri intelligent qui puisse me permettre une revente bénéficiaire.

Arnaud commençait à se détendre et parla encore quelques minutes, avant de passer à l'épreuve suivante : les questions.

— Vous avez toujours vécu sans attache, dans des pays aux législations de travail bien différentes des nôtres, dit un homme directeur d'une entreprise d'ascenseurs, ne craignez-vous pas la difficulté de gestion du personnel ?

— Si, un peu, et c'est pourquoi je souhaite m'appuyer dès le départ sur une personne qui aura les compétences pour former les ouvrières et les guider dans leur travail. En ce qui concerne les contrats, je passerai bien évidemment par l'expert comptable.

— Monsieur Mainvilliers, vous avez le profil type du baroudeur, je ne dirai pas instable, mais sans ancrage, comment voyez-vous votre nouvelle vie, au cœur d'une entreprise locale avec toutes les petits tracas quotidiens qu'il va vous falloir surmonter ? demanda une femme. Saurez-vous faire face ?

— Ce nouveau métier a plusieurs facettes, celle de l'entreprise mais aussi l'export sans lequel elle ne pourra vivre. Je pense que la diversité du travail me permettra de supporter les côtés plus rébarbatifs. Chaque situation professionnelle a des aspects positifs et négatifs. Le travail à l'étranger tel que je l'ai longtemps pratiqué n'est pas facile tous les jours non plus, la solitude surtout est parfois effrayante. Je suis jeune, je m'adapte en fonction d'un choix de vie que j'assume, c'est tout.

— Je me pose une question de fond sur votre projet, dit un homme directeur d'un magasin de textile. Je vends des vêtements de gamme moyenne, ni grand luxe, ni « tout à un euro ». Quand ces vêtements ont été portés plusieurs fois et lavés, je ne pense pas qu'ils soient revendables, c'est pourtant la majorité de ce que vous allez récupérer.

— Pas exactement. Je suis d'accord avec vous, vos vêtements ne sont pas revendables, euh… ce n'est pas une critique… c'est pour vous un avantage car vous en vendez ainsi d'autres. Mes containers de récupération seront placés dans des endroits où les gens ont de l'argent donc des vêtements costauds ou plus luxueux, fait entre autres de fibres naturelles comme le lin, le coton ou la laine… Fibres que l'on peut réutiliser en charpie ou en chiffons si le vêtement est abîmé… je vous ai mis la liste des lieux dans le dossier.

— C'est un métier qui semble être à perte tel qu'on peut le percevoir dans le cadre de l'action de certaines associations humanitaires, comment pouvez-vous être certain que votre entreprise est viable ? demanda un responsable d'agence de communication.

— J'ai tous les réseaux en place en Afrique, en Indonésie, au Pakistan… cela ne pourra que se développer davantage. Je ne crois pas en la viabilité de cette entreprise par la seule revente en France ce qui sera très marginal. Dans tous ces pays, ils ont besoin de vêtements de qualité, à bon marché, c'est ce que je veux leur proposer. Mais je sais aussi que même en France il y a un avenir dans cette branche.

Il sortit un dossier, qu'il se mit à lire.

— Le gisement potentiel de textiles usagés français est estimé à plus de 400 000 tonnes par an. En 2003, on en a récolté 160 000. L'industrie française du recyclage emploie 2 600 personnes dont seulement 600 dans les entreprises de l'économie marchande classique, les autres relèvent de l'économie solidaire. On estime que l'on peut créer 2 000 nouveaux emplois. J'ai étudié tous les problèmes liés à cette activité : baisse de la qualité des tissus, trop de matières synthétiques non utilisables en chiffon car à mauvais pouvoir absorbant, coût de la main d'œuvre à cause des charges sociales, ambiguïté de la réglementation européenne en ce domaine, dévaluation du dollar par rapport à l'euro, forte concurrence américaine sur les marchés africains… tout cela je le sais, je l'ai intégré dans mes recherches spécifiques de fournitures comme de marchés… c'est pour cela que ma collecte sera originale et efficace.

Pendant quelques minutes encore, ils affinèrent les questions financières et commerciales puis le silence se fit.

— Très bien, dit l'homme qui animait la réunion, s'il n'y a aucune question nous allons nous arrêter là. Merci, Monsieur Mainvilliers.

Un peu ahuri que cela se soit passé si vite, Arnaud sortit de la salle, accompagné de Franck.

— Je vous appelle ce soir ou demain matin pour vous donner le résultat. Bonne nuit.

— Merci, bonsoir.

Dans le couloir, Arnaud croisa un couple qui attendait son tour pour passer devant le Comité.

— Ça a marché ? lui demanda l'homme comme s'il se fut agi d'un examen. Ils sont comment là-dedans ?

— Aucune importance, si vous voulez créer votre boîte, vous foncez, avec ou sans eux ! Ce n'est tout de même pas un examen de passage ! répondit-il brusquement, encore sous la tension de la dernière demi-heure.

— Un peu quand même, reprit la femme en soupirant, sans leur prêt on aura plus de difficultés à convaincre la banque de nous suivre.

Arnaud ressentit un certain énervement, frustré d'avoir eu si peu de temps pour expliquer son projet mais en même temps conscient que tout le travail avait déjà été fait en amont avec Patrick. Il haussa les épaules et quitta l'immeuble de bureau, se demanda bien pourquoi il s'était engagé dans une telle galère !

Derrière la porte close, chacun à tour de rôle, exprimait son avis.

— Un caractère étonnant, un profil de gagneur !

— Beaucoup de faiblesses pour la gestion, mais des atouts énormes pour la vente.

— Un beau projet de création d'emplois ouverts à des gens sans formation, dans un secteur difficile où il peut cependant y avoir de l'avenir.

— Son atout, c'est curieusement son expérience à l'étranger pour créer une entreprise en France.

— Un type qui a suffisamment d'orgueil pour tout tenter et réussir.

— Je crois qu'il nous faut l'aider financièrement. Il en a besoin pour les embauches, surtout dans ce cadre d'emplois ouverts à des personnes sans formation, ce qui est bien. Ses réseaux paraissent costauds, il me semble vouloir jouer le jeu.

Après une discussion d'une vingtaine de minutes, l'accord sur le prêt d'honneur et le principe d'accompagnement fut décidé à l'unanimité.

Allongeant ses grandes jambes sur le bord de la plage, persuadé qu'il avait tout foiré, se remémorant les questions pertinentes des uns et des autres, se disant que son projet était totalement stupide et risqué, qu'il ne gagnerait pas un sou avec ça, Arnaud réfléchissait à sa prochaine destination quand son portable le fit sursauter.

— Franck Durand à l'appareil. Eh bien vous voilà lauréat, cher Arnaud ! Félicitations.

— Non ? On m'accorde un prêt ? Mais j'ai été nul !

— Pas du tout, vous avez été naturel. Certes, votre projet présente encore quelques lacunes, mais vous avez un profil de battant, l'imagination en mouvement, une forte personnalité, une intelligence fine… vous pouvez réussir et vous allez réussir. Vous n'oubliez pas que l'argent est accompagné d'une aide constante pendant deux à trois ans et vous en aurez sans doute besoin. On vous a accordé un prêt de 35 000 €.

— Incroyable ! C'est génial !

— Un courrier va vous confirmer tout cela, puis quand nous aurons reçu vos tableaux de bord, le Président vous remettra le chèque, vous signerez la convention de prêt et d'accompagnement, selon certains engagements réciproques à respecter. Ce prêt est à rembourser en quarante-deux mensualités sans intérêt, avec un différé de dix-huit mois. Il vous sera remis en deux fois à six mois d'intervalle. Mais bon, nous reverrons tout cela de façon précise dans les jours qui viennent. Bonne nuit !

— Merci… merci beaucoup, répliqua Arnaud, trop éberlué pour dire autre chose. Enfin il y avait quelqu'un dans ce pays qui lui faisait confiance !

Il se mit soudain à sauter en l'air au milieu des vaguelettes, se moquant de mouiller son beau costume.

15

Alcibiade était un être étrange. Nul ne savait d'où il venait, où il habitait, s'il avait une famille et même une nationalité. Il avait des cheveux noirs comme du jais et un teint mat. Ses yeux sombres légèrement en amande étaient en perpétuel mouvement. Il était gras de partout, depuis ses joues flasques jusqu'à ses doigts boudinés recouverts de bagues en or qu'il lui était impossible de retirer. Il marchait à petits pas vifs en soufflant comme un phoque. Le téléphone portable à l'oreille, il semblait brancher avec le monde entier.

C'était un homme autant désiré que redouté. Il avait l'art de trouver les bons interlocuteurs que ce soit dans un ministère de n'importe quel pays ou dans le milieu du banditisme. Avec lui tout fonctionnait en dollars. Il en donnait parfois quand cela arrangeait ses affaires mais il en gagnait surtout énormément, ne supportant pas de perdre un marché.

L'affaire des rideaux avec Mister Liers, lui était resté en travers de la gorge. Il était horriblement vexé de s'être fait doubler et n'avait eu de cesse de retrouver les coupables de cet affront. À Riyad, certaines personnes avaient passé un mauvais quart d'heure et essayaient péniblement de retrouver l'usage de leurs doigts méthodiquement fracturés. Il lui restait ce Français, ce type qui n'avait pas su profiter du marché que lui, Alcibiade, lui avait offert si généreusement. Il voulait toucher sa commission coûte que coûte. C'était maintenant une question d'honneur.

Édouard Desremaux avait eu vent des expéditions punitives organisées par Alcibiade. Il fallait qu'il prévienne Arnaud car il se doutait qu'elles ne s'arrêteraient pas aux frontières de l'Arabie saoudite. Mais il essaya en vain de le contacter plusieurs semaines durant. Celui-ci avait déménagé de son studio parisien, quitté son bureau, vendu la maison de ses parents. Personne ne savait où il était. Il avait simplement une boîte postale à Paris. De guerre lasse Édouard lui envoya un petit mot, espérant qu'il le recevrait rapidement.

« *Impossible de te joindre par téléphone, j'ai besoin de te parler de "l'ami Alcibiade". Méfie-toi. Il était méchant, il est devenu cruel. Appelle-moi, j'aimerais bien avoir de tes nouvelles… Si tu n'es pas mort !* »

Dans la petite ville portuaire où il s'était installé, Arnaud pouvait passer totalement inaperçu. Le message d'Édouard lui montra que cette précaution n'était pas inutile. Il joignit son ami par téléphone.

— Mais où étais-tu passé ? dit Édouard soulagé d'entendre enfin Arnaud, je te cherche partout !

— C'est rassurant. De cette façon, même l'ami Alcibiade ne pourra me trouver ! Il essaie pourtant en me rappelant à son bon souvenir par des petits mots qui n'ont rien de tendre !

— Mais qu'est-ce que tu deviens ? Tu n'es toujours pas reparti de France ?

— Oh non ! Je m'y installe !

— Ce n'est pas vrai ! Pas toi !

— Viens me voir, tu verras que c'est loin d'être de la routine ce que je fais, c'est même une sacrée aventure.

— OK, j'arrive, cela me fera des vacances… Euh… je dois me rendre dans quel coin de France pour te retrouver ?

— Je t'envoie l'adresse et le plan d'accès par mail et de cette façon tu auras aussi mes nouvelles coordonnées. Je suis vraiment content de te revoir Édouard !

Ce fut avec un immense plaisir qu'Arnaud alla chercher son ami à la gare. Ils se serrèrent la main avec plus d'émotion qu'ils ne l'auraient imaginé. Leur amitié était si profonde, si vraie, qu'elle semblait pouvoir résister au temps comme à toutes les épreuves.

Arrivé chez Arnaud, Édouard sortit un paquet de son sac.

— Tiens, j'ai un petit cadeau pour toi, dit-il en ayant l'air de s'amuser.

— Qu'est-ce que c'est ?

— Ouvre !

Intrigué, Arnaud soupesa le paquet. Cela ne pouvait être des bouteilles de vin, le cadeau habituel entre copains. C'était beaucoup trop léger.

— Salaud ! s'écria-t-il en soulevant le couvercle. Il riait. Tu es gonflé !

Il avait en main de magnifiques charentaises épaisses et chaudes.

— Dans ce pays, il doit faire froid en hiver, je n'ai pas apporté le chat pour ronronner mais je vois que tu as déjà une cheminée. Tu es bien parti mon vieux. C'est incroyable ! Je ne te reconnais plus ! Il te manque bobonne et des marmots !

— Attends, tu vas voir ce que te dit le vieux, dit Arnaud en lançant un coussin à la tête d'Édouard.

Ils se battirent un instant comme des adolescents. Enfin, échevelés et essoufflés, ils remirent chemises, cheveux et coussins en place.

Édouard regardait autour de lui. Depuis quelques semaines, Arnaud s'était installé dans une toute petite maison isolée, perchée en haut d'une falaise. C'était l'ancienne habitation d'un pêcheur, assez basse de plafond, ce qui l'obligeait à se pencher pour passer les portes. Rien n'avait été refait depuis des années mais l'ensemble avait cependant beaucoup de charme et la vue que l'on avait des fenêtres de la petite salle de séjour, était splendide.

Le printemps essayait de réchauffer l'atmosphère, mais il devait se battre avec le vent qui tourbillonnait autour de la demeure. Quelques jonquilles sortaient victorieuses de la bagarre et se dandinaient sur un coin de pelouse à l'herbe jaunie. Au loin la mer s'étalait jusqu'au ciel gommant l'horizon.

— Tu es bien ici ? demanda Édouard, assez ahuri par le côté sauvage du lieu, cela doit te changer du petit studio en plein Paris.

— Contrairement à ce que l'on peut croire, je suis moins isolé ici qu'à Paris ! Les gens du coin viennent dire un petit bonjour, proposent de rendre service, ce que j'apprécie ! Je suis leur grand fils c'est marrant ! Les vieilles femmes surtout s'imaginent que je ne sais pas repasser une chemise. On me fait le ménage et le jardin et je peux t'assurer que les prix sont abordables, je dirais même attractifs !

Il mit une bûche dans la cheminée et secoua les cendres incandescentes.

— Et ton projet ? dit Édouard.

— Ce n'est plus un projet.

— Ah… tu as abandonné ? Je n'y comprends plus rien.

— Non, ce n'est plus un projet car il est en cours de réalisation, reprit Arnaud tout en versant une bière ambrée et mousseuse dans de gros bocks de grés. Il souriait. Ma société est créée, elle s'appelle « Récup'Tex », ce n'est pas original, mais on comprend tout de suite ce dont il s'agit. J'ai loué un petit hangar où j'ai pu démarrer, c'est juste à côté d'un terrain que j'ai acheté et où je vais construire 5 000 m^2 d'ateliers.

— Toi alors ! Et tu as récupéré tes billes avec les rideaux ?

— Bof, un minimum mais c'est cela qui m'a donné l'idée de créer cette activité.

Arnaud exposa à Édouard tout ce qu'il avait commencé à faire.

— Mais je vais te faire visiter, ce sera rapide car les ateliers sont encore bien petits et j'ai hâte de pouvoir augmenter toutes mes capacités. Mais toi qu'est-ce que tu deviens ?

— Toujours pareil, avec des hauts et des bas, selon les périodes et le cours du dollar. L'idéal serait d'avoir quelque chose d'un peu plus fixe, tout en me permettant de continuer cette vie que j'adore. Mais je serai incapable de m'installer comme tu le fais. Je crois que cela me ferait peur.

— J'y ai beaucoup réfléchi. On peut fuir sa vie en ne posant jamais ses bagages ou on essaie de voir ce que l'on vaut réellement en osant se regarder en face, en prenant des responsabilités vis-à-vis des autres et de soi. Cette entreprise que je lance, est pour moi un grand test. Ne suis-je qu'un feu follet ou ai-je les compétences pour créer quelque chose qui dépasse ma petite personne ?

— Tu as le courage de te poser la question et de prendre les moyens d'y répondre. Chapeau !

— On verra à l'usage ! Mais j'aurai besoin de toi Édouard, d'un type sérieux pour toutes les négociations que je veux avoir avec les pays africains et les pays de l'Est, pour commencer. Cela pourrait te faire quelque chose de fixe… enfin, si cela t'intéresse… mais viens, on va à l'atelier, tu vas comprendre.

16

— Je vais te faire la visite dans le sens logique du travail, dit Arnaud après avoir allumé, car la nuit était tombée. J'ai fait installer des containers de récupération de vêtements à la frontière allemande et suisse et près de villes où il y a un certain niveau de vie. Cela me permet de récupérer des vêtements qui sont parfois de très grande qualité, en général propres et en bon état. Les containers sont vidés tous les quinze jours, et les sacs arrivent ici, sur ce tapis roulant. J'ai une personne qui les ouvre et fait un premier tri. Il y a quatre sortes de textile : ce qui peut être mis en vente donc à l'exportation en Afrique, Pays de l'Est, Inde, Pakistan. Ici, ce sont des vêtements abîmés en coton dont je fais des chiffons. Quand les vêtements ne peuvent être reportés, ils sont effilochés pour l'industrie et enfin j'ai environ 20 % dont on ne peut rien faire et qui vont en décharge.

Édouard regardait avec curiosité les bacs où s'entassaient des milliers de vêtements. Il y avait aussi des dizaines de caisses en plastique transparent qui recevaient ce qui était trié. Il prit une chemise.

— Les gens donnent des choses en aussi bon état ?

— C'est parfois même incroyable. Il y a des vêtements neufs, de très grande qualité, avec l'étiquette. Des trucs qui n'ont jamais été portés. Ce sont des erreurs d'achat surtout pendant les soldes, on va vite et on se trompe sur la taille par exemple, c'est fréquent. Mais je profite aussi des changements rapides de mode, surtout chez les jeunes.

Ils veulent changer de fringues tous les six mois ! De même il n'y a plus de familles nombreuses. Dans le temps, les enfants mettaient les vêtements des plus grands, maintenant, on ne sait plus quoi en faire.

— OK dans ce sens-là, mais qui peut vouloir de vêtements d'occasion ?

— Tu les rencontres tous les jours, dans tous ces pays où la population a tant de mal à trouver de quoi se vêtir correctement. Regarde tous ces jeans ? Ils sont impeccables. Et bien ils partent, compressés en ballots, pour le Gabon. Comme les robes par exemple, d'un côté en coton fleuri, de l'autre en tissu synthétique, etc. Cela me donne l'idée d'ouvrir une boutique pour revendre certains vêtements ici même en France, des trucs impeccables à des prix très bas. Je suis certain que cela marcherait. Tiens, regarde cette veste ! Même peu fortunés, les gens ont envie et ont le droit de bien s'habiller, non ?

— Mais financièrement tu fonctionnes comment ?

— La matière première en elle-même ne me coûte rien, ce qui coûte c'est le ramassage, la main-d'œuvre qu'il faut former, certaines ouvrières ne font pas la différence entre du coton ou de la laine, c'est te dire qu'il y a du boulot ! J'ai aussi le coût du transport qui est énorme et les frais de douane et puis les taxes professionnelles qui vont me tomber dessus, je ne peux y échapper ! Sans compter évidemment le remboursement de prêts que j'ai dû faire. Ces prêts, c'est ce qui a été le plus compliqué !

— Ah bon ? demanda Édouard intrigué. Pourquoi ?

— Les banques ne prêtent qu'aux riches, maintenant qu'ils ont vu que j'avais démarré et que mon idée n'était pas si idiote que cela, ils veulent bien m'avancer un peu d'argent, mais au départ c'était niet ! Un ami m'a parlé d'une association qui fait des prêts d'honneur. Je n'avais pas trop envie de devoir quelque chose à des gens qui me semblaient faire la charité. Mais je me trompais, c'est une entraide entre créateurs, dans un esprit où on aime prendre des risques. Et c'est bien, c'est une ambiance qui me plaît.

Ils firent rapidement le tour de l'atelier qui n'était pas encore bien grand.

— Je teste toute l'activité en miniature, reprit Arnaud, je suis en train d'embaucher du personnel que je forme et ainsi nous serons très opérationnels quand les grands ateliers seront ouverts. Viens, je vais te montrer où ils vont être, c'est juste à côté.

Édouard n'en revenait pas. Son ami semblait heureux et même épanoui dans cette activité, dans cet ancrage sur une terre où il créait son avenir. Il ne put s'empêcher de lui poser la question qui lui brûlait les lèvres.

— Les voyages ne te manquent pas ?

— Je n'y pense pas pour l'instant, c'était une autre vie. Maintenant c'est une nouvelle aventure dans laquelle je fonce, elle est différente, difficile, mais aussi enthousiasmante. J'espère que je réussirai. Je travaille avec des gens qui ont confiance en moi, et qui acceptent de se former. Il y a un côté sympa dans la façon que certains ont de découvrir le monde du travail. J'ai l'impression de créer quelque chose tous les jours, car je dois imaginer des tas de solutions à tous les problèmes qui me tombent dessus... Et ça, j'aime !

— Mais tu gagnes ta vie avec ça ? demanda Édouard toujours sceptique. Tu te paies comment ? Tes ventes dans ces pays pauvres sont vraiment rentables ? Et puis comment peux-tu être certain que tes clients sont solvables ?

— C'est l'aventure, une vraie celle-là ! répondit Arnaud en riant. Mais je connais la plupart de mes correspondants, je suis obligé de faire confiance et jusqu'à présent cela fonctionne... si financièrement, je gagne le minimum vital pour l'instant, je m'en contente, je n'ai aucune charge de famille, aucune dépense particulière... ça va.

Tout en parlant, ils avaient quitté le petit atelier et étaient sortis par l'arrière du bâtiment. Le tracé de l'immense hangar était délimité par l'entreprise de construction qui avait planté des petits piquets soutenant des planches transversales. Bientôt les charpentes métalliques jailliraient de terre, projetant ainsi vers le ciel tous les espoirs d'Arnaud.

La lune éclairait mal le chantier, ils avancèrent doucement et s'arrêtèrent au milieu de ce qui allait être le cœur technique de l'activité. Arnaud respirait profondément l'air frais de la nuit. Il se sentait un homme libre, jeune, prêt à conquérir le monde. Il était fier de montrer tout cela à Édouard.

Un bruit bizarre les intrigua soudainement, cela ressemblait à des pas crissant sur l'allée de gros graviers qui permettraient aux engins de passer sans s'embourber dans la terre meuble. La clarté des réverbères de la rue s'estompait derrière le bâtiment. On ne voyait pas grand-chose. Intrigué, Arnaud scruta l'ombre.

— Il y a quelqu'un ? cria-t-il d'une voix forte qui résonna dans la nuit. Oh, oh, il y a quelqu'un ?

Le bruit s'arrêta. Arnaud, immobile au milieu du chantier, plissait les yeux pour essayer d'en distinguer l'origine.

Le crissement reprit, rapide et brutal, derrière lui. Il se retourna et vit une silhouette sombre qui courait en tenant quelque chose à la main.

— Qui est là ? Arrêtez !

Mais l'ombre fuyait. L'homme sauta au-dessus d'un petit remblai et s'évanouit dans une ruelle adjacente.

Un instant interloqué, Arnaud haussa les épaules se disant qu'il s'agissait sans doute d'un gamin qui piquait sur les chantiers tout ce qu'il pouvait.

— Tu l'as vu ? demanda-t-il à Édouard.

— Mal, il fait trop sombre… Dis, tu penses à ce que je pense ?

— Oui… et non, c'est impossible.

— Alcibiade est assez intelligent et fourbe pour t'avoir retrouvé et te préparer un sale coup.

— Mais enfin, comment m'aurait-il découvert ici ? Ton imagination est un peu trop féconde. Il t'obsède ce gars-là !

— Oh non, je suis réaliste. Sois prudent et n'hésite pas à en informer la police. Il t'a tout de même envoyé une lettre de menace !

— Via le suivi postal, donc il ne connaît pas ma nouvelle adresse, renchérit Arnaud, mais tu me vois allant dire aux policiers : « Messieurs, il y a un méchant qui se promène sur mon chantier en pleine nuit. » Ils vont se foutre de moi !

Il haussa les épaules, et prit Édouard par les épaules.

— Allez viens, je t'emmène dans un excellent restaurant de poisson au beau milieu du port. C'est la nuit que les ports sont les plus vivants avec l'arrivée des chalutiers. Tu te balades là-bas à trois heures du matin, tu verrais l'ambiance, c'est incroyable ! C'est un ballet entre les bateaux et les camions qui partent dans tous les coins de France, chargés de poissons frais. Ici il y a des dizaines de métiers dont on ignore tout !

Arnaud se tut un instant, il respirait profondément.

— Il y a un truc qui m'épate. Regarde autour de toi, n'importe où, même ici au milieu de nulle part… Regarde les milliers de choses qui t'entourent et imagine qu'il a fallu à chaque fois qu'il y ait un type qui ait eu une idée, et qui ait réussi à en concevoir l'exécution : la lumière, le réverbère, le macadam, les roues des engins, comme tout ce que tu portes sur toi. Tu ne fais pas un seul pas, un seul geste dans ta vie de tous les jours, sans utiliser la création de quelqu'un… c'est génial ! Et j'aime imaginer que je fais partie de cette race-là… à mon niveau.

17

Valérie Rosit ne se sentait pas bien, ni dans son corps ni dans sa tête. Si sa dernière grossesse lui avait donné un coup de jeune sur le moment, elle en ressentait aujourd'hui toutes les conséquences. Elle était épuisée par des nuits sans sommeil, avait des difficultés à retrouver sa ligne d'antan et était désespérée par les centimètres qu'elle avait pris et les kilos dont elle ne réussissait pas à se débarrasser. Avec un mari toujours absent, elle avait l'impression d'être abandonnée au milieu d'une multitude de taches ménagères qu'elle commençait à détester. Autant elle prenait plaisir à s'occuper de sa maison, quand elle pouvait travailler, sortir, faire du sport, rencontrer ses amies, autant elle n'en avait plus du tout le goût maintenant, car elle ne pouvait pas faire autre chose.

Elle adorait sa petite Églantine qui était dix fois plus sage que ses frères au même âge, mais l'attention à apporter à la fillette était devenu un véritable esclavage pour elle dont le bien-être personnel primait avant tout. Romain ne posait pas beaucoup de problèmes et travaillait correctement en classe, Ludovic trouvait son bonheur avec n'importe quoi et elle oubliait même parfois de s'en occuper.

Après la visite d'Arnaud qui l'avait incroyablement fascinée, par sa forte personnalité, sa fougue et sa jeunesse, elle s'était regardée plus attentivement dans la glace. Était-elle encore séduisante ? Elle aperçut avec horreur quelques cheveux gris, des rides au coin de ses yeux. Elle avait un teint blafard de fin d'hiver. Elle se sentait le corps aussi mou qu'une baudruche à moitié dégonflée, les fesses flasques, la peau sèche, les seins tombants. C'était désespérant !

Elle avait quarante ans, un âge où elle pouvait encore faire beaucoup de choses. C'était même le summum de la féminité, disait-on ! Le summum oui, avant la dégringolade ! La façon dont Bernard lui avait dit de retravailler lui avait profondément déplu, mais elle reconnaissait maintenant qu'elle en avait envie. Non pour obéir à son mari, ça jamais ! Mais pour se faire plaisir… si elle réussissait à être embauchée quelque part, ce qui ne serait pas si facile.

Elle se mit à regarder les annonces de secrétariat, rejetant systématiquement tout ce qui concernait les entreprises qui travaillaient dans le poisson. Elle craignait bêtement d'avoir ses vêtements imprégnés par l'odeur si forte et si tenace des produits de la mer. Elle cocha quelques annonces de secrétariat de direction et sans rien dire à Bernard, envoya plusieurs CV.

Elle attendit, c'était long. Elle reçut quelques lettres standard : « Malgré l'intérêt de votre candidature, nous ne pouvons donner suite, etc. » Elle était déjà trop vieille, elle le savait, elle le ressentait dans toutes les fibres de son corps. Comment pourrait-elle concurrencer des filles qui sortaient de formation, avec en main tous les outils modernes ?

Enfin une annonce semblait lui correspondre : il fallait de l'expérience de secrétariat, un sens de l'organisation et de l'observation, avoir une bonne maîtrise de l'anglais. Quand le cabinet de recrutement la convoqua par téléphone pour un entretien, elle resta un long moment immobile, puis poussa un hurlement de joie en sautant en l'air comme une gamine.

Ce jour-là, elle eut envie de nettoyer la maison de fond en comble, elle prit rendez-vous chez le coiffeur, passa en revue sa garde-robe pestant sur tout ce qu'elle trouvait moche ou trop petit ou démodé. Elle passa des heures à réfléchir à la tenue qu'il lui faudrait mettre pour être en harmonie avec le personnage idéal pour le poste.

Elle échafauda mille suppositions pour savoir quelle était l'entreprise qui recrutait.

— Tu as l'air en meilleure forme, lui dit Bernard, la veille de ce fameux entretien. Oh… tu es allée chez le coiffeur, c'est bien, tu es jolie.

— Merci, ça va oui.

Elle n'en dit pas plus, elle ne lui en parlerait qu'avec un contrat d'embauche en main. Sinon, ce serait trop humiliant de lui montrer que personne ne voulait d'elle.

— Et… ça va tes bateaux ? demanda-t-elle soudain.

Bernard la regarda, intrigué. Qu'est-ce qu'elle avait soudainement ? Pourquoi cette petite lumière dans le regard et cet intérêt subit pour son travail.

— C'est dur, il faut se battre avec tout. J'ai parfois l'impression que le peu que je gagne, je dois le reverser à tous les organismes sociaux qui existent. C'est un gouffre sans fond. Il faut que je me persuade que d'autres que moi ont réussi à bien gagner leur vie, pour ne pas être tenté parfois de tout arrêter ! dit-il en se reprochant à l'instant même de laisser échapper ses soucis… enfin, il paraît que c'est normal : plus le volume d'activité est faible, plus les taxes sont fortes… Mais, j'adore aussi ce que je fais, ces magnifiques voiliers… les clients sont ravis… mais je voudrais qu'ils soient plus nombreux.

Valérie eut soudain pitié de son mari. Il avait l'air épuisé, ses cheveux n'étaient plus gris maintenant, mais totalement blancs. Il avait de grandes cernes sombres sous les yeux. Elle s'approcha de lui et l'enlaça. Il en fut surpris. Cela faisait si longtemps qu'elle n'avait pas eu de manifestation d'amour envers lui.

— Je ne voulais pas te le dire tout de suite, mais je suis en train de rechercher du travail, c'est plus difficile que je ne l'aurais cru, mais… mais demain matin j'ai un entretien d'embauche, cela semble sérieux.

— Ah… c'est bien.

Il n'osait en dire plus pour ne pas avoir l'air d'être trop content, car les finances de la famille étaient au plus bas niveau.

— Cela te fait plaisir de retravailler ? demanda-t-il.

— Oui, Églantine grandit et comme elle est très calme et sage, je vais pouvoir la confier à Maman, qui en est ravie ! Je me suis dis que si je ne reprenais pas un travail maintenant, après il sera trop tard. Je vaux encore quelque chose, enfin je l'espère !

Elle ne fit pas allusion au budget familial car elle ne voulait pas laisser croire à Bernard qu'elle avait accédé à sa demande. Et elle avait bien l'intention aussi de garder de l'argent pour elle. Elle en avait plus qu'assez de se restreindre et de devoir rendre des comptes à son mari, cela la vexait !

Le cœur battant, Valérie attendait dans une petite pièce d'être reçue par le recruteur. Elle n'était pas seule. D'autres femmes patientaient plus ou moins nerveusement en feuilletant distraitement des magazines.

Elle observait ses concurrentes : certaines étaient d'allure simple et modeste, d'autres plus classiques mais assez ternes. Une femme était exagérément maquillée. Elle devait chercher à séduire à tout prix, se dit Valérie en souriant intérieurement. Toutes paraissaient à peu près du même âge, entre trente-cinq et quarante-cinq ans. Il fallait que le poste soit particulier pour répondre à ce critère.

Elles se levèrent les unes après les autres. Certains entretiens étaient rapides, d'autres se prolongeaient à la grande angoisse de Valérie.

Enfin ce fut son tour.

Devant elle, se tenait une femme au tailleur strict. Elle lui dit de s'asseoir.

Valérie savait qu'elle ne devait ni se mettre au bord de la chaise, ce qui trahirait un caractère timide, ni avoir l'air de prendre son aise trop facilement. Un exercice qu'elle avait lu dans des bouquins mais qu'elle n'avait jamais vraiment pratiqué.

La femme lisait son CV et sa lettre de motivation.

— Il y a longtemps que vous n'avez pas travaillé. Pourquoi ?

Valérie avait imaginé tout un faux scénario pour expliquer ses motivations et espérer ainsi séduire. Mais soudain, devant son interlocutrice qui souriait et avait un regard particulièrement intelligent, elle décida de dire la vérité, de se montrer telle qu'elle était, enfin presque.

— J'ai trois enfants. Mon mari était comptable, il y a eu un licenciement économique dans son entreprise. Il a cinquante ans et vient de créer sa boîte. Ce n'est pas facile et il faut que je travaille.

— Est-ce que vous aimez les fringues ?

— Pardon ?

— Oui, les vêtements, faire les soldes, coudre…

— Euh, oui, oui, comme beaucoup de femmes sans doute, répondit Valérie assez étonnée par la question.

— Mon client a une activité de récupération de textile et il souhaite que la personne qui aura en charge le secrétariat ne soit pas ignare en la matière tout en ayant une certaine maturité et expérience professionnelle… Bien… Je me permets de vous faire faire un petit test.

La femme lui parla soudain en anglais tout en posant sur son bureau différentes étoffes. Elle demanda à Valérie de lui dire quelle en était la composition.

— Je m'attendais à beaucoup de questions mais pas à celle-là, répondit Valérie, en anglais, tout en souriant… Eh bien, ce morceau est de la pure laine, celui-ci c'est du coton, celui-là est, à mon avis, un mélange de polyester et de laine. Ça c'est du lin.

Elle poursuivit ainsi, hésitant parfois sur les mots, se reprenant, touchant les tissus, les chiffonnant au creux de la main.

— Bien, reprit la femme dont le visage ne manifestait strictement rien, parlez-moi de vos compétences en informatique et de vos expériences de secrétariat.

Valérie sortit de l'entretien, totalement abrutie. Elle regarda sa montre, cela avait duré une demi-heure, c'était long, sans doute un bon signe. Mais elle ne voulait pas crier victoire trop vite. Il lui fallait attendre encore deux ou trois jours. Le poste était à pourvoir tout de suite, sur la ville même, mais on ne lui avait pas donné le nom de l'entreprise.

Pourtant ce type d'activités lui disait quelque chose. Elle sursauta soudain. C'était ce que faisait Arnaud Mainvilliers, l'ami de Bernard qui s'installait à côté de Cap Voile ! En repensant à l'entretien, elle se dit que tout se tenait, elle était certaine que c'était lui qui cherchait à embaucher !

Elle fut encore plus nerveuse, n'osant partir de chez elle et attendant le coup de fil du recruteur avec une impatience fiévreuse.

Le téléphone ne sonna pas, c'est un courrier qui lui annonçait qu'elle avait été retenue, et qu'elle devait rencontrer le directeur de l'entreprise Récup'Tex, Monsieur Mainvilliers pour un dernier entretien qui pourrait ainsi confirmer l'embauche.

Elle était horriblement impressionnée de se retrouver seule, face à Arnaud, dans son petit bureau. Sa façon étrange de la regarder la paralysait littéralement. Elle fit un effort pour paraître détendue et naturelle.

— J'ai été très étonné quand j'ai vu le résultat des consultations de l'agence de recrutement, dit Arnaud, non seulement à cause du faible nombre de personnes compétentes, mais aussi par votre nom. Je ne savais pas que vous recherchiez du travail. C'est difficile pour votre mari ?

— Pas facile, mais j'ai aussi envie de sortir de chez moi, de pouvoir encore mettre en valeur ce que je sais faire.

— Je vais être franc avec vous. Quand j'ai vu votre candidature, je vous ai immédiatement rejetée, car je ne souhaitais pas faire travailler la femme d'un nouvel ami. Je suis aussi exigeant que confiant dans mes collaborateurs, s'ils travaillent bien. Mais je veux être libre de me séparer de vous si vous ne convenez pas au développement de mon entreprise. L'agence estime cependant que vous êtes la mieux placée pour le secrétariat. Comme je n'ai pas de temps à perdre, je crois que nous allons travailler ensemble.

— Je... je comprends votre réaction, bredouilla Valérie, j'ai été moi-même étonnée quand j'ai découvert votre nom. J'ai envie de m'investir totalement dans ce travail, je m'y engage...

— Quand pouvez-vous commencer ?

— Quand vous le voulez.

— Revenez demain, votre contrat sera prêt.

Arnaud sourit en la voyant partir. Il avait été volontairement sec avec elle, se souvenant des sourires de séduction qu'elle lui avait lancés. Elle pouvait sans doute faire du bon boulot, dans son domaine. Son équipe se constituait peu à peu. Il avait aussi embauché une jeune et jolie rousse de trente-cinq ans, pleine d'humour et de joie de vivre. Et déjà, il envisageait avec plaisir la collaboration avec cette charmante Charlotte, qui avait été gérante d'un magasin de confection.

Prendre Madame Rosit dans son équipe, c'était aussi donner un petit coup de main discret à son mari qui avait été si accueillant avec lui. Une façon inattendue de s'aider entre créateurs d'entreprise.

En quittant le bureau d'Arnaud, Valérie croisa Charlotte.
— Charlotte, voici Valérie qui va prendre en charge le secrétariat. Valérie, voici donc Charlotte qui s'occupe de tout le personnel.

Elles se tendirent la main en souriant, mais Valérie sentit un petit pincement au cœur : la concurrence allait être rude, car la jeune femme qui était devant elle, alliait le charme à une certaine beauté sauvage.

Bernard lui, se sentit très mal à l'aise quand Valérie lui annonça avec un air de victoire qu'elle était embauchée par Arnaud Mainvilliers.
Comment avait-elle pu avoir l'idée d'une telle manigance ?
« Aidez quelqu'un, se dit-il amer, et il vous pique votre femme ! »

18

Personne ne pouvait savoir qu'Arnaud était encore dans son bureau en pleine nuit. Le parking était vide car sa voiture était en révision et il avait décidé de dormir sur place, profitant de ce temps pour avancer au maximum dans tous les dossiers administratifs qu'il voulait vérifier.

Valérie travaillait correctement, mais elle était encore un peu timorée et hésitait à prendre des initiatives de peur de lui déplaire ! Arnaud voulait lui laisser plus de champ d'action mais seulement après s'être assuré de la qualité de ce qu'elle avait déjà fait.

Il avait posé un matelas par terre se souvenant avec émotion de toutes les nuits qu'il avait ainsi passées un peu partout dans le monde. Le manque de confort ne le gênait pas du tout. Les mains derrière la nuque, il pensait à Charlotte. Une femme qu'il découvrait peu à peu avec bonheur. Elle avait autant d'énergie au travail que d'humour et de délicatesse dans ses relations avec les employés. Si son entreprise pouvait se développer ce serait bien grâce à elle… et cela semblait l'amuser en plus !

Il l'avait invitée au restaurant un dimanche midi. Elle vivait seule après un divorce douloureux. Elle n'avait pas d'enfant et passait son temps à faire tous les sports possibles depuis le kayak des mers, jusqu'au speed-sail en passant par le vélocross. Elle avait énormément de charme sans être vraiment jolie, mais Arnaud adorait ses petits yeux verts, ses taches de rousseur et ses cheveux blonds vénitiens bouclés. Elle avait un port de tête de danseuse, des jambes fines et musclées. Comment un type avait-il pu laisser partir une épouse pareille, se demandait Arnaud.

C'était bien la première fois qu'il s'attachait ainsi à une femme sans la mettre d'abord dans son lit. Il faut dire qu'ils se voyaient tous les jours, au travail, ce qui les obligeait à se connaître tout en prenant de la distance.

Arnaud sourit en pensant à cet univers féminin dans lequel il évoluait maintenant. Toutes essayaient de le séduire d'une manière ou d'une autre, particulièrement Valérie qui déployait des trésors d'ingéniosité pour qu'il la remarque, profitant du fait qu'elle était en permanence dans le bureau, position qui la mettait au-dessus du lot des concurrentes.

Le sommeil s'était emparé d'Arnaud quand un bruit le réveilla en sursaut. Une voiture s'arrêtait ou plutôt non, c'était une camionnette. Qui pouvait venir ainsi chez lui, en pleine nuit ?

Il se leva doucement sans allumer et enfila un pull. Évitant de faire grincer la porte, il pénétra dans l'atelier, l'oreille aux aguets, sur la pointe de ses pieds nus.

Il entendait maintenant le bruit sourd d'un objet sur le sol, comme la cadence d'une pioche creusant la terre molle. Cela venait de l'extérieur.

La clarté de la rue éclairait faiblement les lieux à travers des petites fenêtres en hauteur, lui permettant d'avancer sans rien heurter. Il ne pouvait cependant pas voir ce qui se passait dehors. De plus en plus intrigué, il attendit un moment essayant d'imaginer l'origine du bruit, car personne ne semblait vouloir pénétrer chez lui.

Le choc sourd se poursuivait dans un rythme qui prouvait qu'il y avait au moins deux personnes en train de casser quelque chose ou de creuser, Arnaud en était maintenant persuadé. Mais pourquoi ? Qui ?

Il voulait en avoir le cœur net. Après tout, ces individus étaient chez lui.

Il ouvrit doucement la porte qui donnait sur le futur chantier, ne pouvant éviter de la faire couiner. Il arrêta son geste en grimaçant, mais le martèlement continuait. On ne l'avait pas entendu.

Il se glissa enfin dans l'interstice de la porte entrouverte.

Un homme, muni d'une pioche, faisait de violents mouvements de balancier. Son geste se détachait nettement sur le fond d'un ciel grisâtre, éclairé par la lune.

— Qu'est-ce que vous faites là ? hurla Arnaud.

Pétrifié d'effroi, l'homme s'immobilisa telle une statue.

Arnaud s'avança vers lui. Sa haute silhouette était menaçante dans la pénombre.

— Allons, répondez, qui êtes-vous ? Qu'est-ce que vous faites ?

Il prit conscience soudain d'une présence derrière lui. Il voulut se retourner.

Il ressentit alors une épouvantable douleur lui traverser le crâne.

Il tomba lourdement, inconscient.

19

En pénétrant la première dans l'entreprise le lendemain matin, Charlotte fut étonnée de voir la porte de l'atelier ouverte sans qu'il y ait de voitures sur le parking. Elle se souvint alors qu'Arnaud en était privé pour quelques jours.

Elle entra, se dirigea vers le bureau en allumant tout sur son passage.

— Qu'est-ce que c'est que ça ? murmura-t-elle en voyant un matelas par terre, des chaussures et une veste. Ce n'est pas vrai, il a dormi ici ! J'aurais pu le reconduire chez lui, tout de même.

Elle hésita à replier le matelas.

— Il doit être en train de faire un brin de toilette, se dit-elle, mais dans les vieux sanitaires, cela ne doit pas être génial !

Elle enfila sa blouse et prépara du café. C'était un petit rituel matinal bien sympathique : on buvait une tasse tous ensemble avant de commencer le travail.

Les quatre employées arrivèrent en même temps que Valérie. Charlotte avait tout de même rapidement rangé le matelas et caché les chaussures sous le bureau. Cela la gênait que les femmes découvrent un peu de l'intimité d'Arnaud. Elle s'étonnait qu'il soit si long et se rendit alors aux lavabos. À sa grande surprise, il n'y avait personne.

« C'est bizarre, il n'est pas allé se promener sans chaussures tout de même ! »

— Monsieur Mainvilliers n'est pas arrivé ? demanda Valérie, il m'avait dit qu'il fallait que l'on travaille ensemble ce matin.

— Je pense qu'il a du partir récupérer sa voiture, répondit Charlotte… Bon, au travail tout le monde.

Elle avait trop peu de sympathie pour Valérie dont les manières avec Arnaud l'énervaient prodigieusement, pour lui faire part de ses interrogations.

La matinée se passa sans qu'Arnaud apparaisse. Valérie répondait au téléphone et demandait aux gens de rappeler.

— C'est curieux, dit-elle à Charlotte au moment de la coupure de midi, il aurait pu au moins nous dire où le joindre, il a même laissé son portable sur le bureau.

— Il y a quelque chose qui n'est pas normal, dit cette dernière les sourcils froncés et maintenant trop anxieuse pour garder son inquiétude pour elle seule. Quand je suis arrivée ce matin, la porte de l'atelier était ouverte, il y avait un matelas ici, par terre. Il a donc voulu passer la nuit faute de pouvoir rentrer chez lui et je crois qu'il avait pas mal de boulot… mais… mais regarde… ses chaussures comme sa veste, sont là ! Il est parfois original, mais ce n'est pas le genre à partir en chaussettes, sans son portable, sans son manteau ni sa veste.

— Il… il a peut-être eu un malaise quelque part, suggéra Valérie qui commençait à ressentir le même désarroi que sa collègue

— Mais il serait où ? Ce n'est pas si grand ici que nous n'ayons pu le voir ! Il n'est pas tombé dans un bac à linge, on l'aurait vu !

— Il faudrait regarder dehors, sur le chantier, il a peut-être eu envie de sortir et a eu un malaise… Cependant, non, les ouvriers l'auraient vu.

— Il n'y a personne ce matin, cela ne démarrera vraiment que dans quelques jours, tu le sais bien.

Le téléphone sonna au moment où elles quittaient le bureau. Valérie se précipita en espérant que ce soit son patron.

— Récup'Tex bonjour… Non… Non, je regrette, monsieur, mais Monsieur Mainvilliers n'est pas là… oui… je… attendez un instant s'il vous plaît.

Elle posa la main sur le téléphone et chuchota à Charlotte.

— C'est l'ami de Monsieur Mainvilliers, Édouard Desremaux, il a absolument besoin de lui parler de toute urgence et comme son téléphone portable est ici, évidemment cela ne marche pas. Qu'est-ce que je dis ?

— Qu'il laisse un numéro où le joindre et Monsieur Mainvilliers l'appellera sitôt qu'il le peut, ou tu dis tout ce qui te passe par la tête… que son téléphone doit être en dérangement, enfin n'importe quoi ! Qu'est-ce que tu veux faire d'autre ? Je vais dehors, tu me rejoins ?

Valérie acquiesça de la tête et reprit la conversation avec Édouard qui bougonnait à l'autre bout du fil.

Les deux jeunes femmes firent le tour du bâtiment et allèrent sur le chantier.

— Il n'y a rien ! C'est incroyable, dit Valérie en soupirant.

— Qu'est-ce que tu t'attendais à trouver ? répondit Charlotte énervée.

— Je ne sais pas… Alors, qu'est-ce qu'on fait ? Il faut prévenir la police ? demanda Valérie impressionnée par la situation étrange dans laquelle elles étaient plongées.

— Non, on va attendre. Il est peut-être chez lui et ne peut nous joindre pour une raison précise.

— Tu sais où il habite ? Il faudrait qu'on y aille ?

— Je crois que l'on ne va rien faire. Tu vois sa tête s'il arrive ici et qu'il se rend compte que l'on a imaginé le pire comme des mères poules ! Il pourra se moquer de nous pendant des heures sans se gêner.

C'est un type qui a baroudé dans tous les coins du monde. Qu'est-ce que tu veux qu'il lui arrive ici, dans notre pauvre petite ville tranquille ?

— Oui, ça c'est vrai… Bon… je vais m'acheter un sandwich, tu en veux un ?

— Non, non merci je n'ai pas faim… j'ai un truc qui passe mal depuis hier.

Charlotte était vraiment inquiète et en avait l'estomac noué. Elle voulait agir seule sans s'encombrer de Valérie qui ignorait l'attachement grandissant qu'elle avait pour Arnaud.

Le travail l'occupa heureusement et elle ne vit pas le temps passer. Derrière la petite vitre du bureau, elle apercevait Valérie qui décrochait souvent le téléphone et prenait des notes.

— Qu'est-ce qu'on fait ? demanda Valérie au moment de partir le soir. On ferme les portes ?

— Évidemment, on ne va pas laisser tout ouvert au risque de se faire piquer le matériel.

— Et s'il revient ?

— Il doit avoir sa clef.

— Je ne crois pas, son trousseau était dans son tiroir… je… je l'avais ouvert parce que je cherchais des cartouches d'encre pour l'ordinateur, dit-elle en bafouillant comme si elle était coupable.

— On attend demain matin et s'il n'est pas là, on demande conseil à la police, il y a trop d'éléments bizarres dans son absence !

Tandis que, tremblante d'émotion, Valérie rentrait chez elle, Charlotte prenait la direction de la maison d'Arnaud.

Mais elle trouva porte close. Elle interrogea les voisins. Personne ne l'avait vu depuis la veille.

Et s'il était parti brusquement ? se dit-elle. S'il avait été pris d'un désir incontrôlable de rejoindre ces pays qu'il aimait tant et qui lui manquaient ? S'il avait eu peur de cette nouvelle vie faite de contraintes et même… n'avait-il pas redouté d'être enchaîné en tombant amoureux ? Elle se rendait bien compte que l'attirance qu'ils avaient l'un pour l'autre était étonnante, puissante et profonde.

Elle sourit en contemplant la petite maison, puis se tourna vers la mer. Il y avait beaucoup de vent, elle frissonna et serra son pull contre elle, regardant de nombreux petits bateaux éparpillés sur l'immense étendue d'eau.

Elle imagina soudain Arnaud, surgissant tout à coup derrière elle, content de sa farce ! Elle ferma les yeux, espérant avec force qu'une main se pose sur son épaule.

Mais il n'y avait que le sifflement du vent qui amplifiait sa solitude et son désarroi.

Elle repartit rapidement et fit systématiquement tous les endroits où ils avaient été ensemble : restaurants, balades, cafés… Rien. Personne ne l'avait vu.

Fatiguée, ne sachant plus du tout ce qu'elle devait faire, elle rentra chez elle. Et si… oui… s'il était là, le sourire aux lèvres, les yeux rieurs ?

Mais son appartement était sombre et vide.

Elle téléphona à tous les hôpitaux de la région, en vain, essayant de se raisonner et de calmer l'inquiétude grandissante qui la rongeait. L'aimait-elle à ce point pour qu'elle soit ainsi meurtrie de cette disparition incompréhensible ?

Peut-être souhaitait-il la fuir ? S'il avait eu confiance en elle, il lui aurait fait part de son désir de tout abandonner… son angoisse se mêlait à la souffrance d'une affection et même d'un amour non partagés… d'un manque de confiance. S'il l'aimait pourquoi avait-il ainsi disparu sans rien lui dire ?

De son côté, Valérie ne put cacher son inquiétude à Bernard.

— Tu es ridicule, dit celui-ci, tu as construit une histoire invraisemblable alors que ce type est simplement parti à un rendez-vous sans te prévenir !

— Ben voyons, à pieds nus, sans son portable, sans son manteau, sans ses clefs !

— À mon avis, il a plus d'une paire de chaussures et de chaussettes, tu m'as dit que sa voiture était en révision, alors il a pris un taxi. Son téléphone portable ? Eh bien, soit il l'a oublié et ça m'arrive aussi, sans que tu te fasses le moindre souci pour moi, soit il en a un autre. Laisse-le vivre, ton patron !

Bernard était énervé, il refusait de réfléchir à ce que lui disait sa femme car il ne ressentait que de la jalousie. Depuis que Valérie avait ce travail, elle s'habillait mieux, prenait soin de son maquillage et de sa coiffure, ce qu'elle ne faisait plus depuis longtemps. Pourtant Bernard aurait tant aimé que ce fut lui qu'elle cherchât encore à séduire et non cet homme plus jeune, ayant dans la prunelle des yeux les reflets mystérieux de l'aventure et de la joie de vivre. Il en ressentait une profonde humiliation.

— N'empêche qu'il y a beaucoup d'indices troublants ! reprit-elle en hochant la tête.

— Ça y est tu fais une enquête policière maintenant ! C'est n'importe quoi !

— Pas je... non, nous... avec Charlotte ! Je sais bien que cela t'énerve que je travaille avec Arnaud, mais je ne fais que mon boulot, le mieux possible, ta jalousie est ridicule. Je l'ai bien remarquée, je ne suis ni idiote ni aveugle ! Il a disparu, c'est un fait, dans des circonstances étranges, c'est un autre fait et si je t'en parle c'est parce que nous sommes toutes, au pluriel, nous sommes toutes inquiètes, voilà. Je pensais que vous étiez amis et... et nous ne savons pas ce qu'il faut faire.

Bernard émit un grognement.

— Bon ça va... mais on ne s'inquiète pas comme ça au bout de vingt-quatre heures comme s'il s'agissait d'un petit enfant qui n'est pas rentré de l'école ! Il faut être réaliste et il va réapparaître tout à coup, se marrant des soucis que vous vous êtes faits !

20

Les coups de pioche se faisaient de plus en plus violents.

Ce n'était pas la terre qui était ainsi retournée mais son crâne.

C'était intolérable.

Il voulait crier, mais ne pouvait émettre aucun son.

La nuit était totale, pourtant ses yeux étaient ouverts.

Mais non, même ses paupières étaient trop lourdes.

Il essaya de bouger.

Son corps ne répondit pas.

Arnaud Mainvilliers sombra de nouveau dans l'inconscience.

21

L'émoi était grand le lendemain matin dans l'atelier de Récup'Tex. Les six femmes étaient désemparées. Il fallait bien qu'elles admettent que leur patron avait disparu de façon totalement inexplicable. Que devaient-elles faire ? Prévenir la police, mais n'allait-on pas les envoyer balader ? Un homme de la trempe d'Arnaud Mainvilliers ne se volatilise pas comme cela sans laisser de trace. Fallait-il continuer le travail ? Quelles initiatives pouvaient-elles prendre ? Le chantier ne devait-il pas être stoppé jusqu'à ce qu'il revienne ? Allaient-elles recevoir leur salaire ?

Le petit café matinal était lugubre et dura plus longtemps que de coutume.

— Je vais rappeler Édouard Desremaux, dit Valérie, c'est le meilleur ami de Mainvilliers et il voulait le joindre absolument hier, j'ai ses coordonnées.

— Il faut aussi appeler la police, dit Charlotte, en secouant la tête comme si elle en rejetait l'idée au même instant, il vaut mieux paraître gourdes que passer à côté d'un drame possible. Et puis il faut continuer le travail, il y a plusieurs containers qui arrivent ce matin, il y a des commandes auxquelles il faut répondre, on ne peut pas laisser tomber.

— T'inquiète pas, répondit une forte femme, on a eu assez de mal à trouver ce boulot, on ne va pas le perdre ! Maintenant on commence à se débrouiller un peu mieux, on fait moins de fautes dans les tris. Faut pas que la situation dure trop longtemps parce que c'est inquiétant, mais on va bosser. Allez les copines, on y va, on a assez perdu de temps en papotages.

La première réaction des policiers fut effectivement assez dubitative, mais l'ensemble des indices fournis par Valérie et Charlotte les fit réfléchir.

Ils étaient deux dans le petit bureau, recueillant les témoignages des femmes.

— Dites, cela marche les affaires ? L'entreprise n'est pas en menace de dépôt de bilan ? Parce que l'on en voit des patrons qui se tirent quand ça commence à aller mal. Ils laissent tout, surtout les dettes !

— Ce n'est pas le genre de Monsieur Mainvilliers, dit Valérie, choquée qu'une telle idée ait pu les effleurer, il vient de créer cette entreprise et cela démarre bien.

Le téléphone sonna.

— Récup'Tex bonjour… ah ! Monsieur Desremaux ! Oui, je vous ai laissé un message… eh bien nous sommes inquiètes parce que Monsieur Mainvilliers est introuvable depuis deux jours et… et comme vous le connaissez depuis longtemps, on voulait savoir si vous pouviez nous dire où le joindre.

— Quoi ? hurla Édouard à l'autre bout du fil, il a disparu ? Et merde, merde et remerde. C'est Alcibiade !

— Pardon ? dit Valérie en ouvrant des yeux ronds.

— Oui, un salaud qui le poursuit depuis plusieurs mois, il veut sa peau… Il faut prévenir la police tout de suite ! J'arrive !

— La police est justement ici, je vous passe l'inspecteur.

Elle tendit le combiné à un homme d'une trentaine d'années qui avait pris des notes.

— Lieutenant Torter. Qui est à l'appareil ?

— Édouard Desremaux, je suis un ami de toujours d'Arnaud, nous avons beaucoup travaillé ensemble à l'export, et je m'occupe de sa commercialisation en Afrique notamment. Je vous appelle du Gabon. Nous avons eu affaire à un escroc de la pire espèce à Riyad, il y a plusieurs mois, un certain Alcibiade… c'est… c'est un peu compliqué de vous expliquer tout cela par téléphone, mais c'est une véritable brute qui n'hésite pas à martyriser les gens pour leur soutirer de l'argent.

— Euh… tout cela me paraît un peu compliqué et même rocambolesque, en effet, il nous faudrait plus de précisions, des preuves de ces menaces… Riyad c'est loin, je ne vois pas ce que ce monsieur viendrait faire chez nous. D'expérience, nous savons qu'il ne faut pas chercher bien loin la disparition d'un patron, dit-il, sûr de lui. Un œil sur sa comptabilité nous mettra sans doute sur la voie… sans faire intervenir cet Alci… je ne sais quoi !

— Un conseil, si je puis me permettre, Inspecteur.

— On dit : Lieutenant.

— Lieutenant, gronda Édouard, ne prenez pas ce que je vous dis à la légère, ce type est capable de tout ! Surtout, recherchez vite Arnaud, il est peut-être en réel danger… je vous en prie, dit-il d'un ton plus implorant.

— Nous allons mener notre enquête comme nous savons le faire, Monsieur, répliqua l'inspecteur fraîchement.

— J'arrive le plus vite possible, répondit Édouard.

— C'est ça, c'est ça et vous nous raconterez votre petite histoire, dit le lieutenant en raccrochant.

Il leva le regard vers les deux femmes qui semblaient outrées par son attitude.

— Pardonnez-moi, si j'ai pu vous paraître un peu… brutal dans mes propos… mais l'imagination des gens dépasse souvent la réalité toute simple, celle qu'il nous faut découvrir.

Édouard avait raccroché, furieux et inquiet. Ces flics ne le croyaient pas une minute ! Il était certain que le seul nom d'Alcibiade ne faisait pas sérieux et que l'histoire de Riyad paraissait trop invraisemblable !

Au moment où les policiers montaient en voiture, Charlotte se précipita vers eux.

— Excusez-moi, mais... je ne pouvais pas en parler devant les autres. Elle hésitait... Enfin, Arnaud Mainvilliers et moi... On... on se voyait souvent en dehors du travail. On sympathisait.

— Vous êtes amants ? demanda brutalement le lieutenant Torter.

— Non... non..., dit-elle sans pouvoir se retenir de rougir, mais, tout allait bien, il semblait heureux de sa nouvelle vie, de cette entreprise qu'il crée. On ne part pas quand des bâtiments sortent de terre, quand on embauche, quand on commence à gagner de l'argent et quand... quand on est heureux avec quelqu'un... cela devenait sérieux entre nous.

— Vous êtes mariée ? demanda le lieutenant sentant venir une histoire de mari jaloux.

— Je l'ai été, je suis divorcée depuis deux ans.

— Ah... des enfants ?

— Non... mon ex-mari n'en voulait pas... c'est en grande partie une raison du divorce. Il était égoïste, ne vivait que pour lui... et il a préféré une gamine à sa femme !

Elle devina l'idée de l'inspecteur.

— Et il n'est pas du genre « type jaloux » qui viendrait casser la figure d'un concurrent ! dit-elle en souriant. Il se fout de moi ! Il me l'a assez prouvé ! Il m'a tout pris et c'est moi qui aurait pu avoir envie de me venger ! De toutes les façons, étant donné la différence de gabarit, il n'aurait jamais osé approcher d'Arnaud. Mon ex-mari est petit, malingre, trouillard, tout le contraire d'Arnaud !

— Bien, nous allons voir ce qu'il est possible de faire. Surtout s'il vous donne de ses nouvelles, prévenez-nous !

— Évidemment et... euh... merci de ne pas faire allusion à ce que je viens de vous dire devant mes collègues de travail... ce ne serait pas très bien vu.

— Ces histoires-là, on en parle quand elles ont un lien direct avec l'affaire dont on s'occupe, sinon les gens peuvent faire ce qu'ils veulent, cela ne nous regarde pas.

Charlotte rejoignit l'atelier, soucieuse.

— Qu'est-ce que tu leur as dit ? lui demanda Valérie qui voulait rester maîtresse de la situation. Après tout c'était elle qui était au bureau, qui répondait au téléphone, donc c'était elle la mieux placée pour prendre, provisoirement la place d'Arnaud.

— Euh... rien... enfin un petit détail, sur le fait que l'atelier était ouvert, je ne savais plus si on le leur avait dit ou pas.

— Bien sûr que si, puisqu'ils sont même allés regarder sur le chantier, mais je ne vois pas ce qu'ils auraient pu trouver, il n'y a rien, à part de la terre remuée par les engins.

Le soir même, Valérie réussit à convaincre Bernard du sérieux de la situation, étant donné l'intervention de la police et l'enquête qui démarrait.

— On a une réunion de notre club de lauréats demain matin, lui dit-il, je vais en parler au groupe, je suis certain que l'on va pouvoir combiner nos compétences pour vous donner un coup de main le temps que l'on comprenne ce qui est arrivé. Il ne faut pas que la boîte dégringole. Mais tout cela est vraiment bizarre ! Autant il me semble impossible qu'Arnaud soit parti sur un coup de tête en laissant tout en plan, autant une histoire de kidnapping et pourquoi pas alors, de rançon, me paraît surréaliste !

22

Les coups de pioche diminuaient en fréquence mais pas en intensité.

Arnaud ne comprenait pas pourquoi il lui était impossible de remuer. Son corps semblait totalement paralysé et pourtant soumis à un curieux balancement. Où était-il ? Que se passait-il ?

Une énorme bouffée d'angoisse l'assaillit. Des parcelles de souvenir revenaient par ondes successives puis s'effaçaient.

Il avait besoin de dormir… Non, il ne fallait pas… il voulait comprendre…

Il réussit à ouvrir les yeux, mais il ne pouvait rien voir. La nuit était opaque.

Il grimaça sous la douleur qui lui labourait la tête.

Il essaya de la bouger, doucement, comme pour apprivoiser la bête immonde qui le torturait.

Mais ce fut l'horreur.

Il retomba à nouveau dans l'inconscience.

23

— La réunion d'aujourd'hui aura un ordre du jour un peu chamboulé, dit Franck Durand, le responsable du petit groupe de lauréats créateurs d'entreprises. Il se passe un événement assez incroyable et inhabituel pour l'un d'entre vous. Un événement qui nous prouve par ailleurs que, si nous imaginons tous les pièges possibles lors d'une création d'entreprise, un événement imprévisible peut survenir et nous faire couler. Par exemple, tout le monde sait que les crises internationales influencent la bourse et donc l'état de confiance du marché. Il peut y avoir aussi un virus qui va décimer une filière agricole, ou un incendie qui ravage des ateliers tout neufs. Je pourrais citer encore la mise en place de l'euro qui a chamboulé les comptes de nombreux commerçants avec de graves répercutions sur leurs investissements ou les 35 heures… bref… une multitude de situations prévisibles ou non. Eh bien, ce que va nous raconter Bernard, dépasse tout ce que j'aurai pu imaginer !

Bernard admira la façon avec laquelle Franck savait amener un sujet et captiver son auditoire.

— Voilà, dit-il en se raclant la gorge. Nous connaissons tous Arnaud Mainvilliers qui a rejoint notre groupe récemment. Sa personnalité, sa stature, son rire, ne peuvent laisser personne indifférent. Eh bien, Arnaud a disparu et il semble que cette disparition relève d'un acte crapuleux et que ce soit un kidnapping, conséquence d'une ancienne affaire qu'il avait en Arabie Saoudite.

L'intérêt de tous les membres du groupe était à son maximum.

— Non, mais tu rigoles ? s'exclama Philippe Poiret.

— Il n'y a rien de drôle, je t'assure ! La police fait son enquête et il est certain que nous ne pouvons pas faire grand chose de notre côté, si ce n'est réfléchir à ce qui aurait pu lui arriver, mais nous ne le connaissons pas assez, sans doute. Ce qui importe, il me semble, c'est de pouvoir permettre à sa société de passer le cap actuel extrêmement complexe. Il y a six emplois à la clef, mais aussi de belles perspectives de croissance. Il a créé un truc superbe, il faut qu'il puisse le retrouver en parfait état quand il reviendra.

Un court silence suivit les paroles de Bernard.

— Il y a eu une demande de rançon ? demanda subitement Philippe. Il se renversa sur sa chaise en secouant la tête. C'est vrai ce que tu nous as dit Franck, on pense à tout, mais la réalité dépasse ce que l'on peut imaginer !... Et il a de la famille, Arnaud ?

— Pas de famille, en tout cas pas d'épouse visible, à ma connaissance, répondit Bernard. Et il n'y a pas eu de demande de rançon à ce jour. Nous nous connaissons un peu car son entreprise est à côté de la mienne et ma femme travaille chez lui, en tant que secrétaire. Mais il ne nous a jamais parlé de sa vie personnelle.

— Vu le bonhomme, il doit avoir des conquêtes féminines un peu partout ! dit en riant un petit homme et il y a peut-être un mari jaloux derrière tout ça !

— C'est malin, répliqua Marie Frenay. Alors pourquoi ne pas accuser Bernard puisque sa femme travaille avec Arnaud ! Ras le bol de toujours tout ramener aux affaires de sexe ! Et vu le bonhomme justement, il doit être capable de se défendre !

Elle ne vit pas Bernard avaler difficilement sa salive.

— Il n'est pas de notre ressort d'imaginer ce qui a pu lui arriver, reprit Franck, chacun ses compétences et laissons les policiers agir au mieux. Nous, si vous le voulez bien, et même si nous ne connaissons pas beaucoup Arnaud, c'est la moindre des choses que de pouvoir lui donner un coup de main. Je suis allé avec Bernard à Récup'Tex. Les employées font le maximum, mais elles ne peuvent tout faire, car elles n'en ont pas les compétences, surtout en ce qui concerne le commercial et la comptabilité.

— Ça je pourrais m'en occuper si nécessaire, j'ai été comptable pendant des années, dit Bernard qui fit un effort énorme pour proposer son aide

Après tout, quel intérêt avait-il à venir au secours de cet homme dont sa femme semblait si amoureuse ? Même Marie Frenay l'avait suggéré et elle avait appuyé sans le savoir sur ce qui lui faisait le plus mal ! Au contraire, se dit-il encore, en se sentant horriblement méchant, qu'Arnaud disparaisse définitivement, cela lui ferait même plaisir !

— Tu as déjà assez de travail avec ta propre boîte, lui dit Franck, n'imaginant pas un instant le trouble de Bernard. Si Arnaud reste introuvable, je m'occuperai de cette comptabilité et surtout, si c'est absolument indispensable et urgent, je rencontrerai les banquiers pour leur montrer que même en l'absence d'Arnaud, il y a des gens sérieux qui prennent les choses en main. C'est cela la force de notre association et n'oublions pas qu'Arnaud a un accompagnateur qui connaît bien sa boîte ! Ce serait le premier à pouvoir faire quelque chose… Enfin espérons qu'il ne faudra pas intervenir et que le bonhomme va réapparaître frais comme un gardon et hilare de la trouille qu'il nous a flanquée à tous !

— Merci de tout prendre en main, mais je suis là quand même, si tu as besoin, répliqua Bernard soulagé.

— Ce n'est pas facile de savoir ce que l'on peut faire, dit Philippe, je peux prendre ses appels, mais cela ne sert à rien s'il n'y a personne pour les gérer ensuite.

— Je crois que pour l'instant on ne peut pas avancer beaucoup plus, reprit Franck. Il nous faut y réfléchir, rester très disponibles aux besoins de la petite équipe en place, essayer de suivre l'enquête et espérer qu'Arnaud soit vite retrouvé. Il nous faut aussi être très discrets car la disparition étrange d'un chef d'entreprise fait fuir les clients. Je tenais à vous mettre au courant, c'est naturel, mais n'en parlez à personne.

— Tu comptes faire quoi avec les éventuels journalistes ? dit le jeune Christophe Despoix. En général, ces gens-là se jettent allègrement sur ce type d'affaire, surtout dans notre coin, où il ne se passe pas grand-chose.

— Malheureusement on ne peut rien faire de ce côté, cela dépend de la discrétion des employés de Récup'Tex comme de la police... bon, on va reprendre le cours normal de notre rencontre, parce que vous aussi, avez vos entreprises à faire fonctionner et les embûches que vous rencontrez ne sont sans doute pas aussi étranges et complexes mais elles sont bien réelles !

24

C'était une tradition familiale à laquelle personne n'avait le droit de déroger. Tous les mois, la famille Rosit se retrouvait au grand complet chez les parents de Bernard pour un déjeuner dominical.

Valérie n'en avait vraiment pas envie ce week-end-là. Elle avait passé son samedi à faire des courses, la lessive, le ménage, à conduire Ludovic au poney-club, Romain a un cours de Judo, ne pouvant compter une fois de plus sur Bernard qui était resté à Cap Voile toute la journée.

La reprise du travail était plus difficile qu'elle ne l'aurait cru. Au bureau, elle oubliait les tracas ménagers, mais arrivée chez elle, elle se sentait littéralement submergée par le matériel et envahie par un effrayant sentiment de culpabilité vis-à-vis de ses enfants. Elle perdait toute patience devant le fouillis de leurs chambres, n'avait guère le temps de vérifier le travail de Romain et encore moins d'aider Ludovic à faire les quelques petits exercices réclamés par sa maîtresse d'école. Elle se sentait autant mauvaise mère que piètre secrétaire, encore mal à l'aise avec certains nouveaux logiciels. Elle avait un besoin urgent de dormir, de décompresser, de pouvoir s'abandonner.

— On ne peut pas échapper à la journée chez tes parents ? dit-elle le samedi soir à Bernard qui était enfin rentré. On va encore passer des heures à table dans des discussions sans intérêt, je suis crevée, j'ai trop de travail.

— C'est un peu délicat, tu sais comment est Maman, même à son âge, elle cherche à ce que tout soit toujours parfait, les plats calculés au mieux pour chacun et Papa tient à la présence de tous, disant que si on commence à trouver des prétextes pour ne pas venir, il ne verra plus personne.

Il regarda sa femme et fut soudain frappé par sa pâleur. Il la prit dans ses bras.

— C'est vrai que tu en fais beaucoup, ma chérie, beaucoup trop, c'est de ma faute. Je suis désolé.

— Ce n'est pas de ta faute, c'est comme ça. Mais j'ai vraiment besoin de quelques heures où je n'aurais rien, mais alors, strictement rien à faire !... Je suis épuisée ! La gestion de la boîte sans Mainvilliers est angoissante et compliquée, c'est déséquilibrant pour tout le monde car on ne sait pas où on va. Ces quelques jours ont semblé être des années !

— Bon... écoute, voilà ce que l'on va faire. Demain matin je téléphonerai à Maman, je lui dis que tu couves une grippe, que tu as besoin de repos et j'arriverai chez eux avec les enfants. Tu pourras te reposer toute la journée sans nous avoir dans les jambes. Ça ira ?

Elle secoua la tête avec une furieuse envie de pleurer.

— Va dans un fauteuil au salon, je m'occupe du dîner.

— Il faut que je donne à manger à Églantine, dit-elle en s'approchant de la fillette qui était par terre sur un tapis de jeu et en la soulevant. Tu es toujours aussi sage toi. Mais tu devrais commencer à marcher, tu es bien paresseuse, ma puce.

Elle lui fit un petit baiser dans le cou, l'enfant se laissa faire.

— C'est vrai qu'elle est sage, répliqua Bernard, même trop par moment.

— C'est une fille, nous étions habitués au chahut des garçons !

Ils s'apprêtèrent à passer une véritable soirée de repos. Valérie était plus détendue et même subitement moins fatiguée, sachant qu'elle échapperait au repas avec des beaux-frères et belles-sœurs qui l'énervaient souvent et avec qui elle ne partageait pas grand-chose.

Ils prirent tranquillement un petit apéritif. Dans la cheminée, un feu crépitait, en cadence avec une délicate sonate de Mozart. Ils n'avaient pas allumé la télévision et appuyés l'un sur l'autre, ils contemplaient les flammes.

— Vous êtes des amoureux ? dit une petite voix de derrière le canapé.

— Mais… qu'est-ce que tu fais là ? s'exclama Valérie en voyant Ludovic, les pieds nus sur le carrelage. Allez, vite au lit !

— Je sais pas dormir.

— Taratata, bougonna Bernard, un petit garçon sait toujours dormir.

— J'ai envie d'un câlin et puis… et puis d'une histoire.

Valérie soupira et s'apprêta à se lever.

— On était trop bien pour que cela dure ! dit-elle en bougonnant.

— Je m'en occupe, reste assise… allez Ludovic, je vais te raconter une belle histoire de bateaux. Tu veux ?

— Je préfère de poneys.

— Allons-y pour le poney, lui dit Bernard en le prenant dans les bras. Dis donc, tu deviens un homme, ce que tu es lourd maintenant !

L'enfant se mit à rire et caressa le menton de son père.

— Je vais avoir de la barbe, alors ?

— Oh… attends que je sente… non pas encore maintenant… tu es toujours mon petit garçon… tu veux qu'on fasse le cheval ?

— Le cheval ?

— Ou le poney si tu préfères, dit Bernard en se mettant à quatre pattes, allez grimpe sur mon dos… comme quand tu étais petit !

Ravi, le gamin s'assit en serrant ses petites jambes autour du ventre de son père et se secoua d'avant en arrière pour le faire avancer.

— Hue ! Hue !

— Je veux de l'avoine ! dit Bernard en secouant la tête.

L'enfant mit la paume de sa petite main contre la bouche de son père qui l'embrassa.

Valérie riait, elle se sentait si apaisée tout à coup. Elle s'enroula dans une fine couverture de laine et se laissa bercer par la mélodie. L'alcool lui donnait sommeil.

— Allez fier cavalier, on descend, dit Bernard en arrivant près du lit de Ludovic. Ouf, tu deviens grand !

— Non, je suis encore un peu petit... tu me racontes une histoire ?

Une histoire ? se dit Bernard, mon Dieu, qu'est-ce qu'il allait bien pouvoir inventer.

— Tu as un livre ?

— Non, je veux une histoire qui est dans ta tête.

— Dans ma tête ?... euh, bon... alors... voilà, dit Bernard s'asseyant sur le lit tout en remontant la couette jusque dessous le menton de Ludovic qui le regardait d'un air ravi. Il y avait une fois un gentil petit poney qui s'appelait...

— Tatou !

— Tatou, si tu veux... donc Tatou avait un grand ami... Ludovic, un super petit garçon, qui aimait beaucoup se promener dans la forêt et sur la plage, pour aller voir tous ses copains. Il y avait la mouette et le petit crabe, le lapin et le faon...

Bernard n'en revenait pas de réussir à inventer l'histoire au fur et à mesure qu'il la racontait. L'enfant souriait, gigotait parfois et ses yeux s'agrandissaient d'émerveillement devant les exploits de son Tatou.

— Et le soir arriva, Tatou était fatigué... si fatigué. Il rentra à l'écurie, remua la paille toute fraîche, et heureux, s'endormit en rêvant à son gentil petit cavalier qui s'appelait... Ludovic...

Bernard sourit à son fils dont les yeux se fermaient. Il se pencha vers lui, l'embrassa et sortit de la chambre sans bruit. Avant de retrouver sa femme, il voulut dire bonsoir à Romain. Il entra sans bruit pensant qu'il dormait aussi, mais l'adolescent était une fois de plus devant son ordinateur et cette fois, son père aperçut l'écran.

— Mais qu'est-ce que c'est que ça ? rugit-il soudain en apercevant des femmes nues.

— Ben… euh, je sais pas… ça apparaît sans que je sache pourquoi, bafouilla Romain.

— Et tu voudrais sans doute que je te croie ? Très bien, ordinateur supprimé, dit brusquement Bernard. De toutes les façons à ton âge, c'est une erreur d'être toujours en train de jouer là-dessus, c'est fatigant et inutile. Il y a longtemps que j'aurais dû veiller à ça.

— Papa, tu ne peux pas le prendre, gémit Romain, je fais plein de trucs avec, pour mon travail.

— Fais-le avec un stylo et du papier, comme cela tu apprendras l'orthographe. De plus, ce que tu regardes n'a rien à voir avec un travail de 4e. Si tu as besoin de quelque chose de particulier, tu me le dis et on voit cela ensemble.

— T'es jamais là et Maman non plus.

— Nous ne sommes pas les seuls parents à travailler et tes copains ne sont pas collés à l'ordinateur toute la soirée.

— Bien sûr que si !

— Eh bien ils ont tort et leurs parents aussi, s'ils les laissent faire… cela suffit, la discussion est terminée. Ouvre un bon bouquin, tu dormiras mieux !

— Papa, je t'en prie…

— Bonsoir Romain, dit Bernard en sortant de la chambre, l'ordinateur dans les bras.

Au bruit de la discussion, Valérie s'était approchée.

— Chut vous allez réveiller Églantine… Mais… qu'est-ce que tu fais Bernard avec cet ordinateur ?

— Ton fils passe son temps à regarder des sites pornos, nous n'aurions pas dû lui laisser cet engin sans surveillance.

Elle soupira. En un instant toute sa fatigue lui revint.

— Je n'ai jamais compris comment les gosses faisaient pour se connecter si facilement à ces trucs-là, soupira-t-elle, je pensais lui faciliter toutes les recherches que ses profs lui demandent en lui permettant l'accès à l'ADSL.

— Ce n'est pas en imprimant ou en faisant des copier-coller que l'on s'instruit… et cela m'étonnerait que les sites qu'il regarde fassent partie du programme scolaire !

— Mais il faut être moderne Papa, de quoi je vais avoir l'air devant les copains de la classe, si je ne peux plus consulter Internet, on… on n'est plus au Moyen Âge.

— Réflexion stupide ! Au Moyen Âge les gens étaient civilisés et cultivés, ils savaient lire et écrire, eux ! Toi tu fais trois fautes d'orthographe par ligne et tu ne lis jamais rien ! Aucune culture ! Le néant !

— Oh, à cause d'un petit truc sur l'écran, je suis devenu le dernier des idiots, merci !

— Bon, cela suffit tous les deux ? grogna Valérie, Romain, va prendre une douche, tu ne l'as pas fait en revenant du judo et zou au lit ! Et on rediscutera de tout cela demain, en revenant de chez Papi et Mami.

— Oh non, pas encore ! On avait envie de faire un tour en vélo avec les copains.

— Tu sais bien qu'il y a ce déjeuner tous les mois, c'est comme cela. Tes copains existeront encore dans quelques jours.

Romain soupira et se dirigea vers la salle de bains en traînant les pieds.

— Ben, c'est pas gai ce soir !

Bernard mit l'ordinateur dans son petit bureau et retrouva sa femme qui préparait le repas.

— Je me disais aussi qu'il devenait studieux, dit-elle en grimaçant, bien que ses notes ne montent pas, au contraire.

— Il va falloir le surveiller un peu plus.

— Oh, je t'en prie, ne te gêne surtout pas pour le faire, après tout un père a plus d'autorité sur son fils qu'une mère. Mais je t'informe qu'il rentre de classe à dix-huit heures et fait son travail jusqu'à l'heure du dîner. Ce n'est pas quand tu arrives à vingt et une heures que tu peux essayer de le remettre au boulot. Il en a déjà fait assez de toute sa journée. À cette heure-là plus rien ne peut rentrer.

— J'ai compris, ne t'énerve pas. Je vais d'abord aller voir son professeur titulaire, pour comprendre la réalité de ces exposés qu'il doit rendre et puis faire un point de son travail.

— C'est une bonne idée, mais ne tarde pas, nous sommes à la fin de l'année, je te le rappelle.

— Déjà ?

Le charme de la soirée était rompu. Ils dînèrent en échangeant quelques banalités, Valérie se coucha tôt et Bernard se remit au travail. Il avait entamé une importante démarche auprès d'une société de location de bateaux qui pourrait lui passer une grosse commande.

Il sentait bien qu'il avait un urgent besoin de se détendre, qu'il était ridicule de se remettre au boulot à vingt-deux heures, mais c'était plus fort que lui.

Il avait l'impression qu'il dormirait mieux s'il pouvait déposer ses idées sur le papier les empêchant ainsi de le torturer toute la nuit en une danse infernale.

25

— Je suis déçue de ne pas voir Valérie, grogna la mère de Bernard en l'embrassant sur le seuil de la porte, elle est si malade qu'elle n'ait pu faire l'effort de venir ?

— Elle était déjà très fatiguée hier soir, et ce matin, elle se sentait fiévreuse, il est préférable qu'elle se repose et évite de donner ses microbes à tout le monde. Demain cela ira mieux. Je peux poser Églantine sur le tapis du salon ?

— Fais attention à ce qu'elle ne touche à rien.

— Oh, pas de souci, elle est toujours aussi sage qu'une image. Tiens salut Matthieu, comment va ?

Bernard, aîné de la famille avait trois frères : Matthieu, médecin généraliste, avait épousé Élodie et ils avaient deux enfants d'une vingtaine d'années ; François, attaché de direction dans une banque, était marié avec Juliette dont il avait quatre enfants ; et enfin Gonzague, qui avait un enfant d'un premier mariage et vivait maintenant avec Jeanne, elle-même divorcée avec deux enfants. Lui, était fonctionnaire dans l'administration fiscale.

Cela formait spontanément deux clans : d'un côté Bernard et Matthieu dont l'activité dépendait uniquement d'eux et de leur capacité de travail, de l'autre François et Gonzague qui avaient une existence bien rythmée entre horaires fixes et salaires systématiques.

Perclus de rhumatismes, René Rosit se déplaçait de plus en plus difficilement et il ne bougea pas de son fauteuil pour accueillir ses enfants et petits-enfants qui venaient l'embrasser à tour de rôle.

Puis ce fut l'enchaînement du même rituel, du même repas, des mêmes vins et des mêmes places à table. Seuls les enfants qui grandissaient, apportaient un peu d'animation.

Cela faisait un moment que Matthieu observait la petite Églantine, toujours assise sur le tapis et jouant avec sa balle. Il fronçait les sourcils.

— Dis, Bernard, ta fille… elle joue toujours comme ça ?

— Oui, je la trouve d'ailleurs trop sage, elle a bientôt deux ans et ne fait absolument pas d'effort pour marcher, mais je sais qu'il n'y a aucun enfant pareil aux autres.

— Je ne voudrais pas t'inquiéter, mais elle a une attitude qui est un peu étrange. En tant que médecin, je vois beaucoup d'enfants et il y a des normes comportementales.

— S'il y avait un problème, le pédiatre l'aurait vu.

— Sans doute oui, mais quand le bébé est petit, c'est difficile à déceler, on se rend mieux compte des choses quand il arrive à un âge où il doit se socialiser.

— Mais qu'est-ce que tu as en tête ? demanda Bernard soudainement inquiet.

— Oh, rien… rien… je me trompe peut-être, mais il faudrait que toi et Valérie vous consultiez un pédopsychiatre, ce serait plus rassurant.

— Ou… ou plus inquiétant ?

— Qu'est-ce que vous complotez encore tous les deux ? dit René Rosit qui supportait mal de ne pas comprendre toutes les conversations étant donné sa surdité croissante. Tu parles de ton boulot Bernard ?

— Euh… euh… pas exactement.

— Et alors, comment ça se passe ? reprit le vieil homme qui n'avait pas entendu la réponse. Tiens passe-moi la bouteille de vin, François.

— C'est un boulot de fou, mais je commence à décrocher des commandes et je suis très fier de ce que mon équipe fait, les bateaux sont superbes.

— Ah, très bien.

La conversation glissa sur une banalité. Personne ne lui en demanda plus. Quand on ne connaît pas du tout le fonctionnement d'une entreprise, comment deviner les questions pertinentes à poser ? Au début cela blessait Bernard, car il se disait que l'on se désintéressait de lui, mais maintenant, il se sentait sur une autre planète : comment pourraient-ils imaginer un centième de son activité ?

Au fromage, le sujet des vacances revint inévitablement sur le tapis. François partait trois semaines en Espagne, se gardant deux semaines pour les vacances d'hiver, Gonzague louait une petite villa dans l'arrière-pays niçois pendant un mois complet, pour pouvoir répondre à la complexité de sa vie de famille. Bernard ne disait rien, souriant intérieurement.

— Moi, dit Matthieu, j'ai réussi à trouver un remplaçant pendant quinze jours, mais pas plus. Cela devient de plus en plus ardu. Le métier de médecin généraliste n'intéresse pas beaucoup les jeunes, il y a trop de contraintes. Et puis j'ai beaucoup de patients qui n'aiment pas les remplaçants, et attendent que je rentre !

— Et toi Bernard ? demanda sa mère.

— Moi ? Mais ce sera impossible cette année.

— C'est idiot, tu es vert à faire peur, tu es crevé, cela se voit ! dit-elle.

— Je ne comprends pas que tu te laisses bouffer par ta boîte, répliqua Gonzague, il y a les trente-cinq heures tout de même pour un patron comme pour les ouvriers.

— Mais je ne suis pas employé moi, je ne me paie même pas encore, alors les congés payés c'est bon pour les fonctionnaires, ceux qui sont toujours fatigués à ne rien faire ! s'exclama-t-il soudainement énervé.

— Oh… dis donc, c'est facile de critiquer ce que l'on fait, notre travail à nous est drôlement stressant, on a besoin de repos et puis nous sommes mieux organisés, nous ! Si tu ne peux pas prendre de vacances, c'est que tu es incapable de déléguer, ce qui est pourtant le propre d'un bon patron.

— Tiens, passe-moi l'eau au lieu de dire des conneries.

Tout le monde se tut brutalement autour de la table, on entendait les enfants chahuter dans la grande cuisine où ils déjeunaient. Bernard se passa la main sur les yeux. C'est vrai qu'il était épuisé, qu'il aurait eu un sérieux besoin de repos et qu'il était sans doute trop collé à sa boîte pour réussir à se détendre. Il s'énervait trop vite, c'était idiot. Pourquoi s'était-il emporté ainsi, aussi brutalement ? Mais il refusait de discuter plus longtemps avec des frères qui ne pouvaient absolument ni comprendre son métier ni imaginer un seul instant, la vie d'un créateur d'entreprise.

Il les enviait parfois, mais qui aurait pu le remplacer à Cap Voile ? Il se dit qu'il lui faudrait sans doute réussir à fermer une semaine ou deux ne serait-ce que pour mettre ses ouvriers en vacances, mais lui, ne pouvait s'arrêter, il devait continuer à chercher des clients, c'était vital. On ne stoppe pas en montant une côte quand on n'est pas sûr de ses freins.

— Fais attention à ta santé, dit Matthieu, si tu cales nerveusement ou physiquement ce serait catastrophique, tu ne crois pas ?

— Mais ne vous inquiétez pas pour ma santé, l'essentiel c'est mon chiffre d'affaires, le reste suit.

Dans la cuisine, les cousins avaient terminé le dessert et ils s'étaient éparpillés dans la maison, selon les âges et les goûts, cherchant jouets ou livres cachés au fond des placards.

On passa une heure à ranger et faire la vaisselle, comme d'habitude et les tire-au-flanc trouvèrent la petite excuse coutumière pour éviter de faire la plonge. Puis chacun repartit sans trop tarder à cause de la route, de la vérification du travail scolaire et autres excuses pour mettre fin à ce dimanche ordinaire et peu détendant. Les femmes avaient de leur côté papoté sur leurs enfants, se retrouvant naturellement selon les affinités de leurs maris, tandis que Jeanne, la nouvelle compagne de Gonzague restait à l'écart, ne se sentant pas encore bien à l'aise dans cette nombreuse famille.

— Surtout, tu t'occupes de ta fille, redit Matthieu à Bernard au moment où ils partaient.

— Oui, oui... je vais en parler à Valérie. Mais tu sais qu'elle retravaille ?

— Ah non.

— C'est financièrement un peu dur pour nous et il faut passer le mauvais cap. Cela ne te semble pas urgent pour Églantine ?

— Non, non... elle est encore petite et son comportement va évoluer mais c'est toujours bon de prendre conseil.

— Je vais attendre un peu de sentir Valérie plus détendue, ce n'est pas la peine de la soucier de façon supplémentaire.

— Essaie de faire jouer ta fille, de voir comment elle peut s'intéresser aux autres.

— Oui... oui, dit Bernard en soupirant. Tu sais il y a des moments où je suis complètement découragé, j'ai l'impression que l'on s'occupe mal des enfants, car ni moi ni Valérie n'avons la possibilité de prendre le temps avec eux. Mais nous sommes pieds et poings liés par la situation. J'aurais peut-être dû me trouver un petit boulot peinard comme François ou Gonzague. Ils me font rire eux. Pas de souci, les doigts de pieds en éventail, sécurité de l'emploi ! Vacances et trente-cinq heures ! S'ils savaient ce que je m'en fous des vacances !... J'ai cinquante ans, des petits qui grandissent… je n'ai pas le droit de m'arrêter… Bon, allez les enfants, en route !

— Dis, si tu as besoin d'un coup de main financier, n'hésite pas, lui dit Matthieu discrètement, je ne suis pas millionnaire, mais j'ai quelques réserves.

— C'est… c'est vraiment gentil de ta part… vraiment. Je n'hésiterai pas, je te le promets, mais je vais tout faire pour m'en sortir.

— Tu fais un beau produit, superbe même, cela ne peut que marcher ! Tu m'impressionnes… c'est vrai, tu sais, il n'y en a pas beaucoup qui ont ton courage !

— Courage ou folie ?

— Il y a toujours un peu de folie dans le courage, répliqua Matthieu en riant. Allez, salut, à la prochaine !

Bernard ouvrit les portes de sa voiture et attacha Églantine sur son siège. Profitant de l'absence de sa mère, Romain s'installa devant.

— Ludovic ! cria Bernard, tu as vu tes mains ? Elles sont pleines de chocolat, tu vas en mettre partout !

L'enfant se mit à lécher ses doigts.

— Va vite te laver, dépêche-toi.

Sur le chemin du retour, Romain dit soudain à son père.

— Dis Papa, pourquoi tous les cousins partent en vacances et nous, non. C'est pas juste.

— C'est comme cela, tu auras des vacances aussi, mais différentes, ne t'inquiète pas, on va s'en occuper avec Maman.

C'est vrai, se dit soudain Bernard, que va-t-on faire des enfants cet été, avec le nouveau travail de Valérie ? Il soupira, énervé, comme si ses propres soucis ne suffisaient pas !

26

Ignorant la situation de Récup'Tex, Vivien Catalini s'y rendait pour la troisième fois. Il avait rendez-vous avec Arnaud Mainvilliers, en tant qu'accompagnateur proposé par l'association pour aider le nouveau lauréat dans le démarrage de son activité. Cette aide mensuelle durait environ deux années et permettait, en deux heures ou plus, de faire un point de la situation, d'échanger quelques conseils et d'ouvrir les carnets d'adresses.

Très réticent au départ, Arnaud avait pourtant trouvé chez Vivien tant de points communs avec lui, que leur collaboration s'était tout de suite transformée en franche amitié.

De taille moyenne, le visage carré et jovial, le regard vif et intelligent, Vivien Catalini avait dans les veines le soleil du midi et l'énergie des aventuriers.

Il traversa rapidement l'atelier, saluant les femmes qui levèrent à peine le nez de leur travail pour lui dire bonjour.

— Bonjour Madame, dit-il en entrant brusquement dans le bureau, car il faisait toujours tout, comme si la chose entreprise avait dû être terminée depuis longtemps.

— Oh, Monsieur Catalini… mais… mais vous ne savez pas ?

— Monsieur Mainvilliers a dû modifier le rendez-vous ? Non, je ne savais pas, il ne m'en a pas parlé.

— Non, non, bafouilla Valérie. C'est… c'est moi qui aurais dû vous appeler, pour vous prévenir de… de…

— Mais qu'est-ce que vous avez à bégayer comme cela ? s'exclama Vivien, il y a eu une catastrophe ?

— Oui.

Vivien ouvrit des yeux ronds.

— Oui ? Que voulez-vous dire ?

— Monsieur Mainvilliers a disparu… kidnappé ! dit-elle, soudainement amusée par son effet d'annonce.

— Kidnappé ? Cela veut dire quoi ? C'est idiot ! Et cela fait combien de temps ? dit Vivien, qui avait du mal à comprendre ce que lui disait Valérie.

— On ne l'a pas vu depuis trois jours. Et cela devient vraiment inquiétant, même pour la police.

— Stop, s'exclama-t-il, expliquez-moi tout par le début, et calmement s'il vous plaît !

Les sourcils froncés, Vivien écouta les explications sans interrompre Valérie.

— Bon, dit-il en soupirant, la situation n'est pas banale, c'est un fait… comment vous en sortez-vous ?

— C'est moyen. Pour le quotidien ça va, mais je ne connais pas tout ce qu'il avait mis en route et j'ai beaucoup d'appels téléphoniques auxquels je suis incapable d'apporter une réponse. J'ai tout noté. Heureusement son ami, Édouard Desremaux, qui connaît bien ce qu'il fait, va arriver aujourd'hui… Parce qu'il y a aussi le chantier qui doit démarrer en principe dans une semaine.

— Bien, faites-moi une photocopie de la liste des gens qui ont appelé, donnez mes coordonnées à cet Édouard quand il arrivera, pour que nous puissions nous concerter, dit Vivien en se levant pour quitter le bureau tout en décrochant son téléphone qui avait déjà sonné trois fois depuis qu'il était arrivé à Récup'Tex... Oui, oui, j'arrive, dit-il à son interlocuteur...

Il aperçut Charlotte dont il connaissait la responsabilité dans l'entreprise.

— Madame Rosit m'a informé du problème. Comment ça va ?

— Oh, sur un plan pratique, c'est bon, le boulot commençait à être bien rodé, mais il ne faut pas que cela dure trop longtemps. Nous, on traite ce que l'on nous apporte et il faut que cela parte ensuite aux bons clients, et tout cela c'était Arnaud, enfin Monsieur Mainvilliers qui s'en occupait, dit-elle tout en manipulant et examinant des vestes qu'elle jetait d'un côté ou d'un autre.

— Je suis suffisamment au courant de ses affaires pour essayer de voir ce qu'il est possible de faire avec l'aide de l'association. Mais la situation ne va sans doute pas s'éterniser, enfin espérons-le ! On ne disparaît pas ainsi sans laisser de traces. Nous nous inquiétons peut-être trop vite.

Il remarqua les larmes qui glissaient sur les joues de Charlotte. Sacré Arnaud se dit-il, un vrai bourreau des cœurs ! Ces femmes feraient n'importe quoi pour lui !

Il fila vers sa voiture, décrochant de nouveau son portable et démarra en trombe. Lui aussi devait faire fonctionner sa société et ce n'était pas une mince affaire !

Quinze ans plus tôt, il avait eu envie de se lancer dans l'export de fruits et légumes. Une idée qui le taraudait depuis qu'il savait que la chaîne de magasins dans laquelle il était cadre, avait pris la décision de ne travailler que sur le territoire français. Curieusement encouragé par son père, il avait donné sa démission et avait supporté aussi vaillamment que possible les pressions de ses collègues de travail lui disant qu'il était fou de se lancer dans une pareille aventure car il aurait pu accéder à des postes superbes sans risque.

Lui, ne voulait plus se retourner vers le passé, il avait pris une décision, il s'y maintiendrait sauf s'il se rendait compte qu'il n'y avait pas de marché. Il avait trouvé un petit local, passé ses week-ends à l'aménager, puis des heures à trouver ses futurs fournisseurs et ses futurs clients.

Quand il quitta définitivement son emploi, il se traita d'imbécile et sentit une effroyable déprime envahir sa soudaine solitude dans la travail. Ce n'est pas facile de perdre une équipe ! S'il avait reçu nombre de conseils de la part de la Région et également de l'avance de la part des banques, sa caution personnelle et celle de son épouse étaient colossales. N'avait-il pas pris un risque inconsidéré sur un coup de tête ?

Pendant trois mois il eut l'impression de plonger en enfer jusqu'à ce qu'il rencontre d'autres créateurs comme lui, grâce à cette fameuse association. Il se rendit compte qu'il se faisait une montagne de petits problèmes, alors que lui, avait la chance inouïe d'avoir un chiffre d'affaires qui grimpait à vive allure. Ses commandes à l'étranger augmentaient en effet sans cesse, tandis que d'autres peinaient à trouver les premiers clients.

Il s'accrocha à ce nouveau groupe d'amis, devenu sa bouée de secours et quinze ans plus tard, ils se voyaient toujours régulièrement, attristés cependant du départ de quelques-uns, dont l'activité avait cessé ou avait été cédée et qui psychologiquement se sentaient incapables de rester au milieu de ceux qui continuaient.

Mais aujourd'hui Vivien haussait les épaules quand on lui disait qu'il pouvait être fier de ce qu'il avait créé par la seule force de sa volonté. Il n'avait même plus le temps de penser qu'il pouvait être fier de quoi que ce soit. Le nez dans ses problèmes, il lui était impossible de prendre le moindre recul.

Arnaud aussi s'était exclamé :

— Une centaine d'emplois créés, la présence dans vingt-deux pays… bravo… pourtant l'export de légumes ne doit pas être chose facile !

— C'est une lutte permanente à cause de la variation de prix sur les produits à fournir, je ne vis que grâce à l'export dans un contexte européen complexe. Je suis angoissé en permanence, d'autant plus que la taille de mon entreprise et ses différents sites, ne me permettent plus de maîtriser tout ce qui se fait.

— Ah, c'est le propre du chef de savoir faire confiance, dit Arnaud en riant, mais je vous comprends.

Vivien, cependant, avait un caractère bien différent de celui d'Arnaud qui semblait s'amuser de tout ce qu'il faisait. Replonger avec un homme aussi détendu que lui dans un démarrage d'entreprise remettait en valeur ce qu'il avait fait et c'était vivifiant… Surtout quand ils avaient rendez-vous le lundi matin, jour où Vivien avait souvent le moral en berne face à une semaine où il devrait résoudre dix problèmes par heure !

27

Avec d'infinies précautions, Arnaud réussit à bouger la tête. La douleur était plus sourde, les coups de pioche s'estompaient.

Il ouvrit les yeux. Où pouvait-il être ?

Il se souvenait de tout soudainement : la nuit, le bruit étrange sur le chantier, un homme devant lui, le choc sur la tête…

Mais depuis combien de temps était-il là ?

Il voulut bouger mais ses membres étaient si ankylosés qu'il percevait une multitude de picotements brûlants.

Il frissonna, puis se concentra pour essayer de repousser le poids qui le retenait. Il avait tellement peur de ressentir une nouvelle douleur dans la tête, qu'il agissait doucement, avec précaution. Sa main rencontra une corde, une très grosse corde de chanvre… il sourit : les cordes de Monsieur Durofour… celui qui avait été chanvrier, là même où il construisait son hangar. Quelle curieuse coïncidence !

Mais ce n'était pas une corde qu'il devinait peu à peu, mais plusieurs, un rouleau énorme sous lequel il était coincé.

Il se sentait si faible ! Il avait faim, soif, horriblement soif. Une odeur écœurante de poisson pourri le surprit tout à coup. Il réussit à bouger légèrement la tête pour se glisser hors d'un cordage. Le plancher tangua, cela lui donna le vertige. Il ferma les yeux et comprit tout à coup qu'il était dans un bateau, dans la cale d'un bateau, un endroit sombre, humide d'eau de mer et puant de la pourriture des poissons.

Il fallait qu'il parte d'ici et vite. Tous les employés de Récup'Tex allaient s'inquiéter s'ils ne le voyaient pas au bureau sans raison.

Après beaucoup d'efforts qui l'épuisèrent, il put enfin dégager son bras gauche et regarder sa montre dont le cadran rayonnait dans la pénombre. Il était 18 heures, cela faisait donc si longtemps qu'il était là, presque une journée ! Mais… il plissa les paupières pour affiner la lecture… Il ne comprenait pas la date indiquée. Y aurait-il trois jours déjà qu'il avait été assommé et enfermé dans cette cale ?

Comment cela était-il possible ? Personne ne s'était donc inquiété de sa disparition ?

Il s'efforça de respirer à fond, de calmer son cœur qui battait trop vite, il fallait qu'il reprenne des forces. Son jeune corps de géant devait bien avoir encore un peu de ressources quelque part. Il fallait qu'il les retrouve et s'en serve avec prudence et intelligence.

Les gens qui l'avaient jeté dans ce trou croyaient sans doute qu'il était mort… sinon on lui aurait donné à boire, au minimum… Était-ce Alcibiade ? Ce n'en était pas le genre. Lui, il torturait un peu, un tout petit peu d'abord, pour laisser à sa victime l'empreinte d'un souvenir et l'angoisse d'un futur. Puis, il retorturait encore un peu plus, jusqu'à obtenir ce qu'il voulait. Il ne gaspillait ni son temps, ni le matériel humain dont il pouvait toujours tirer quelque chose ! Dans sa cruauté, il était terriblement efficace !

Arnaud comprenait de moins en moins ce qui lui était arrivé. Qui lui en voulait à ce point pour vouloir le faire disparaître ? Un concurrent ? Il n'était pas encore bien dangereux sur le marché ! Et si cela avait un rapport avec le type qui était déjà venu le soir où il montrait le chantier à Édouard ? À ce moment-là, comme la nuit où on lui avait fracassé le crâne, des hommes s'intéressaient à quelque chose dans le terrain. Mais que pouvait-il bien y avoir ? Le trésor d'un corsaire ?

Arnaud se dit qu'il réfléchirait à tout cela plus tard. Il fallait d'abord qu'il sauve sa peau et une bouffée d'angoisse le submergea. Et s'il ne réussissait pas à se sortir de dessous ces tonnes de cordages ? Allait-il mourir comme un rat écrasé ?

Il fallait qu'il se dégage au plus vite. Si sa montre ne s'était pas détraquée, ce qui aurait été étonnant vu sa qualité, cela faisait plus de trois jours qu'il n'avait ni bu, ni mangé tout en ayant eu un choc violent sur la tête qui avait certainement saigné abondamment. Sa faiblesse ne pouvait donc que s'accroître avec le temps.

Mais le poids du cordage était tel qu'il lui était impossible de le soulever. Il fallait donc qu'il se glisse sur le côté en espérant ne pas se heurter à une cloison.

Il progressa ainsi comme un escargot, pris parfois de violentes nausées occasionnées par la puanteur, l'effort et les crispations douloureuses de son estomac vide.

Il fallait qu'il respire tranquillement, malgré l'odeur nauséabonde et qu'il réussisse à dompter la panique qui le gagnait.

Un brusque roulis le poussa un peu. Il reprit confiance, il y avait donc d'autres bateaux qui passaient tout près. Une fois sorti, il pourrait appeler au secours.

Il tendait sa volonté autant que ses muscles, pour survivre.

La faible clarté qu'il avait pu apercevoir avait disparu depuis longtemps quand il prit conscience que le sommeil le gagnait. Il ne fallait pas qu'il sombre, cela risquait de le tuer !

Il persévérait dans sa lente progression et sentit enfin une corde glisser et le poids s'alléger. Il fit encore un effort violent et se trouva débarrassé de l'horrible piège. Il souffla et doucement fit des mouvements pour plier et détendre ses bras et ses jambes.

Tout semblait fonctionner et reprendre vie en faisant fuir les fourmillements particulièrement désagréables. Son épaule le faisait souffrir. Il se dit qu'étant donné son poids, on avait dû le jeter en fond de cale comme un ballot de linge, sans précaution… surtout si on le croyait mort !

Arnaud s'assit avec précaution et se tâta le haut du crâne. Il sentit une grosse bosse et d'énormes croûtes de sang séché.

Il se mit à trembler, assailli brusquement d'une poussée de forte fièvre. Il fallait qu'il trouve de l'eau, cela devenait vital, il le savait.

Les jambes tremblantes, en tâtonnant, il fit rapidement le tour de sa prison. « Si je suis dans la cale d'un bateau, forcément l'ouverture est au plafond. »

Sa haute taille lui permit de sentir assez vite la trappe.

« Pourvu qu'elle ne soit pas condamnée se dit-il, sinon, je ne tiendrai plus bien longtemps. »

Il s'arc-bouta en concentrant le peu de force qui lui restait et poussa la trappe.

Elle était fermée et bien fermée.

Alors, pour la première fois de son existence, Arnaud Mainvilliers, abandonné au fond de nulle part dans les entrailles d'un vieux bateau, sentit le désespoir l'empoigner… et il se mit à pleurer.

Prostré, les genoux repliés dans ses bras, il essayait de lutter contre le mal de tête, le froid, la fièvre, une soif horrible qui lui brûlait la gorge et surtout une effroyable désespérance…

28

L'arrivée d'Édouard Desremaux ne passa pas inaperçue. En trois heures, il avait fait déjà tellement de bruit, que nul ne pouvait plus ignorer qu'Arnaud Mainvilliers était son meilleur ami, l'homme le plus honnête et merveilleux qui soit. Il jurait à tous que les salauds qui avaient fait le coup le paieraient très cher !

Les policiers exigèrent qu'il se calmât et le forcèrent à quitter le commissariat où ses propos devenaient désobligeants pour eux qui essayaient vaille que vaille d'y voir clair dans cette affaire bien curieuse. Le nom d'Alcibiade n'arrangea pas les choses. Mais Édouard déclara subitement que s'il n'y avait pas de rançon réclamée, Alcibiade ne pouvait être dans le coup, il le connaissait trop bien pour cela.

— Ce n'est pas lui, il faut chercher une autre piste crapuleuse, sans doute locale… oui je suis sûr de ça… Une nuit, quand Arnaud m'a montré le projet de son futur atelier, nous avons surpris quelqu'un sur le terrain. Il s'est enfui, c'était nettement un type qui n'avait pas la conscience tranquille !

— Bon, écoutez Monsieur Desremaux, vous nous laissez faire et on vous appelle si nécessaire, d'accord ? Chacun son métier… et je pense que votre imagination vous empêche de discerner la réalité sans doute plus simple. Parce que je vais vous dire ce que je pense, étant donné le profil psychologique de votre ami… il a foutu le camp ! Il n'a pas su tenir dans le ron-ron d'une entreprise sans envergure… c'était pas son truc. Alors au lieu de l'avouer, il a joué la disparition, c'est plus rocambolesque !

Atterré, Édouard secoua la tête.

— C'est un aventurier, oui, mais c'est un homme fidèle à ses engagements, et s'il y a une qualité qui le distingue, c'est bien celle-là !

Soupirant, il quitta le bureau.

Mais il s'arrêta subitement devant la porte de sortie, puis fit demi-tour et entra de nouveau dans le commissariat.

— Encore vous ? soupira le fonctionnaire de service.

— J'ai pensé à quelque chose… Un truc vraiment important que m'a dit Arnaud, dit-il en allant directement vers le bureau du Commissaire sans que le gardien puisse l'en empêcher.

— Oh, non… Sortez, par pitié, laissez-moi travailler ! hurla le commissaire en le voyant.

— Non, non, dit Édouard, je me souviens de quelque chose qu'Arnaud m'a dite à propos du terrain. Ses anciens propriétaires ne voulaient pas vendre. Surtout le fils. Alors qu'il pouvait en retirer un bon prix. Le père l'a vendu contre son avis. Il paraît qu'il était plus furieux qu'il ne l'aurait dû, d'autant qu'il touchait une belle somme et n'a pas l'air de rouler sur l'or.

— D'accord, Monsieur Desremaux, d'accord, je vais regarder de ce côté-là, mais je vous avoue que je ne vois pas trop le rapport et même pas du tout. Mais je ne néglige aucune piste, croyez-le… Bon, allez faire un tour sur la plage, détendez-vous ! Vous ne ferez pas revenir votre ami en gesticulant de la sorte.

Le jour même, Édouard Desremaux, Vivien Cataloni et Franck Durand se donnèrent rendez-vous dans un restaurant au cœur de l'activité portuaire. Marins pêcheurs, mareyeurs ou chauffeurs de camions s'y côtoyaient quotidiennement dans une atmosphère familiale apaisante. Les plats de poissons y étaient excellents bien évidemment.

Les trois hommes firent connaissance.

— Tout en étant conscient de la gravité du problème, il faut agir avec calme, dit Franck. Cela ne sert à rien de vouloir prendre des décisions importantes, c'est le quotidien de l'affaire d'Arnaud dont il faut s'occuper pour veiller à ce qu'il n'y ait pas d'erreur aux conséquences néfastes.

— On peut compter sur le personnel ? demanda Édouard.

— Oui et non, répondit Vivien. Oui pour le travail auquel chacune des employées est affectée, non pour la gestion même de la boîte. Dans une création, les démarches commerciales et la recherche permanente d'adaptation au marché, sont uniquement du ressort du chef d'entreprise. C'est lui qui sent de façon parfois instinctive ce qu'il doit faire, ce qu'il peut faire. C'est plus de la moitié de son temps en général.

— C'est bien toute la complexité de la situation, répliqua Franck.

— Mais enfin, bon sang ! dit Édouard en s'énervant, il est bien quelque part ! Et nous on est là en train de bouffer tranquillement, sans se remuer le moins du monde pour le retrouver !

Il repoussa son assiette, ne réussissant même pas à apprécier la sole meunière qu'il avait littéralement avalée sans en goûter la finesse.

— Bon, reprit-il la tête entre les mains. Comme je suis certain qu'Arnaud ne s'est pas volatilisé volontairement, quelqu'un le retient donc quelque part sans que l'on sache pourquoi. Où pourrait-il cacher un homme du gabarit d'Arnaud ?

— Il y a dix mille possibilités répliqua Franck, regardez tous ces entrepôts, autour de nous, certains sont à moitié utilisés, c'est autant de cachettes possibles… Comme tous les bateaux… combien sont à l'ancrage sans avoir bougé depuis plusieurs semaines, que ce soit au ponton ou dans le bassin du port.

— Les bateaux ! s'exclama Édouard, ça c'est une idée… une bonne idée.

— Les policiers ont dû y penser, dit Vivien, cela paraît tellement logique !

Édouard émiettait le pain sur la table et en faisait des petites boules qu'il malaxait nerveusement entre ses doigts, les rendant grisâtres et molles.

— Comment savoir à qui appartiennent les bateaux, qu'ils soient de plaisance ou de pêche ? demanda-t-il.

— Il faut s'adresser à la direction des Affaires maritimes, mais nous n'avons aucun droit de regard sur ça.

— Si on allait faire un tour sur le port ? dit-il en se levant de table.

— Pour moi c'est impossible, répliqua Vivien, je suis débordé et j'ai un rendez-vous dans une demi-heure.

— J'ai aussi une réunion de travail, dit Franck.

— Bon, moi j'ai le temps, j'y vais, reprit Édouard.

Ils quittèrent ensemble le restaurant et se serrèrent la main.

— Je vous tiens au courant s'il y a du nouveau, leur dit Édouard, je vais m'installer aussi à Récup'Tex, pour tenir la barre dans la tempête, mais je vous appelle si besoin, parce que moi, tout ce qui est administratif, ce n'est pas mon fort et je n'y connais rien dans le quotidien d'une entreprise en France.

Le port était calme en ce début d'après-midi. Les camions frigorifiques avaient fait leur plein le matin, les chalutiers et trémailleurs étaient repartis en mer pour une nouvelle pêche.

Des voiliers de plaisance de toute taille, accrochés aux pontons, se balançaient doucement en grinçant et en cliquetant.

Édouard se dirigea vers une partie plus ancienne du port où des bateaux de pêche plus ou moins rouillés semblaient s'être assoupis en attendant la mort. Quelques-uns étaient ancrés au milieu du bassin, petites coquilles endormies.

« Si j'habitais ici, j'aurais sans doute un de ces bateaux, pensait Édouard et si c'était moi qui avais fait ce sale coup, j'aurais enfermé Arnaud dans une de ces immondes coques… Bon sang, cela fait plus de trois jours, dans quel état doit-il être ? »

Il se dit qu'il lui faudrait peut-être aller voir la direction des Affaires maritimes ou les secours en mer et leur demander de l'aide, mais c'était à la police de le faire, qui était-il pour que l'on accède à sa demande ? Il était totalement désarçonné par la situation. Et si Arnaud n'était pas dans un bateau, mais ailleurs, dans une cave ou un vieil entrepôt ?

Le soleil de juin chauffait doucement. Des retraités, perpétuellement en vacances, se promenaient de leurs pas lents et prudents sur les quais, sur la digue ou sur la plage, posant sur l'activité portuaire le souvenir nostalgique de leur jeunesse.

Rongé par l'angoisse et la tristesse, Édouard était incapable de goûter l'atmosphère de paix qui régnait dans le port à demi endormi. Rapidement il repartit vers Récup'Tex et se plongea dans le travail… Que pouvait-il faire d'autre ?

29

Avec un profond dégoût, Arnaud s'était efforcé d'avaler un peu d'eau croupissante et salée, mais cela lui avait donné de telles nausées qu'il n'avait pas insisté.

Il avait essayé de crier, pour que quelqu'un l'entende, mais sa voix était trop faible. Lui qui n'avait jamais prié de sa vie, se mit soudain à invoquer ce Dieu mystérieux qui tenait son existence entre ses mains.

« Dieu, là-haut, je sais que je ne me suis jamais occupé de toi, mais j'ai parfois entendu dire que tu exauçais ceux qui te priaient... j'ai vraiment besoin de toi... et c'est urgent, c'est maintenant, je ne vais plus tenir bien longtemps, tu le sais... et je n'ai aucune envie de crever dans ce trou... »

Naïvement, Arnaud se dit qu'il allait être sauvé à l'instant même, la prière d'un mécréant n'avait-elle pas grande valeur aux yeux de Dieu ?

Mais les heures s'égrenèrent, horribles. Parfois il sombrait dans un sommeil comateux et se réveillait beaucoup plus tard, la tête dans un étau, le ventre pris de contractures. Il tremblait de fièvre, ne sentait plus ses jambes.

L'esprit de l'homme est ainsi fait que la vue des portes de la mort fait jaillir à la surface de la conscience le film de sa vie.

Qu'avait-il fait depuis quinze ans si ce n'est chercher le plaisir en butinant comme une abeille toutes les fleurs du monde ? Combien de fois n'avait-il pas joué avec son existence, inconscient du danger, se sentant immortel ? Aujourd'hui, cette vie lui apparaissait comme un bien extraordinairement précieux, fragile et si éphémère !... Une vie qui s'effilochait de minute en minute, glissant vers le néant...

Il pensa soudain à Charlotte. Elle et Édouard étaient les deux seules personnes qui s'intéressaient à lui sur cette terre. Enfin, il espérait que sa disparition les ait inquiétés un peu... Et puis, il y avait Récup'Tex, une entreprise qu'il avait créé avec effort et persévérance... Se pouvait-il que tout cela n'ait servi à rien ?

Un désir fou le submergea : celui d'être pris dans les bras d'une femme, dans les bras de Charlotte, non pour satisfaire une pulsion sexuelle, mais pour être protégé et aimé. Lui, le jeune colosse piétiné, rêvait d'une épaule de femme où il pourrait poser sa tête si douloureuse. Au cœur du trou sombre, infâme et puant dans lequel il vivait ses dernières heures, il réinventait son parfum, la douceur de ses bras, la chaleur de ses lèvres.

30

— Charlotte, dit Édouard, vous avez vu l'heure ? Il est 18 h 30, vous dépassez largement les trente-cinq heures !

Elle posa des pantalons dans un bac et releva une mèche de cheveux rebelles. Elle avait des cernes sous les yeux.

— Vous avez pourtant l'air bien fatiguée, le boulot peut attendre demain.

— Je sais, dit-elle en soupirant, mais il faut que je fasse quelque chose de mes dix doigts ou je vais devenir folle.

— À cause d'Arnaud ?

Elle secoua la tête.

— En dehors du fait qu'il est mon patron, je… nous… enfin…

— J'ai compris, dit-il en souriant. Allez… déposez ces fripes et venez avec moi. Je suis persuadé qu'il doit y avoir quelque chose à boire dans le bureau. Connaissant mon ami, cela m'étonnerait qu'il n'ait pas planqué une bouteille de whisky quelque part… mais avant, je voudrais vérifier quelque chose sur le chantier pendant qu'il fait clair.

— Quoi ?

— Je ne sais pas exactement, mais nous y avions surpris quelqu'un une nuit. Cette personne est peut-être revenue et aura été surprise par la présence d'Arnaud.

— Mais pourquoi venir sur un chantier nu ? Les policiers ont d'ailleurs regardé mais n'ont rien trouvé de ce côté-là.

— Ils cherchaient des traces d'Arnaud, moi je cherche autre chose.

— Quoi ?

— Je ne sais pas…

— Ah, c'est vague, dit-elle en soupirant. Bon… on va essayer de renifler comme un chien sur une piste !

C'est ce qu'ils firent d'une certaine façon, scrutant le sol où les mauvaises herbes étaient encore légion. Ils firent le tour du futur hangar délimité par des planches de bois.

— Pas facile d'y voir quelque chose, soupira Édouard.

Le soleil couchant glissait ses derniers rayons en caressant le sol et soudain un coin sombre fut illuminé. À cet endroit, la terre semblait avoir été bizarrement retournée sans raison.

Édouard s'en approcha et se mit accroupi.

— Il y a eu une fouille ici, dit-il.

— Sans doute une expertise de terrain avant l'implantation du bâtiment, répliqua Charlotte en se penchant elle aussi. C'est normal. On fait des « carottes » et une étude géologique avant de construire, que le terrain soit vierge de toute ancienne construction ou qu'il ait été occupé par des maisons ou usines. Ceux qui ne font pas cela risquent d'avoir des grosses surprises, les lotisseurs cachant superficiellement parfois des cuves, des déchets ou tout ce que l'on veut.

— Une carotte, comme son nom l'indique, fait un trou profond et étroit, ici c'est beaucoup plus large… et… il y en a un autre ici… c'est vraiment curieux.

Charlotte se releva.

— Quand j'étais petite, dit-elle, j'avais lu l'histoire d'un vieil homme qui avait dit à ses enfants qu'il avait mis un trésor dans son jardin. Il est mort sans leur dire ce que c'était, ni où il était. Alors les enfants ont remué tout le jardin, en faisant des trous partout, comme des taupes géantes pour réussir à trouver le fameux trésor. Le jardin était très beau, avec des arbres et des fleurs rares nées de la patience de leur père. Ils ont tout détruit en cherchant l'or qui excitait leur imaginaire et leur convoitise.

— Et alors ?

— Alors, dit-elle en riant, un jour, dans la petite serre du bout du jardin, ils ont trouvé une caissette. « Ça y est, se dirent-ils, nous avons trouvé l'or ! » Mais dans la caissette, il y avait une feuille de papier où il était écrit : « Mes enfants je vous lègue mon beau jardin, c'est le trésor de toute ma vie ! » Eux, cherchaient autre chose et ils ont détruit la vraie richesse.

— Moralité de l'histoire ?

— On a souvent les plus beaux trésors sous les yeux, mais on ne les voit pas !

Édouard eut un petit rire.

— Et ce n'est pas l'argent qui fait le bonheur ! dit-il. Mais dans notre cas présent, croyez-vous que quelqu'un cherche un trésor ?

— Pourquoi pas. Il y avait des maisons ici ainsi qu'une entreprise de fabrication de cordes de chanvre. C'est Arnaud qui me l'a dit… Il y a donc toute une histoire dans ce lieu qui nous paraît si nu et ordinaire, et quelqu'un fouille ! La construction du hangar doit gêner… mais qui… pourquoi ?

— Je crois que je vais rester dans l'atelier cette nuit. Si on considère les traces fraîches, on creuse toutes les nuits, jusqu'à ce que l'on trouve… je ne sais quoi. Je vais veiller et espionner.

— Je resterai aussi.

— Non, cela peut être dangereux, s'exclama Édouard.

— Si vous tombez sur des malfrats, il vaut mieux être deux, pour pouvoir se défendre ou appeler la police. Arnaud a peut-être été pris dans un piège ici même, alors qu'il est particulièrement costaud.

— Dites tout de suite que je suis gringalet !

— Non… je vous trouve très bien ! répondit-elle en riant.

Elle se sentait beaucoup mieux. La perspective d'agir lui redonnait le moral.

— On planque nos voitures et on achète de quoi manger et boire pour tenir le coup toute la nuit, dit-il.

— D'accord !

L'ambiance était curieuse dans le petit bureau faiblement éclairé. Les volets baissés, aucune lumière ne pouvait filtrer à l'extérieur et l'atelier semblait donc vide de tout occupant.

Édouard et Charlotte évitaient de parler pour ne pas être repérés par d'éventuels visiteurs. Afin de ne pas perdre de temps, Édouard vérifiait le courrier, les factures, les devis et les commandes, s'émerveillant du travail accompli par Arnaud en si peu de temps. Il regardait du coin de l'œil la jeune femme qui s'était assoupie dans le fauteuil de Valérie. Elle était intelligente et il émanait d'elle une soif de vivre tout à fait attirante. Pourquoi était-elle arrivée dans cet atelier, triant des vêtements récupérés aux quatre coins de la France ? C'est elle qui avait en charge l'équipe des femmes à former, mais Édouard ne la trouvait pas en accord avec ce métier. Mais sans doute était-elle plongée dans une situation difficile et elle n'avait trouvé que ce boulot… et tout cela ne le regardait pas.

Avec courage, il reprit son travail, par acquis de conscience car il savait bien que Récup'Tex était d'existence bien trop récente pour tenir sans son créateur.

Tard dans la nuit, un bruit le réveilla de sa torpeur. Il regarda sa montre : il était trois heures. Il secoua légèrement Charlotte en lui faisant signe de se taire.

Elle se redressa vivement, immédiatement réveillée, les sens aux aguets.

Doucement ils sortirent du bureau après avoir éteint.

— Qu'est-ce que vous avez en main ? chuchota Charlotte.
— Un flingue.
— Un quoi ? s'exclama-t-elle, abasourdie.
— L'habitude des voyages dans certains pays à risque, ne vous inquiétez pas, je m'en sers pour faire peur, pas pour blesser ni tuer. Chut !

Comme ils avaient repéré que la porte grinçait, Édouard avait pris soin de la huiler dans la soirée et sans aucun bruit, ils purent sortir vers le chantier. Deux silhouettes étaient en train de piocher.

Penchés en avant, tels des Sioux sur le chemin de guerre, Édouard et Charlotte s'approchèrent silencieusement en se dissimulant derrière un gros tractopelle orange.

— Y en a marre de creuser toutes les nuits, disait un homme, j'ai plus de reins, on le retrouvera pas.
— Faut le retrouver, c'est trop grave sinon. Je risque la taule, moi !
— Pour ça, j'sais pas, mais pour le type que t'as assommé, ça je suis sûr.
— Il peut plus rien dire… mais je voulais pas ça.
— Faudrait quand même qu'on s'en débarrasse. Il va puer et on va le trouver.
— Ça y est, ça y est !… je l'ai !
— Montre !…

Le cœur battant, Édouard et Charlotte qui n'avaient pu saisir que des parcelles de conversation, se retenaient pour ne pas sauter sur les deux hommes.

— Vous avez compris ce qu'ils ont dit ? murmura Charlotte.
— Pas bien, sauf qu'ils ont assommé un type. On va les coincer dans leur camionnette et les forcer à nous dire où est Arnaud, car je suis certain que c'est de lui dont il s'agit, chuchota Édouard dans un souffle.
— Mais comment va-t-on faire ?

— Avec ça, reprit-il en montrant son revolver. Mais vous, non. Vous retournez sans bruit dans le bureau, appelez la police et donnez le signalement de la camionnette avec l'immatriculation. Ensuite vous ne bougez plus, sous aucun prétexte… Les deux gugusses sont trop occupés pour faire attention à nous, c'est le moment !

— Édouard, soyez prudent ! Elle l'embrassa sur la joue.

Il la regarda partir un très court instant en souriant. L'aventure avait un petit côté qui ne lui déplaisait pas ! Arnaud avait bon goût !

Il vit les hommes sortir de terre un long sac en plastique qu'ils déposèrent sur le sol.

— J'aime pas ce que tu me fais faire, c'est pas chrétien. Ça me fout la trouille ! J'en ai la chair de poule.

— T'auras tes sous, je te l'ai promis, alors tu te dégonfles pas maintenant que c'est presque fini. On embarque le sac, on file au port et on fout les deux dans la flotte. Demain on n'en parlera plus.

— Mais les corps vont remonter.

— En pleine mer, il n'y aura pas de risques. Celui-là, on peut pas le reconnaître depuis le temps, et l'autre géant, on croira tout ce que l'on veut, mais personne ne saura ce qui s'est passé.

— Quand même… tuer un type !

— Je l'ai pas fait exprès. Je voulais pas.

Les mâchoires crispées, Édouard retenait difficilement son cri de douleur. Arnaud ! Ces salauds avaient tué Arnaud ! Non, ce n'était pas possible ! Mais il fallait qu'il se domine, qu'il sache où ils allaient, qu'il retrouve cet ami de toujours dont il ne pouvait croire en la mort.

Il changea de tactique et glissa sans bruit à l'extérieur du terrain dans le but de retrouver sa voiture. Il filerait ainsi les deux hommes.

Il n'attendit pas très longtemps. Le sac fut jeté à l'arrière du véhicule qui démarra immédiatement. Édouard n'eut aucune difficulté à les suivre discrètement.

Il appela Charlotte sur son portable.

— Je les suis en voiture, apparemment ils vont vers le port, vous avez pu joindre la police ?

— Oui. Ils préviennent la patrouille de garde, sans grande conviction, je le crains.

— Vous les rappelez, expliquez la situation en disant que je les ai entendus dire qu'Arnaud… qu'Arnaud était mort et qu'ils allaient flanquer son corps à la flotte.

— Il… il…

— Charlotte ! Rien n'est sûr… Ayez confiance. Arnaud ne peut pas être mort. Je le sais, c'est mon ami. Je le sens.

— Je…

Charlotte était incapable de parler davantage, prise par de gros sanglots qui l'étouffaient.

— Je vous en prie, réagissez, rappelez les flics, vite ! Je ne sais ce que je pourrais faire tout seul… et s'ils… s'ils font ce qu'ils ont dit on ne saura jamais qui ils ont jeté à l'eau.

— Oui, oui… je les rappelle, répondit Charlotte en faisant un effort colossal pour dominer sa panique.

Édouard n'avait pas perdu la camionnette de vue. Elle roulait lentement, une prudence pour des gens qui ne veulent pas être arrêtés par un contrôle de vitesse. Ils arrivèrent bientôt sur les quais du port où étaient ancrés les vieux bateaux de pêche qui servaient encore. Édouard abandonna sa voiture près d'un hangar et courut sans bruit vers le ponton où les deux hommes avançaient en portant leur gros sac qui ne semblait pas peser bien lourd.

Ils le jetèrent sans ménagement dans un petit canoë à moteur. L'un des hommes se signa.

Ils ne comprirent pas ce qui leur arrivait soudain, quand Édouard se précipita sur eux, pointant son revolver vers leur visage.

— Ne bougez pas ou je tire ! hurla-t-il.

Les deux hommes s'assirent brusquement dans la petite embarcation qui se mit à tanguer dangereusement. L'un était petit et malingre, les cheveux gris filasses, il devait avoir une soixantaine d'années. L'autre était plus gros, un peu plus jeune. Tous les deux avaient les yeux exorbités par la peur.

— Je ne sais pas ce que vous foutez avec ce sac, je m'en fous, mais vous allez me conduire à Arnaud et vite !

— Ar… Ar… bredouilla le petit homme paniqué devant Édouard qui semblait vraiment menaçant.

— L'homme que vous avez assommé… il y a quelques jours… c'est mon ami !… Et vous avez intérêt à ce qu'il soit vivant, dépêchez-vous !

— Mais… mais on n'a pas…

D'un coup de crosse, Édouard frappa le menton du gros homme qui cria.

— Aïe ! Mais vous êtes fou, vous m'avez fait mal ! cria-t-il curieusement étonné de la méchanceté de l'autre.

— Je sens que je ne vais pas avoir beaucoup de patience, alors je continue à cogner ou je vous troue en commençant par les genoux, ça fait très mal, voyez-vous !

— On… on y va…

Manœuvré par des mains tremblantes, le moteur eut des difficultés pour démarrer. Le petit canoë se faufila enfin entre les bateaux à l'ancrage et se dirigea vers l'un d'eux, vieille coque pourrie.

— Montez ! hurla Édouard de plus en plus angoissé, où est-il ?

— Là-dessous, dit le gros homme en montrant la trappe qui était fermée par un gros cadenas.

— Ouvrez, bon sang et vite !

Maladroit tant il tremblait, l'homme cafouillait avec sa clef et enfin souleva la trappe.

— Arnaud ! hurla Édouard en apercevant le corps immobile, Arnaud ! Descendez, dit-il aux hommes en les menaçant toujours de son revolver et remontez-le ! Vite !

— Il... il est trop lourd !

— C'est bien vous qui l'avez mis là-dedans non ?

— Ben oui, mais on... on l'a jeté.

— Vous... vous l'avez jeté ! Comme un sac ? Salauds, salauds !

Se retenant d'utiliser son arme, Édouard aperçut des cordes et força le plus maigrichon à lier son compagnon, puis il le ficela à son tour et vérifia les liens des deux hommes, hurlant toujours le prénom de son ami.

Enfin, il sauta dans la cale, suffoqué un court instant par l'odeur de poisson pourri qui y régnait.

— Seigneur ! Quelle puanteur !... Arnaud ! Arnaud !

Il retourna doucement le corps inerte, soulagé de ne pas sentir la raideur froide de la mort. Il lui frappa légèrement les joues.

— Arnaud, réveille-toi ! C'est moi Édouard ! Arnaud !

Enfin, après de longues, d'interminables minutes, Arnaud ouvrit les yeux.

— Tu es vivant, bon sang ce que tu m'as fait peur ! Vieux frère !

Alors, toute l'émotion trop longtemps contenue, s'échappa en grosses larmes. Édouard tenait Arnaud contre lui en lui caressant les cheveux.

— Attention... à mon pauvre crâne, murmura Arnaud avec une voix si faible qu'elle n'était qu'un murmure, ne... touche pas cet endroit !

— Excuse-moi... excuse-moi... tu es vivant, ce que je suis content ! Je vais te sortir de ce trou immonde

— Je ne sais pas... comment tu vas faire... je... je n'ai plus aucune force.

Le petit bateau se mit alors à tanguer fortement et on entendit des voix.

— Police ! Que personne ne bouge !

— Oh ça, ils ne peuvent pas bouger là-haut, vu la façon avec laquelle je les ai ficelés !... s'exclama soudain Édouard ravi dont la tension se relâchait à toute allure... Oh, oh ! À l'aide ! cria-t-il.

Une tête coiffée d'une casquette de policier se détacha sur le ciel pâle.

— Monsieur Mainvilliers ?

— Oui, il est là, répliqua Édouard soulagé, mais on ne peut remonter sans aide, il est blessé et très faible, appelez un médecin et vite !

Avec difficulté, on réussit enfin à extraire Arnaud de son cercueil. Penchée sur lui, Charlotte l'embrassait en riant et pleurant en même temps.

— Je t'aime tu sais, je t'aime...

Il ouvrit les yeux et essaya de sourire.

— Je suis... trop fatigué et pas... pas encore assez vivant, mais... mais je crois que... que je vais te demander de... m'épouser !

— Excusez-nous Madame, dit un médecin du Samu qui était arrivé d'urgence.

Elle se recula vivement, étrangement émue.

L'équipe médicale s'activa en posant immédiatement une perfusion à Arnaud qui était totalement déshydraté et dont la tension était à peine perceptible. Il avait échappé à la mort de très près.

Les deux hommes furent libérés de leurs liens pour se retrouver entravés d'une façon plus légale avec de solides menottes. Sur le pont du bateau, il y avait toujours le fameux sac en plastique.

— Qu'est-ce qu'il y a là-dedans ? demanda un Inspecteur.
La tête baissée, les deux hommes se taisaient.

Sans attendre leur réponse, un jeune policier muni de gants en latex, ouvrit le sac avec précaution Il se recula en poussant un cri.
— Il... il y a un squelette !
— Un quoi ?...
— Un squelette, reprit le jeune homme en retrouvant son calme professionnel, d'homme ou de femme, on peut pas dire, vu son état.

Il y avait tellement de monde sur le petit bateau qu'il gîtait de façon alarmante. L'inspecteur s'en rendit compte.
— Embarquez-moi tout ça, dit-il en grommelant. Monsieur... Desremaux, vous venez au commissariat pour votre déposition ainsi que Madame, poursuivit-il en s'adressant à Charlotte.
— Je... je voudrais aller à l'hôpital avec Arnaud. Puis-je venir demain matin ?
— D'accord.

Dans l'ambulance qui traversait la ville endormie, toutes sirènes hurlantes, Charlotte tenait la main d'Arnaud. Elle était profondément effrayée par son état. Son visage était maculé de sang séché qui collait dans sa barbe naissante. Ses joues étaient creuses, son teint gris. Il sentait horriblement mauvais. Il tremblait par moment et délirait.
C'était l'homme qu'elle aimait. Il fallait qu'il vive.

Se souviendrait-il de sa curieuse demande en mariage ?

31

Arnaud sentait sur tout son corps, les mains gantées des aides-soignantes qui s'activaient à le décrasser. La honte le submergea un instant en pensant qu'il était totalement nu devant des inconnues. Mais l'attitude des jeunes femmes, qui lui parlaient gentiment, lui rendit bientôt sa dignité. Il sentit avec bonheur le rasoir glisser sur ses joues.

Après avoir subi des radios, un scanner, une prise de sang, il fut emmené au bloc opératoire pour nettoyer et suturer la grosse plaie infectée qu'il avait à la tête.

De retour dans sa chambre, allongé sur des draps bancs, il s'était à moitié assoupi quand le chirurgien entra.

— Vous avez le crâne solide Monsieur Mainvilliers, dit-il en souriant, et une belle résistance, comment vous sentez-vous ?

— Propre ! répondit Arnaud avec un petit rire, mais d'une voix encore faible. Je crois que je suis écœuré à tout jamais par l'odeur de poisson !

— Moins mal à la tête ?

— Ce n'est plus rien, par rapport à ces derniers jours !

— Vous avez eu la chance de saigner abondamment, une hémorragie intracrânienne ne vous aurait laissé aucune chance de survie. Je vous ai mis sous calmant et traitement antibiotique en perfusion. La fièvre va tomber rapidement. Quelques jours de repos et vous essaierez d'oublier cette triste aventure !

— Je n'ai toujours pas compris qui sont les types qui m'ont assommé.

— Je ne peux vous aider mais le commissaire m'a demandé s'il pouvait vous voir. Je n'y vois pas d'inconvénient, si vous vous sentez suffisamment en forme.

— Oui, ça ira… mais à une condition, Docteur.

— Laquelle ? répondit le chirurgien étonné.

— Vous demandez que l'on m'apporte un énorme morceau de viande avec des frites !

— Mademoiselle, dit le médecin à l'infirmière qui l'accompagnait, vous notez ?

— Je pense qu'il était prévu… du poisson pour ce midi, répliqua-t-elle en riant, mais je vais changer votre menu, ne craignez rien !

On frappa à la porte, c'était un fleuriste. L'infirmière prit l'énorme bouquet de fleurs et le donna à Arnaud ébahi. Il regarda la carte et y lut : « Pour Monsieur Mainvilliers, toute l'équipe de Récup'Tex si heureuse de votre retour et qui vous attend avec impatience. Bon rétablissement ! »

Une immense émotion le serra à la gorge. Édouard qui le délivre, Charlotte qui l'embrasse et maintenant toute sa jeune équipe qui lui manifeste sa sympathie… Lui qui n'avait jamais connu que la solitude, découvrait soudain la force des liens humains.

Charlotte arriva en début d'après-midi, soudainement intimidée.

— Comment vas-tu ? demanda-t-elle encore inquiète, tu ne peux savoir comme nous avons eu peur… surtout… surtout quand on t'a sorti de cette cale ! J'ai cru… que tu étais mort !

— Moi aussi je me suis senti partir… c'est étonnant comme expérience ! Je crois que je ne vais plus voir la vie de la même façon ! Pouah !… Cette impression d'être abandonné de tout le monde, d'être enterré vivant, de se sentir faiblir d'heure en heure et d'être totalement impuissant ! C'est horrible ! Je n'étais plus rien qu'un corps qui pourrissait au milieu de déchets de poissons ! J'ai reçu une sacrée leçon d'humilité !

— Essaie d'oublier, dit-elle en lui caressant la main.

— Ce sera difficile si ce n'est impossible, mais j'irai mieux quand je comprendrai qui a fait cela et pourquoi.

Le commissaire arriva à ce moment-là et en quelques phrases, il lui donna toutes les précisions sur cette affaire qui s'avérait profondément ridicule.

— Le fils Durofour, dit-il, avait une femme qui tomba malade et mourut rapidement. Quand elle est morte, il a voulu cacher son décès pour continuer à percevoir tout ce qu'elle recevait, des allocations, retraite, etc., je vous passe les détails… bref, il l'a enterrée dans son jardin, persuadé que jamais personne ne la découvrirait. Mais sa maison attenante à l'usine de chanvre a été démolie, d'où son angoisse de vous voir faire des fondations pour vos bâtiments. On allait découvrir le squelette de son épouse ! Plusieurs nuits, il a fait des fouilles avec un de ses amis, ayant des difficultés à repérer l'endroit exact, étant donné la modification des lieux. Quand vous les avez surpris, ils vous ont assommé, en se disant qu'ils vous relâcheraient ensuite. Mais ils vous ont cru mort et vous ont jeté dans la cale de leur bateau de pêche en vous recouvrant de lourds cordages, pour cacher votre corps. Nous sommes arrivés à temps, avant qu'ils ne vous jettent à la mer !

— Hum, fit Charlotte qui trouvait que le commissaire oubliait un passage de l'histoire.

Il la regarda en souriant.

— Je ne sous-estime pas le travail remarquable de détective de vos deux amis, Monsieur Desremaux et Madame ici présente. Ce sont eux qui nous ont mis sur la piste !... Bien, je ne vais pas vous fatiguer plus longtemps aujourd'hui, un de mes inspecteurs viendra prendre votre déposition demain... reposez-vous !

En partant il se retourna vers Arnaud et lui dit :

— Dans cette triste aventure, vous avez eu une sacrée chance, non seulement vous êtes costaud, mais surtout vous avez de superbes amis sacrément pugnaces !

Le fleuriste revint l'après-midi. Cette fois la carte indiquait : « Tu es la preuve vivante qu'un créateur d'entreprise a la tête solide ! Bravo et bon rétablissement – Franck et toute la promo. »

— Dis donc, tu es comme une jeune accouchée entourée de fleurs ! s'exclama Édouard en arrivant en fin de journée. J'ai voulu te laisser dormir un peu. Comment te sens-tu ?

— Je fais surface, dit Arnaud en lui serrant la main avec chaleur. Mais dis moi qu'est-ce que tu fais ici ? Je te croyais au Gabon !

— Quand on m'a dit que tu avais disparu, j'ai cru que c'était l'horrible Alcibiade qui en était la cause et je suis arrivé dare-dare ! Et puis, il fallait un homme au milieu de toutes tes femmes en détresse.

— Tu t'es occupé de la boîte ?

— Pas vraiment, tu n'as pas été absent bien longtemps heureusement, mais j'ai veillé à ce que tu ne loupes rien d'urgent. Mais tu as une bonne équipe et c'est dans la difficulté que l'on teste les gens ! Les femmes qui font le tri se débrouillent bien et elles n'ont pas baissé les bras, je t'assure ! Valérie a agi vis-à-vis de clients comme si tu étais en rendez-vous extérieur et Charlotte, ta Charlotte... parfaite ! On a fait un bon duo pour te retrouver !

— Eh, tu me la laisses ! C'est chasse gardée !

Édouard sourit.

— Sacré Arnaud ! Je ne savais pas que je tenais à toi à ce point !

Arnaud se tut un moment tout en regardant son ami dans les yeux.

— Te dire merci est un mot tellement petit et ridicule que je n'ai pas envie de le prononcer, mais tu te doutes de ce que je ressens, murmura-t-il.

— Reprends vite des forces, retrouve ton entreprise, c'est le plus beau merci, mais… tu sais ce qui me ferait plaisir ?

— Non, vas-y, c'est accordé d'avance.

— Je vais rester un peu avec toi, quelques jours ou semaines ou plus… C'est génial ce que tu as créé, j'aimerais faire partie de ton aventure.

— Mais tu as toujours refusé de t'installer !

— On ne peut pas vadrouiller sans cesse. Il n'empêche que je veux continuer à voyager mais en ayant un ancrage quelque part et si tu veux bien de moi, je serais le plus heureux des hommes !

— Moi aussi Édouard et à deux, on peut avoir une superbe entreprise !… Je m'accorde encore trois jours de repos et on fonce !

Arnaud était loin d'imaginer qu'un autre piège était en train de se tisser autour de lui, un piège insidieux et redoutable. Car Alcibiade s'acharnait à retrouver sa trace avec un objectif de plus en plus féroce : détruire son entreprise et le mettre définitivement sur la paille.

Il était assez intelligent, pervers et persévérant pour y parvenir.

32

Bernard se trouvait face à une décision compliquée à prendre. Son activité démarrait doucement, trop doucement même, pour faire face à toutes ses charges et frais de fonctionnement. Il lui fallait absolument imaginer des démarches commerciales plus pertinentes pour un produit qui était extrêmement ciblé : le bon client devait être en même temps excellent marin et fortuné. Où pouvait-il le trouver ? Il y avait bien de la publicité à faire dans des magazines spécialisés, mais l'acheteur aime voir le produit. Un voilier, c'est comme une maison en miniature et il y a toujours une grande part d'affectivité dans l'achat. Le client doit aussi avoir confiance en une nouvelle marque et une nouvelle fabrication qui n'a pas encore fait ses preuves.

La seule chose à faire, pour Bernard et Cap Voile, c'était le Salon nautique de Paris, un lieu de rencontre pour plus de 250 000 visiteurs, dont 100 000 au moins étaient statistiquement des acheteurs potentiels. Même s'il ne pouvait rivaliser avec les plus grands fabricants, il savait que son bateau était beau, très fiable, construit selon la tradition et qu'il attirerait les amoureux de la mer.

Mais il lui fallait se décider très vite, car il savait que tous les métiers nautiques attendaient chaque année ce salon, vitrine indispensable de leur activité et que tous ne pouvaient avoir une place.

— Olivier, dit-il à son jeune collaborateur, que ferais-tu à ma place ? Y aller ou pas ?

— Y foncer, sans hésitation, lui répondit-il. Pourquoi cette question ?

— Parce que cela coûte très cher, que mes finances sont très étroites, qu'il me faut partir dix jours en laissant Valérie et les enfants.

— Tu raisonnes par le mauvais bout. Tu vends un seul bateau et tu auras remboursé ta place au salon et tes frais de déplacement, pense à tous les contacts que tu vas avoir ! Et puis tu seras fier de montrer ce que tu fais. Les gens préfèrent parfois un petit artisan qui a l'amour du travail bien fait et qui connaît la mer, à quelqu'un qui n'est qu'un commercial dans une grosse entreprise. Tu peux expliquer la construction de chaque parcelle de tes voiliers, tu peux répondre à toutes les questions, tu aimes ton produit… Tu vas en vendre, et plus d'un, tu verras ! Le week-end je te rejoindrai, car il y a un monde fou… Et puis, pour ta femme… elle comprendra.

— Tout en te posant la question je me faisais les mêmes réponses, ce serait stupide de louper cette occasion. Tu pourras m'aider à préparer tout ça ? La surface à louer, les tracts de présentation à concevoir, entre ceux que l'on donne aux visiteurs de passage et le dossier technique pour les vrais amateurs… il faudra aussi que je cible les gens à y inviter.

Olivier le regardait en riant.

— Je ne sais même pas pourquoi tu m'as demandé mon avis, tu avais déjà pris ta décision !

— Ce qu'il faut surtout, c'est avoir un voilier terminé d'ici là et peaufiné dans les moindres détails.

— On va y arriver !

Bernard n'avait pas expliqué à Olivier que, s'il hésitait à partir, c'était surtout à cause d'Églantine.

Peu à peu, Valérie avait naturellement fait les mêmes constatations que son beau-frère médecin : Matthieu. Elle s'était inquiétée du comportement asocial de sa petite fille qui souriait rarement, ne regardait jamais les gens, ne s'intéressait à rien si ce n'est à quelques jeux dans des gestes répétitifs. Quand quelque chose de nouveau arrivait, cela semblait la perturber énormément.

Ils avaient pris rendez-vous avec un pédopsychiatre et attendaient avec anxiété cette rencontre qui aurait lieu quinze jours plus tard.

— Je vais faire le Salon nautique de Paris, dit Bernard à Valérie, au moment de se coucher, c'est indispensable pour les ventes.

— Tu vas partir un week-end ?

— Euh, non un peu plus… cela dure dix jours, plus un jour avant pour l'installation du stand et un jour après pour le démontage. Mais on a le temps, ce n'est que dans quelques mois.

— Tu ne vas tout de même pas partir presque quinze jours et me laisser seule avec les enfants ?

— Je ne t'aide déjà pas habituellement, tu ne verras pas la différence ! Et puis demande à ta mère de venir ici. Après tout, elle se plaint d'être toujours seule, si je ne suis pas là elle sera plus à l'aise avec toi.

— Tu vas te faire la belle vie à Paris pendant que moi je reste ici à bosser !

— Mais c'est du boulot, Valérie. Un salon c'est tuant. Si je ne le fais pas, je n'ai qu'à mettre la clef sous le paillasson, c'est ma seule chance d'avoir des clients !

— Eh bien tu arrêtes tout, voilà. C'est stupide ce que tu fais. Tu es crevé, un jour tu vas te taper un infarctus. On n'a pas un sou de plus, au contraire. Tu es inquiet en permanence, les enfants ne te voient jamais ! Ah, quand je les entends tes petits copains créateurs d'entreprise ! « Le bonheur est dans la création ! », tu parles ! Vous êtes tous complètement cinglés !

Bernard faillit fuir de la maison, mais il respira un grand coup et fit un effort surhumain pour se dominer.

— Que tu ne comprennes pas ce que je fais, je veux bien, mais respecte au moins ce que j'ai envie de vivre.

— C'est bien ce que je disais. Toi, tu as envie de te faire plaisir avec tes petits bateaux, mais nous… tu t'en fous !

Dans la chambre contiguë à celle de ses parents, Romain avait entendu les éclats de voix. C'était comme si on le giflait, aussi douloureux ! Il les aimait bien Papa et Maman, alors pourquoi se disputaient-ils comme des enfants ?

Dans les jours qui suivirent, ils évitèrent de se parler autrement que pour les choses anodines de la vie quotidienne. Valérie avait repris la routine de son travail de secrétariat à Récup'Tex avec le retour d'Arnaud fatigué mais essayant de rattraper le temps perdu.

La présence d'Édouard en permanence et le flagrant attachement de Charlotte à son patron, lui donnait l'impression désagréable que personne ne la remarquait. Elle faisait les choses machinalement, l'esprit préoccupé par sa fille et par l'ambiance familiale de plus en plus tendue.

Elle comparait Arnaud et Bernard, deux créateurs d'entreprise, deux lauréats de cette même association et pourtant ils étaient tellement différents. Arnaud s'amusait, c'était évident, malgré l'accident de parcours, mais il ne prenait pas de risque, il n'avait pas de famille à nourrir. Bernard, lui, avait-il eu le droit de se lancer dans une telle aventure ? Elle se disait qu'elle aurait dû être plus ferme et réussir ainsi à le dissuader de s'embarquer dans une voie qui s'avérait beaucoup trop difficile. Elle s'imaginait avec angoisse, la vente de la maison et la perte de tous leurs biens si la boîte coulait.

De son côté Bernard était paralysé par tous les reproches de sa femme. Sans doute avait-elle raison et le problème de sa fille n'était-il pas lié à leur situation de vie qui devenait infernale ? Mais s'il était resté au chômage, comment cela se serait-il passé ?

Il aimait ce qu'il faisait, sentait que pour toute son équipe, Cap Voile était devenue une seconde famille, où l'entraide et les petits conseils créaient peu à peu une atmosphère de confiance réciproque extraordinaire. Il ne pouvait pas laisser tomber tout cela, il n'en avait pas le droit. C'était difficile pour lui, mais il avait donné du boulot à cinq personnes déjà et ça, c'était bien ! Et puis, malgré les difficultés, il était heureux de ce qu'il faisait, bizarrement mais profondément heureux, et pour rien au monde, il n'aurait voulu retrouver le train-train du métier de comptable !

Il se dit qu'il devait faire face à la tempête en prenant la vague dans le bon sens ! Que Valérie était dans une mauvaise passe, inquiète elle aussi pour Églantine… Il savait que les commandes arriveraient et que tout s'arrangerait alors.

C'était ce qu'il se répétait sans cesse la journée, mais la nuit, ses cauchemars restaient sourds à la raison !

33

Le médecin était devant eux. C'était un homme d'une cinquantaine d'années, de taille moyenne, aux cheveux gris. De son visage aux traits réguliers jaillissait un bon sourire de grand-père.

Il fit asseoir Bernard et Valérie. Églantine était sur les genoux de sa mère. Il la regarda avec tendresse et écouta ce qu'on lui disait.

Puis il examina longuement la fillette, lui faisant faire de nombreux exercices. L'enfant ne pleurait pas devant cet inconnu dont tous les gestes étaient empreints de douceur.

Durant l'examen, Bernard et Valérie s'étaient tus, échangeant parfois un regard où perçait une certaine inquiétude. Unis par leur fille, ils avaient oublié un instant toute leur rancœur réciproque.

Enfin, le médecin rendit Églantine à sa mère. Il nota de nombreuses choses sur une fiche, puis posa son stylo et regarda attentivement ses vis-à-vis. Instinctivement, Valérie sentit que le diagnostic était mauvais.

— Si vous êtes venus me voir, dit-il doucement, c'est parce que vous aviez remarqué chez votre petite fille, un comportement différent de celui de ses frères, n'est-ce pas ? En fait, Églantine vit dans un monde intérieur qui n'a pas ou peu de prise avec ce qui l'entoure. Elle voit, entend très bien, ressent tout comme tout le monde, mais elle a beaucoup de difficultés à exprimer sa peine, son plaisir, ses besoins.

— Cela viendra avec l'âge ? demanda Bernard.

— Je crains que non.

— Mais… mais… qu'est-ce que cela veut dire ? demanda Valérie d'une voix tremblante.

— Votre fille souffre d'un trouble du comportement.

— Cela se soigne ? dit brutalement Bernard.

— On peut soigner certaines conséquences de cette maladie, mais pas la maladie en elle-même.

— Mais c'est quoi cette maladie ? reprit Bernard.

Le médecin hésita un instant.

— Votre fille est malheureusement atteinte d'une forme d'autisme.

Bernard comme Valérie ressentirent un grand froid les transpercer. L'autisme, ils en avaient entendu parler, mais chez les autres, dans des familles spéciales, ce n'était pas possible chez eux.

Bernard se secoua le premier.

— Je ne comprends pas, comment a-t-elle pu attraper cela ? On doit pouvoir faire quelque chose !

— Ce n'est pas une maladie que l'on attrape, Églantine est née avec cette anomalie génétique pour laquelle on ne peut rien faire. C'est à l'âge de deux ans, deux ans et demi, que l'on réussit à préciser un diagnostic car l'enfant manifeste un comportement anormal.

— Elle est… handicapée mentale ? bafouilla Valérie en serrant Églantine contre elle.

— C'est le terme utilisé habituellement et malheureusement, je ne peux pas vous dire le contraire, je suis vraiment désolé.

Bernard sursauta soudain.

— Dites, vous nous faites un diagnostic, comme cela, mais si vous vous trompiez ?

— Vous avez raison de me dire cela, je pourrais me tromper, la médecine n'est pas une science exacte, dit le médecin d'un ton très doux. Vous pouvez consulter un de mes confrères, je le comprendrai très bien. Vous-même Madame, avez senti que quelque chose n'allait pas, votre frère médecin aussi, Monsieur d'après ce que vous m'avez dit. Vous savez, je vois des milliers d'enfants en consultation, combien de fois aimerais-je me tromper, rassurer les parents, dire que cela va s'arranger avec le temps… Je rendrais sans doute les gens un peu heureux pendant quelques temps et ce serait plus confortable pour moi. Mais là n'est pas mon devoir. Un tel diagnostic est un choc douloureux pour vous, pour votre famille. Il vous faudra du temps pour l'accepter et ne plus crier votre désarroi et votre révolte. Mais votre fille a besoin de vous, de votre amour, de votre patience, de tous ses petits gestes quotidiens que vous allez faire pour elle et avec elle, et qui vont l'aider à construire son monde dans lequel elle sera bien, sans souffrance. Églantine est unique comme l'est chaque enfant, elle peut être heureuse comme doivent l'être tous les enfants. Elle vous rendra aussi heureux, soyez-en persuadés même si c'est la souffrance qui domine aujourd'hui.

Valérie se mit à pleurer.

— Je… je suis perdue, dit-elle en sanglotant… Elle… elle est si belle ma fille…

— Et comment cela évolue-t-il ? demanda Bernard, d'un ton rude, le visage crispé.

— C'est tellement différent d'un enfant à l'autre que je ne puis rien dire pour l'instant. Nous allons nous revoir régulièrement, pour bien nous adapter à son comportement mais pour l'instant il est essentiel de tout faire pour la stimuler au maximum, par des jeux entre autre, car un enfant qui reste sage dans son coin, cela arrange souvent les adultes… Vous travaillez, Madame ?

— Oui.

— Que faites-vous d'Églantine dans la journée ?

— En garderie ou chez ma mère… dois-je… dois-je le leur dire ?

— Pour la garderie, oui, car le personnel aura pour elle une attention plus particulière. Pour votre mère, je ne pense pas que cela soit nécessaire aujourd'hui, une grand-mère joue naturellement avec sa petite fille, et vous l'inquiéteriez inutilement… Mais c'est à vous de juger.

— C'est… c'est de notre faute ? demanda Bernard en bredouillant. J'avais quarante-huit ans quand elle est née, c'était peut-être trop tard pour avoir un enfant.

— Absolument pas. Cela arrive à n'importe qui, quel que soit l'âge des parents. C'est une anomalie de la nature dont on ne comprend pas encore la survenue, c'est ainsi. Ni vous, ni votre épouse n'êtes responsables de cet état… Allez, courage. Revenez me voir aussitôt que vous le souhaitez… d'accord ?

Blafards, les traits tirés, les yeux hagards et les jambes tremblantes, ils quittèrent le bureau du médecin. Bernard mit son bras autour des épaules de Valérie qui serrait sa fille contre sa poitrine.

— Pourquoi ? Pourquoi ? répétait-elle en gémissant. Qu'est-ce qui s'est passé ? Pourquoi nous ? Pourquoi elle ?

Bernard ne savait que lui répondre. Sa souffrance et sa révolte étaient telles que cela lui rendait la respiration douloureuse.

— Il… il faut le dire aux garçons ? demanda-t-elle.

— Je ne sais pas, je ne sais plus… peut-être, on verra.

Bien que le médecin leur ait signifié que leur vie ne devait pas changer, ils sentaient bien que tout était maintenant chamboulé. Pour l'instant, ils étaient incapables de penser à autre chose qu'à cette phrase qui revenait sans cesse comme un leitmotiv : votre fille est autiste !

C'était si étrange, si inconnu, si effrayant !

34

L'aventure d'Arnaud semblait s'être évanouie comme une trace sur le sable recouvert par la marée. Il ne lui en restait qu'un sourd mal de tête qui le tenaillait par moments et certains cauchemars où il se sentait tomber au fond d'une mer noire. Chacun l'admirait de savoir ainsi se remettre d'un tel choc physique et psychologique.

Mais lui, intérieurement, ressentait encore toutes les meurtrissures de cet enlèvement atroce qui lui avait révélé non seulement sa faiblesse, mais un sentiment nouveau et monstrueux : la peur.

Ce sont les épreuves de la vie qui décapent une personnalité et mettent ainsi en valeur son caractère le plus vrai. On se laisse couler ou on se bat pour remonter à la surface. Arnaud était de la race des battants.

Alors pour échapper à ces souvenirs obsédants, il avait donné un bel élan à Récup'Tex. Édouard qui s'était pris au jeu de cette création d'entreprise, l'avait beaucoup aidé. La construction des ateliers avançait à vive allure, il fallait mettre en place les nouveaux marchés, recruter du personnel et le former correctement.

L'été réveillait doucement les plages et endormait les villes. De nombreux touristes déposaient leur fatigue de l'année sur le sable fin et leur stress au fond de la mer. Certains rougissaient au soleil qui cachait la force de ses rayons derrière un vent doux et léger qui jouait avec les plumes des mouettes. D'autres se laissaient bousculer par les vagues.

Chars à voile et bateaux glissaient leurs toiles de couleurs sur le sable et sur l'eau. Des chevaux éclaboussaient leurs cavaliers d'écume de mer.

Le personnel de Récup'Tex avait pris ses congés à tour de rôle, car il n'était pas question de fermer.

— Arnaud, lui dit Édouard, pendant une promenade qu'ils faisaient sur la plage au soleil couchant, je ne voudrais pas m'imposer mais si tu l'acceptes, j'aimerais mettre de l'argent dans ton affaire, que l'on soit associés si tu veux. Cela me plaît, c'est même marrant à monter. Toi, tu as besoin de capitaux, moi, j'ai de l'argent qui dort.

— J'y ai pensé, répondit Arnaud en pliant le bas de son pantalon pour éviter de le mouiller, j'en serai très heureux, mais je ne veux ni te forcer ni t'accrocher à une boîte alors que tu n'as qu'une envie, c'est de repartir ! Tu m'as déjà donné un coup de main inouï en me sauvant d'une mort certaine !

— Tu en aurais fait autant et puis, il n'y a que les idiots qui ne changent jamais d'avis ! Avec Récup'Tex, on met en valeur toute l'expérience acquise pendant des années aussi bien en export, qu'en marchés diversifiés. À part les tracasseries administratives, je découvre une liberté dont je ne soupçonnais pas l'existence. Il faut bosser, c'est certain, mais cela me plaît.

Ils sautèrent au-dessus des vaguelettes en riant soudain comme des gamins.

— Je crois que tu arrives au bon moment, dit Arnaud, car dans une création, c'est fou toutes les décisions qu'il faut prendre sans avoir ni recul, ni marge d'erreur possibles. Il faut savoir choisir et doser les dépenses qui nous permettent ensuite de faire des gains : sans personnel compétent, sans machines, sans atelier, je ne peux rien faire… Alors ce que tu me proposes, c'est super ! Je t'avoue que je fonçais un peu à l'aveuglette !

Il lui donna une grande claque dans le dos.

— On va arroser cela comme il se doit avec Charlotte. Elle nous rejoint pour le dîner.

— Ah !... c'est du sérieux avec elle ?

— Tu es indiscret ! Mais je le crois, oui... Nous restons volontairement distants dans le boulot, sinon cela mettrait les autres mal à l'aise.

— Oh, tout le monde est au courant !

— Ah bon ?

— Tu es naïf mon grand, cela se voit comme... comme toi quand tu arrives quelque part. Personne ne peut t'ignorer ! Alors, tu vas vivre avec elle ?

— Je ne sais pas encore, je vais doucement. J'éprouve de nouveaux sentiments, une sorte de bien-être, j'ai seulement la trouille de faire une maladresse et de tout casser. Elle-même est divorcée et encore traumatisée par ça... Alors je prends mon temps... Allez on rentre, sinon elle va trouver porte close...

Ils grimpèrent un petit chemin de dune entouré d'oyats qui ondulaient sous la caresse du vent. Il faisait délicieusement bon, l'air était léger, le ciel d'opale.

Insensible à la beauté du paysage, Arnaud pensait toujours à son affaire.

— Tu sais, dit-il quelques instants plus tard, j'ai commandé une presse pour compacter les vêtements et en faciliter le transport ainsi que des tapis roulants et un système de découpe de tissus.

— Pourquoi faire ?

— Pour faire des chiffons. Je récupère des tas de tee-shirts blancs en coton ou des chemises, il faut les couper et retirer les boutons. Avec des ciseaux c'est une galère. J'ai trouvé une machine qui fait ça très bien, sans que l'ouvrière prenne le moindre risque de se couper un doigt !... Tu vois que tes fonds vont être bien utilisés.

Ils virent Charlotte de loin. Elle était assise sur la lisse blanche qui clôturait le petit jardin, la tête en arrière, elle avait les yeux fermés. Ses cheveux chatoyants auréolaient son visage baigné par le soleil rougeoyant.

Arnaud s'arrêta.

— Magnifique non ? murmura-t-il à Édouard en la désignant. Tu comprends que je me sente maladroit avec une telle fleur ?

— Tu ne l'as pourtant jamais été avec toutes les filles que tu as rencontrées !

— Les filles oui. Elle, c'est une femme ! Tu verras, toi aussi, tu seras aussi déconcerté que moi le jour où tu seras devant « la » femme... « ta » femme.

Charlotte entendit les pas dans l'allée et se redressa.

— Bonsoir !

Elle fut déçue en voyant Édouard. Elle avait tellement envie d'être seule avec Arnaud, elle espérait tant qu'il lui redise ce qu'il lui avait murmuré dans une semi-conscience.

— Je te présente mon nouvel associé, dit Arnaud. Il veut prendre des parts de Récup'Tex, c'est super non ? Je l'ai invité à ouvrir une bonne bouteille avec nous.

— C'est bien, dit-elle simplement.

Ils allumèrent un barbecue et l'odeur de la viande grillée aromatisa l'air du soir.

Charlotte n'avait qu'une envie : ne pas parler boulot ! Aussi essaya-t-elle toute la soirée de diverger sur le sport ou sur des sujets d'actualité.

Enfin Édouard partit, assez tôt d'ailleurs. Sans doute avait-il deviné leur besoin d'être seuls.

Charlotte commença à débarrasser la table et rentra les bras chargés d'assiettes dans la maison plongée dans l'obscurité. Elle alluma puis se mit à faire la vaisselle.

— Laisse tout cela, la femme de ménage le fera demain matin, dit Arnaud en lui prenant les verres des mains.

Il l'enlaça par derrière, lui fit un petit bisou dans la nuque. Elle se retourna vers lui et ils s'embrassèrent alors longuement, submergés de bonheur.

— Tu as certainement cru que j'avais oublié ce que je t'ai demandé à demi-mort, murmura Arnaud. J'y ai beaucoup réfléchi. Dans ces moments-là, ce sont les choses les plus essentielles de l'existence qui ressurgissent. Je sais que tu as été très blessée dans ta vie de couple… c'est pourquoi j'attendais encore un peu… mais je ne peux plus aujourd'hui rester ainsi dans l'incertitude de tes sentiments à mon égard… alors… je réitère ma demande en toute présence d'esprit : veux-tu m'épouser, Charlotte ?

Elle se retira légèrement de l'emprise de ses bras et sourit.

— Tu sais la grande crainte que j'avais ? C'est que tu aies oublié ta demande. Jamais je n'aurais osé te la rappeler ! J'avais tellement hâte de pouvoir te dire que je t'aime, que j'ai pleinement confiance en toi, que je veux enfin construire une vie de couple et une famille solide… et seulement avec toi.

Ils tirèrent les rideaux et les mouettes rieuses ne purent suivre ce qui se passa dans l'aube de leur amour…

35

La réunion du club des lauréats avait pour sujet ce matin-là : « Le pouvoir et l'autorité dans l'entreprise. » Le thème avait surpris les participants plus habitués à réfléchir sur l'action commerciale, le bilan, le compte d'exploitation, le business plan, le cash-flow, les nouveaux contrats d'embauche, les assurances, les démarches administratives ou les taxes et impôts de toutes sortes, bref sur tout ce qui fait le quotidien parfois rigide du fonctionnement d'une entreprise.

Franck avait expliqué son choix.

— Votre entreprise est composée d'un panel de personnes. Il y a d'abord vous, qui avez eu une idée, avez su ressentir le déclic pour la mettre en lumière, avez osé prendre des risques financiers, personnels et familiaux pour aller au bout de votre projet. Vous avez l'impression de posséder votre entreprise née de votre intelligence et de votre volonté. Mais, vous savez que vous n'êtes pas seul, que vous devez partager d'une certaine façon votre création avec ceux que vous avez embauchés ou avec qui vous vous êtes associés. Des personnes très différentes les unes des autres, des personnes qui ont évidemment des talents, des compétences et des défauts. Elles sont différentes aussi de par leur formation, leur expérience, leur tempérament. Pour chacune, vous êtes le patron… ou la patronne, n'oublions pas Marie ! Vis-à-vis de toutes, vous avez un grand pouvoir entre vos mains : leur emploi.

Mais votre pouvoir ne pourra réellement s'exercer que si vous possédez aussi ce qui est essentiel au chef d'entreprise : l'autorité. J'ai donc fait appel à une personne compétente en la matière : Monsieur Destrade, qui est professeur de philosophie et de sciences économiques et qui a une grande expérience des entreprises.

L'homme semblait s'amuser de sa présence en ce lieu, devant des personnes qui ne ressemblaient en rien à ses hordes d'étudiants qui le dominaient du haut d'immenses amphis.

— Ne vous inquiétez pas, je ne vais pas vous faire un cours de philo, bien que le bonheur de toute existence soit basé sur la philosophie, c'est-à-dire la science de la sagesse. Vous avez créé des entreprises et vous sentez certainement que ce bonheur éprouvé en démarrant, est un bonheur fragile, perturbé en permanence par de nombreuses angoisses et par un stress violent, supportable à proportion des commandes ou de l'évolution de votre chiffre d'affaires… vous êtes souvent loin de l'état de béatitude du sage parmi les sages.

— Ça, c'est le moins que l'on puisse dire ! s'exclama Philippe.

— Le cri du cœur ! Merci Monsieur. Je suis ravi que vous puissiez d'ailleurs m'interrompre quand vous le souhaitez… car je ne veux pas vous faire réfléchir sur des données complexes ou purement intellectuelles, mais partir de ce que vous vivez, dans l'instant, vous qui êtes submergés par mille bricoles à résoudre, le nez dans le guidon sans trop savoir parfois où vous devez aller, face à des enjeux colossaux et des prises de décisions délicates.

Il observa un instant le groupe. Chacun acquiesçait en pensant au quotidien de son travail.

— Vous avez la tendance légitime à vouloir tout faire, tout contrôler, tout vérifier, tout décider… parce que votre boîte, c'est votre bébé, réellement un bébé. Madame ici présente est sans doute celle qui peut le mieux comprendre ce que je veux dire. Comme la femme enceinte qui sent son enfant grandir en elle, qui voit son ventre grossir, ressent les petits coups de pieds, attend avec angoisse et joie, ce moment de la naissance… Vous aussi avez ressenti cette même attente, portant dans vos rêves, l'idéal d'une belle entreprise. Vous avez ressenti des moments de grande fatigue et des instants de joie profonde. Puis la naissance est arrivée. Vous vous êtes trouvé avec votre boîte, créée non pas pour l'éternité comme un enfant, mais pour un bon bout de temps, je vous le souhaite. Les pères de famille qui sont ici savent que devant le berceau occupé, il n'y a pas de recul possible. Vous ne pouvez laisser l'enfant dans un coin tout seul en espérant qu'il grandira bien.

— On aimerait pourtant que de temps en temps, ils nous fichent la paix nos gamins ! dit un homme au visage jovial.

— Je terminerai ma comparaison avec la naissance d'un enfant en pensant au geste que font naturellement certaines mères, mais pas toutes, malheureusement : offrir l'enfant au père. C'est-à-dire, accepter de se séparer de lui, de ne pas l'enfermer sur lui-même et ainsi l'aider à s'épanouir grâce aux autres… Vous voyez où je veux en venir ? dit Monsieur Destrade en s'arrêtant un instant de parler.

— Évident, dit Arnaud, on crée une boîte mais on doit savoir la partager, tout en gardant l'autorité maternelle ou paternelle, je ne sais pas le terme que vous préférez !

— Autorité, autorité, voilà le mot important.

— On a intérêt à avoir l'autorité sur nos gusses qui font parfois n'importe quoi, dit un homme d'une quarantaine d'années, surtout dans une entreprise du bâtiment !

Monsieur Destrade se leva et s'approcha d'un paper-board. Sans rien dire, il se mit à écrire : pouvoir – autorité – responsabilité – compétence – échelle – chef d'orchestre – morale et efficacité – auteur et acteur.

— En tant que créateur d'entreprise, vous avez en main un pouvoir né de votre capacité à débloquer de l'argent, à créer des emplois et donc à être acteur de l'économie d'une région ou d'un pays. Les hommes de pouvoir sont souvent adulés car on espère en retirer quelque chose pour soi. Par son pouvoir, un homme ou une femme, a le droit légitime de commander. Vous allez décider de l'embauche de certaines personnes, les mettre à des postes précis, commander des machines, des outils, des matières premières, etc. Votre pouvoir est l'expression de votre force, de votre énergie, qui va s'imposer à d'autres forces. La source de votre pouvoir c'est votre capacité d'action... Ça va ? Vous suivez ?

Tous hochèrent la tête, de façon plus ou moins appuyée selon leur goût pour la réflexion intellectuelle.

— Votre pouvoir est objectif, physique si vous voulez. Il se voit, il se sent. Ceux qui sont soumis à votre pouvoir se voient dans l'obligation de vous obéir, même si par hasard ils n'étaient pas d'accord avec ce que vous leur demandez. Votre pouvoir va être considéré comme légitime s'il correspond à ce que l'on attend de lui, c'est-à-dire dans votre cas : faire marcher votre boîte en respectant les objectifs fixés. Mais vous avez parfois l'impression que votre pouvoir sur les hommes se heurte à quelque chose d'indéfinissable : l'autorité qui s'impose d'elle-même ou qui manque. L'autorité est une qualité naturelle et personnelle, c'est l'aptitude à commander. Je voudrais que vous soyez bien concentrés sur ce cœur de notre discours, car c'est réellement de ce que vous vivez.

Certains se redressèrent sur leur chaise, d'autres se penchèrent en avant, les coudes soutenant leur visage.

— Le pouvoir vous l'avez, vous le savez, certains d'ailleurs s'en enivrent et perdent tout contrôle de la situation. L'autorité, c'est moins sûr ! Dans le mot autorité, on trouve le mot auteur, c'est-à-dire que l'homme d'autorité va avoir un effet vital et animé sur les objets dont il s'occupe. L'auteur va donner vie à une histoire, l'homme d'autorité va donner corps et vie à une action. À l'intérieur de chaque cellule économique, l'homme, quel qu'il soit, va assumer une fonction de création continue. L'autorité d'un autre homme sur lui, va lui offrir l'espace de cette création et donc la mise en valeur de ses talents... mais je ne veux pas rester dans la pure réflexion intellectuelle et j'aimerais que vous me donniez des exemples en rapport avec l'autorité et le pouvoir, dans votre vie d'entreprise.

— Moi, dit Marie, je ressens très fort ce que vous dites dans ma société : c'est une vannerie. J'ai le pouvoir, parce que j'ai réussi à reprendre une entreprise qui devait fermer et à la transformer en maintenant les emplois. J'aime ce travail, mais je suis incapable de le faire moi-même. J'ai donc donné autorité à un ouvrier très expérimenté, très ferme sur la qualité du travail accompli par les autres. Il a l'autorité sur les autres parce qu'il a la compétence et son autorité rejaillit sur moi, parce que j'ai su lui faire confiance.

— Je pourrais donner un exemple différent, dit Bernard. Je construis des voiliers de haute mer. Lors du premier essai, j'ai embarqué une partie du personnel pour tester le bateau et puis c'était l'occasion de faire quelque chose d'extraordinaire avec l'équipe. Nous avons essuyé une grosse tempête et à ce moment-là, je n'étais plus le patron qui donnait un ordre à ses ouvriers, mais le commandant qui avait autorité parce que j'avais les compétences maritimes reconnues par tous les autres. Ils ont obéi pour toutes les manœuvres. Si je n'avais pas eu cette compétence j'aurais naturellement donné autorité à un de mes hommes pour sauver le bateau... et nous avec ! J'avais le pouvoir de donner l'autorité.

— Tout ça c'est bien joli, dit un gros homme, moi je pousse un coup de gueule si on ne m'obéit pas, il y a trop de risques et les jeunes on les fait souvent bosser comme ça !

— Ce que je découvre avec étonnement, dit Philippe qui avait une entreprise d'accueil téléphonique, c'est le fossé qui existe entre nous « patrons » et les employés. Je suis peut-être idéaliste mais pour moi, la lutte des classes, c'est de l'histoire ancienne. On fait des boulots différents, dans la même boîte et on a tous intérêt à ce que cela fonctionne, sans tirer au flanc, sans chercher les petits avantages, les petites combines pour travailler le moins possible. Je suis horripilé quand je découvre cela chez mes salariés !

— Dans le bâtiment, dit Joseph, j'ai expliqué à mes ouvriers que le patron c'était le client, parce que c'est le client qui va payer et s'il n'est pas content, on n'aura pas le chèque. Quand j'entends un gars dire, vu mon salaire, le patron peut toujours courir pour que je soigne le boulot, j'ai envie de le flanquer à la porte !

Monsieur Destrade reprit la parole.

— Vos réflexions sont tout à fait intéressantes. On sait parfaitement que n'importe qui va bien travailler quand il sent qu'il est apprécié, qu'il est indispensable à la marche de son entreprise. Mais combien de patrons en ont eux-mêmes conscience ? Combien connaissent le prénom et une parcelle de la vie de leurs employés ? Votre société est une échelle, vous êtes sur le dernier échelon, mais s'il en manque un c'est peu commode pour grimper et cela peut s'avérer dangereux. Sans femme de ménage, vos toilettes seront sales, sans comptable ou secrétaire, sans un chef d'atelier, sans l'ouvrier qui connaît bien sa machine, votre production tourne court. Un commercial malade vous fait perdre des ventes, etc. Réfléchissez un court instant à ceux que vous avez embauchés et à la façon avec laquelle vous communiquez avec eux. Compliments sur leur travail ? Ou appréciation négative en permanence dans l'espoir de les voir faire des progrès ?

— Faut du courage avec certains ! reprit Joseph goguenard. La dernière fois, j'arrive à dix heures sur un chantier. Tranquilles, ils buvaient leur café. Je regarde, rien n'avait avancé depuis la veille. « Ben on a passé notre temps à nettoyer les outils », que m'a dit un gamin en stage « ça collait » – « Évidemment, que j'ai répondu, si vous les nettoyez pas la veille, vous fichez le matos en l'air – La veille, c'était l'heure de partir », qu'il m'a répondu. Moi, j'en ai les bras cassés ! J'ai les compétences dans ce métier, mais les gars qui n'ont jamais obéi à personne dans leur vie, ils ne vont pas commencer avec un patron. Ils réclament du fric en en foutant le moins possible ! Ça les embête même de bosser. Ils préfèrent dealer et toucher le RMI, c'est plus rentable !

Tout le monde se mit à rire soudain devant Joseph qui, tellement énervé, en était tombé de sa chaise.

— Encore un truc mal fait ! dit-il en riant lui aussi. Franck, tu changes de fournisseurs, tes chaises ne sont pas solides !

— Si je puis me permettre une suggestion à propos de ces jeunes apprentis qui débarquent dans le monde du travail sans aucune notion des exigences réclamées et vont alors subir cela comme une brimade personnelle. Essayez dans la mesure du possible de les suivre de temps à autre personnellement, de leur demander de vous expliquer ce qu'ils font, de les féliciter sur un petit détail, de leur réclamer de faire quelque chose de beau, qui sera leur marque de fabrique. La fierté du travail bien fait est l'aiguillon de la prise de responsabilité.

— C'est beau à dire, pas facile à faire, bougonna Joseph tout en s'asseyant sur une chaise plus solide. Faut qu'ils nous écoutent et que nous, on ait le temps !

— Moi je suis heureuse avec les gens qui travaillent avec moi, dit Marie, y compris les jeunes. Certains sont motivés, ils veulent apprendre, ils nous apportent un regard neuf et des idées originales, et cela dans un métier très ancien.

Monsieur Destrade semblait s'amuser des diverses réactions. Il toussota.

— Mais je n'ai pas encore parlé du chef d'orchestre, dit-il en soulignant le mot inscrit sur la grande feuille. Dans un orchestre, chacun connaît sa partition, chacun peut jouer seul une partie d'une pièce, mais on n'entendra aucune symphonie. Le chef d'orchestre a l'autorité due à sa compétence de musicien capable de diriger en même temps des dizaines d'instrumentistes. Le chef d'orchestre ne sait sans doute pas jouer du violoncelle, du tuba ou de la grosse caisse, peu importe, il a repéré les meilleurs musiciens pour que sa symphonie soit parfaitement interprétée… Vous ne pouvez et vous ne savez pas jouer de tous les instruments de votre entreprise, c'est orgueil que de croire que vous en êtes capable et c'est même prendre le risque de tout faire capoter. Imaginer le chef d'orchestre courir d'un instrument à l'autre, rien ne sera en harmonie, ce sera une cacophonie incroyable ! Il a le pouvoir de faire confiance, totalement confiance et c'est ce qui lui permet d'agir avec autorité et efficacité.

— Le plus difficile c'est de trouver les bons musiciens, parce qu'un seul violon qui grince et c'est toute la symphonie qui déraille ! dit Arnaud.

— Oui, certainement, dit Franck qui prit soudain la parole, mais j'ai vu des anciens lauréats déposer le bilan tout simplement parce qu'il n'avait pas su avoir confiance en leurs collaborateurs. Ils avaient toujours voulu tout vérifier, n'avaient jamais su déléguer totalement certains secteurs de leur activité, ils avaient donc négligé leur rôle propre de dirigeant et leur responsabilité de dirigeant. Un jour ils calent devant un petit détail et tout dégringole.

— Ils avaient oublié la finalité de leur pouvoir, reprit Monsieur Destrade, celle d'être le gardien attentif de leur société. Une entreprise n'est pas un ring de lutte de pouvoir ou d'intérêt personnel, même si malheureusement c'est souvent le cas. C'est une symbiose d'énergie et de talent au service d'un même objet, d'une même fin. C'est de votre devoir parce que vous en avez le pouvoir, de savoir vous entourer de personnes compétentes. Vous êtes créateurs d'entreprise, vous devez être révélateurs des innombrables richesses humaines portées par vos employés, à tous les bouts de la chaîne.

Le silence tomba sur le petit groupe. C'était beau tout ce que cet homme disait, sans doute assez utopique ! Car c'était un idéal qui se heurtait à une réalité journalière contraignante où l'on n'a guère le temps de réfléchir et où tout se fait souvent à l'instinct.

Mais c'était aussi cela qui les enthousiasmait tous, parce qu'ils savaient qu'ils s'étaient engagés dans une aventure hors du commun, où il leur fallait réussir coûte que coûte !

— Il y a encore deux mots que je n'ai pas relevés alors qu'ils sont écrits sur ce papier, dit Monsieur Destrade : c'est l'efficacité et la morale. Vous pensez sans doute que ce sont des notions bien éloignées de notre préoccupation du jour et pourtant non. Dans notre société, la morale et l'efficacité s'affrontent de plus en plus avec une violence qui ne cesse de croître. Vous avez tous entendu parler de chefs d'entreprise qui disparaissent en abandonnant usines et salariés, vous n'ignorez pas l'existence de « charrettes de licenciements » au profit de restructuration d'entreprises. Certains d'entre vous en ont été victimes et en connaissent la souffrance. Vous avez en main le pouvoir d'offrir du travail, le pouvoir de le faire dans de bonnes ou de mauvaises conditions. Vous serez parfois tentés de privilégier une action au détriment de votre personnel, vous vous direz : je dois gagner de l'argent à tout prix, exigeant trop de vos salariés ou sacrifiant des salaires… Vous mettrez en avant l'efficacité, la rentabilité, parce que vous vous direz : « Si ma boîte marche bien, tout le monde en tirera avantage. » Dans un sens, vous aurez raison, mais vous serez sur une pente dangereuse si vous oubliez les hommes, si vous agissez de votre bureau loin de vos ateliers, si vous gérez tout, de votre portable et de votre ordinateur ou uniquement par l'intermédiaire d'un conseil d'administration déconnecté de l'odeur des machines. La dignité de l'être humain doit guider vos actions, vos choix, vos décisions. Et si un jour il vous arrivait de devoir licencier quelqu'un – même dans le cas d'un licenciement pour faute grave – et si, à ce moment-là, vous ne ressentez aucune émotion ni regret, dites-vous que vous commencez à perdre un parcelle de votre humanité… Je terminerai en rappelant que chaque entreprise est bien évidemment un produit économique qui se doit d'être rentable, mais qu'une entreprise est vivante d'hommes et de femmes qui en sont les maillons... et c'est vous qui êtes responsable de la solidité de la chaîne.

L'heure était passée bien vite. On consacra un moment encore à répondre aux multiples petits problèmes que chacun se posait sur un plan très concret et matériel.

Monsieur Destrade lança sa conclusion :

— J'espère que j'ai pu vous faire prendre conscience de votre pouvoir sur les autres êtres humains, ce qui est chose étrange, d'autant plus que vous vous sentez vous-même encore fragiles. Votre pouvoir n'est donc pas puissance et tyrannie, mais responsabilité. Bonne chance à tous !

La réunion touchait à sa fin.

— Exceptionnellement, dit Franck en sortant des bouteilles de champagne d'un petit réfrigérateur, nous allons fêter ensemble un événement assez spécial... c'est tout simplement le retour parmi nous et surtout le retour à la vie d'Arnaud !

Très gêné et extrêmement ému de cette marque d'amitié de l'équipe, Arnaud ne savait que dire.

On trinqua.

— Merci, réussit-il enfin à murmurer. Cette affaire assez pénible, c'est le moins que l'on puisse dire, m'aura révélé deux choses dont je n'avais jamais pris conscience : la fragilité de l'être humain et la force de l'amitié... et il m'aura fallu des coups de pioche sur le crâne pour me le faire entrer dans la tête !

— On sait maintenant comment faire avec toi, dit Philippe en riant. À la tienne Arnaud et à la solidité de ton crâne de créateur !

— À la vôtre, à tous, en vous souhaitant une belle réussite dans toutes vos entreprises !

36

Valérie avait emmené Ludovic au poney-club qui se situait à une centaine de mètres de leur maison. Elle le regardait caresser l'animal avec tendresse tout en lui parlant, comme à un ami. L'enfant était au comble du bonheur.

— Tu as vu Maman, comme Tatou est gentil et ses poils sont tout doux ! Il est très, très vieux tu sais et il est si calme que Caroline m'a dit que je pouvais lui mettre la bride tout seul et le sortir de son box et même le brosser !

Juché sur le poney, il penchait sa tête en avant et avait enfoui son visage dans la crinière.

Caroline, propriétaire du manège, s'approchait de Valérie qui portait Églantine dans les bras.

— Il est vraiment passionné Ludovic, dit-elle en souriant, et c'est un enfant d'une curiosité merveilleuse. Il m'amuse ! Quand on se promène sur la plage ou dans la forêt, il remarque des tas de choses que personne ne voit ! C'est vraiment un petit bonhomme bien sympathique.

— Maman ! Maman ! Tu mets Titine devant moi ? Je vais bien la tenir, elle va être toute contente.

— Elle est trop petite.

— Vous pouvez Madame, je reste à côté. Si cela l'amuse.

— Oh rien n'amuse ma fille, dit Valérie en soupirant… elle… elle a un problème de comportement et ne s'intéresse pas au monde qui l'entoure.

— Vous permettez ? dit Caroline en prenant Églantine dans les bras et en la posant sur le poney.

— Tu la tiens très fort contre toi Ludovic, d'accord ?

L'enfant était très fier de sa responsabilité. Il prit la main de sa petite sœur et lui fit caresser la douce crinière. Valérie s'attendait à ce qu'elle se mette à crier, mais elle ne dit rien. Ils firent un petit tour de manège, puis Valérie reprit sa fille qui ne manifesta ni joie ni crainte mais jeta cependant un bref regard sur l'animal, puis elle sembla s'en désintéresser totalement.

Au retour, Ludovic était complètement excité.

— C'était chouette hein, Titine ? Tu aimes bien faire du poney ? Dis Maman elle pourra encore venir avec moi, mais pour une vraie promenade ? Tu as vu, elle aime bien et puis elle est sage !

— Elle est encore trop petite, ce serait dangereux, elle en fera plus tard, répondit Valérie l'esprit préoccupé.

— Tu sais, Maman, j'ai vu…

Ludovic parla durant tout le trajet, sa mère acquiesçait de temps en temps mais ne l'écoutait pas.

Elle ne se remettait pas du diagnostic d'autisme asséné par le pédo-psychiatre. Elle se sentait coupable non seulement d'avoir mis au monde un bébé avec un handicap, mais aussi d'être affolée par l'avenir, par les soins à lui apporter, par l'attention permanente dont sa fille allait devoir faire l'objet.

Elle ne supportait pas l'idée que toute sa vie serait perturbée par Églantine. Elle savait très bien que ce genre d'enfant devait être surveillée, placée parfois dans des établissements spécialisés, mise sous tutelle.

Elle voulait être libre de son existence, de ses loisirs, de son travail. Toutes les fibres de son corps se révoltaient. C'était extraordinairement douloureux, à la limite du supportable.

— Il faut que l'on prenne une décision, dit-elle le soir même à Bernard.

— À propos de quoi ?

— D'Églantine évidemment ! Toi tu la vois si peu que tu n'as même pas conscience de son handicap et de ce qu'il faut faire pour elle.

— Il n'y a rien d'urgent, le médecin nous a dit qu'il fallait la faire jouer, de façon à lui faire prendre conscience du monde extérieur, des autres.

— Eh bien voilà le problème ! Je fais comment, moi, toute seule ? Parce que toi, tu n'es jamais là ! Je ne peux pas me dédoubler, j'ai mon travail et, en plus de tout ce qu'il y a à faire dans la maison, je ne me sens pas l'âme d'une éducatrice spécialisée ! Il faudrait… que l'on trouve un établissement qui puisse s'en charger.

— Un établissement ? Mais enfin Valérie, on ne met pas une enfant de deux ans et demi en pension, comme si elle était à l'Assistance publique… dans… une véritable prison ! C'est totalement insensé ! On a le temps, et puis ta mère s'en occupe bien, non ?

— Ma mère ? Je l'ai informée du problème, ça la panique complètement et… et elle m'a dit que c'était à moi de m'en occuper, qu'elle ne voulait plus, que c'était trop de responsabilités ! Si je la mets en nourrice ou en garderie, c'est tellement cher que le peu que je gagne va repartir là-dedans !

— Moi je pense qu'il faut laisser le temps faire son œuvre, le médecin s'est peut-être totalement planté, il y a un retard de socialisation sans doute, mais cela peut s'arranger, on ne va tout de même pas flanquer notre fille parmi les tarés !

— Tu repousses toujours les problèmes en supposant qu'ils vont se résoudre tout seul, et moi, je dois me débrouiller ! OK, si tu veux qu'Églantine réagisse mieux, eh bien, joue avec elle, promène-la, mets la sur le poney de Ludovic ! Mais elle est autiste je te le rappelle, autiste !

— Excuse-moi, je ne fais pas mes 35 heures, moi ! répliqua violemment Bernard qui partit de la maison en claquant la porte.

Ils n'avaient pas remarqué une petite silhouette cachée derrière la porte de la salle de séjour. Ludovic avait tout entendu se demandant ce que signifiait ce terme « autiste » qui semblait perturber autant ses parents.

Il alla trouver Romain pour avoir une explication.

Devant l'insistance de son frère, l'adolescent, toujours privé de son ordinateur, alla chercher un dictionnaire et mit un long moment à trouver la page des « otistes ».

— Voilà, j'ai trouvé : otite... Ben... Titine a mal aux oreilles, dit-il fier de ses connaissances.

— Ah, bon... C'est pas grave alors... Mais... mais pourquoi Papa et Maman se disputent et disent qu'il faut la mettre dans un endroit avec des gens qui vont la faire jouer ?

— T'as pas dû bien entendre. Bon fiche-moi la paix, j'ai une compo demain et je sens que je vais avoir une sale note si je ne révise pas !

Ludovic était têtu et avait horreur de ne pas comprendre quelque chose.

— Dis Maman, pourquoi c'est compliqué de soigner les oreilles de Titine ?

— Quoi ? répondit Valérie en fronçant les sourcils, mais elle n'a pas mal aux oreilles.

— Ben si, j'ai entendu que tu disais à Papa qu'elle était otite et puis Romain, m'a dit que c'était parce qu'elle a mal aux oreilles.

— Oh toi ! tes oreilles, tu ne dois pas les laisser traîner partout ! dit-elle en se fâchant, c'est très impoli d'écouter les conversations des parents. Va dans ta chambre !

L'enfant partit vers sa chambre, mécontent. Elle vit alors Églantine, assise par terre et jouant avec sa balle. Il s'approcha d'elle.

— Tu sais, lui murmura-t-il, je vais bien surveiller ce que Papa et Maman veulent faire, je vais jouer tous les jours avec toi et puis je vais te montrer plein de choses et tu n'auras plus mal aux oreilles. Tu sais Titine je t'aime beaucoup, et je ne veux pas que tu partes de la maison.

Les jours passaient, la situation se tendait. Bernard était obsédé par la préparation du salon nautique, par les commandes qui arrivaient trop doucement et par la montagne de factures à payer tant pour sa société que pour la maison. Valérie dépérissait d'anxiété, elle s'énervait pour un rien et les deux garçons avaient spontanément adopté une attitude de sauvegarde en essayant d'être le plus incolores possible.

— Demain, Églantine va aller dans une jolie maison pour les petites filles, dit un dimanche Valérie à ses enfants. Elle a besoin que l'on s'occupe un peu plus d'elle, parce qu'elle est très fragile.

— On ne va plus la voir ? demanda tristement Ludovic.

— Si, bien sûr, tous les week-ends, mais en semaine, Papa et moi nous travaillons et ne pouvons nous en occuper correctement.

— T'as qu'à arrêter, dit Romain, avant tu ne travaillais pas !

— Si ton père gagnait mieux sa vie, je ne devrais pas travailler !

Profondément blessé, Bernard jeta sa serviette sur la table et s'enferma dans son bureau.

— Dis Maman, si on voit qu'elle n'a plus mal aux oreilles, elle restera avec nous ?

— Mais elle n'a pas mal aux oreilles, je ne sais pas pourquoi tu as inventé ça. Elle est autiste Titine, voilà ! Autiste ça veut dire qu'elle ne s'intéresse à rien, qu'elle ne nous remarque même pas. Il faut pouvoir lui faire découvrir ce qui l'entoure… l'aider à s'exprimer… à apprendre des choses, à jouer et… il faut des spécialistes pour ça… bon, la décision est prise, on n'en parle plus.

La semaine suivante fut morbide, chacun se sentait coupable de l'absence de la fillette. Quand elle revint le vendredi soir, elle était énervée et criait sans cesse à la recherche de sa balle.

Ludovic avait pris une décision. Cela lui faisait peur, mais il le fallait et avec son ami Tatou, il réussirait.

37

Il s'était vite couché le samedi soir, remontant sa couette jusqu'au cou pour cacher les vêtements qu'il n'avait pas retirés. Les yeux grands ouverts dans la pénombre de la nuit, il faisait un effort colossal pour ne pas tomber endormi. Il écoutait tous les bruits de la maison. Quand il fut certain que ses parents étaient couchés, il se leva et alla jusqu'à leur chambre. Il n'y avait aucun bruit, aucune lumière sous la porte.

Le cœur battant, il posa sur sa table de chevet un petit mot qu'il avait préparé : « ave tatou je vé monté a titine lé étoile é la mer. »

Il alla dans la chambre de la fillette et la prit dans ses bras. L'enfant suçait son pouce et ne dit rien. Il lui mit son anorak et sans bruit, sortit par le portillon du garage. Elle était lourde et il avait des difficultés pour la porter. Il décida de prendre sa poussette.

Il se pressait sur la petite route du lotissement, affolé d'être repéré par ses parents.

— Tu sais, dit-il doucement à Églantine, ils n'auraient pas voulu que je parte avec toi, mais moi et Tatou on veut te montrer plein de choses et comme ça, tu vas rire et puis alors tu resteras avec nous à la maison et tu n'iras plus dans ta prison.

Il arriva rapidement au poney-club tout proche. Il s'approcha du box de Tatou.

— Tu vas m'aider, Tatou, mais tu ne fais pas de bruit surtout !

Le vieil animal se laissa brider et Ludovic mit du temps à poser sur son dos la selle qui était d'un trop gros poids pour lui. Enfin il approcha un tabouret du flanc de l'animal et portant sa petite sœur il réussit à grimper sur le poney.

— Houpi ! murmura-t-il en caressant la crinière, tu es le plus merveilleux des Tatou, allez en route, on va voir la mer.

La pleine lune éclairait suffisamment la nature pour qu'il puisse trouver le petit chemin qui serpentait à travers les dunes. Parfois il s'arrêtait :

— Regarde Titine, regarde les étoiles, il y en a tant qu'on dirait un costume de clown qui brille. Tu vois la lune ? Elle rit !... c'est beau !... Allez avance Tatou, on va dire bonjour à mes amies les mouettes.

En arrivant sur la plage, il avança doucement vers le rivage. Des grosses méduses échouées ressemblaient à des sacs transparents remplis d'eau claire, les coquillages craquaient sous les sabots du poney dont les jambes étaient éclaboussées par la mousse des vagues.

Mais Églantine était totalement indifférente à l'enthousiasme de Ludovic. Elle se mit soudain à geindre.

— Tu ne pleures pas dis, regarde comme c'est amusant de se promener tout seul la nuit ? Il y a tellement de choses qui sont belles, pourquoi tu ne les regardes pas Titine ? Je ne veux plus que tu partes, il faut rire avec moi. J'ai entendu Papa dire que le plus grave c'est que tu ne ries jamais...

Il avança encore un peu mais son enthousiasme déclinait et il tenait difficilement les yeux ouverts.

— Tu es fatiguée ? Moi aussi. On va rentrer et puis on recommencera, une autre fois.

Il reprit le chemin des dunes, mais se trompa de route.

La pente était forte à cet endroit-là et le vieux poney grimpait difficilement. Il glissa et soudain tomba les quatre fers en l'air, entraînant les deux enfants dans sa chute.

— Aïe ! hurla Ludovic en recevant un coup de sabot sur la jambe.

Le poney se redressa brusquement et affolé, s'enfuit à travers la dune.

— Titine ! Titine, dit le garçon en pleurant, tu n'as pas mal ?

Assise par terre, indifférente à ce qui s'était passé, la fillette avait pris du sable entre ses doigts et le faisait glisser. Ludovic se retenait de hurler tant il avait mal, mais il fallait qu'il se lève, qu'il reparte à la maison, qu'il couche Titine.

Il essaya de se redresser, mais retomba en criant. Sa jambe le faisait trop souffrir.

— Titine vient près de moi tu veux bien ? dit-il en reniflant, je ne peux pas marcher, j'ai trop mal. On va essayer de ne pas avoir froid, de rester bien l'un contre l'autre et puis Papa et Maman vont venir nous chercher, je suis sûr que Tatou est parti les prévenir. Il est intelligent tu sais, il a bien vu qu'on ne pouvait pas rentrer sans lui.

Mais l'enfant ne bougeait pas. Jouant toujours avec le sable, elle se balançait d'avant en arrière et soudain se mit à rire.

Les yeux grands ouverts d'émerveillement, Ludovic oublia à l'instant même la douleur de sa jambe.

— Tu… tu ris ?… Elle rit ! cria-t-il à la lune et aux étoiles ! Titine rit !!! Elle est guérie !

Se glissant difficilement près de sa sœur, il l'enlaça avec effusion.

Pour la première fois, Églantine le regarda. Elle reprit du sable entre ses doigts et souriant, elle s'allongea à côté de son frère et s'endormit immédiatement.

Sur le dos, Ludovic caressait les cheveux de sa petite sœur, tandis que de grosses larmes s'écrasaient autour de son visage, mouillant le sable qui avait gardé la chaleur du jour. Il avait terriblement mal à la jambe, il avait peur.

— Maman, maman, implorait-il doucement.

Mais seule son amie la mouette vint danser un court instant au-dessus de lui.

Le lendemain matin, en voyant le poney hors du box et la poussette au milieu de la cour, Caroline eut un affreux pressentiment et se précipita chez les Rosit, au moment où ceux-ci, affolés par la disparition des deux enfants s'apprêtaient à faire appel à la police.

— Je suis certaine qu'il est parti par le chemin habituel de nos promenades, dit-elle. Avant d'appeler la police, allons-y tout de suite.

— Mon Dieu, gémit Valérie, je ne sais même pas depuis combien de temps, il est parti ! Pourvu… pourvu…

Elle n'osait exprimer tout haut ce qu'ils craignaient tous, imaginant sans peine les innombrables dangers qui guettent des enfants seuls en pleine nuit, au bord de la mer.

Assez rapidement, Bernard, Valérie et Caroline, les retrouvèrent, nichés l'un contre l'autre au creux d'une dune.

— Ludovic ! Mais… mais qu'est-ce qui t'as pris, tu es fou ? hurla Valérie.

— Maman, répliqua l'enfant très pâle, Maman, elle a ri, elle est guérie, tu sais !

— Lève-toi, rentre à la maison immédiatement !

— Je… je peux pas… dit-il en pleurant soudain et en montrant sa jambe ensanglantée et déformée par le coup de sabot du poney.

— Mon Dieu ! mon pauvre chéri, s'exclama-t-elle oubliant au même instant sa colère devant la souffrance de son fils.

— Viens dans mes bras, lui dit Bernard doucement, Maman va s'occuper d'Églantine, on va rentrer à la maison et nous allons demander au docteur de te soigner.

Accroché au cou de son père, Ludovic n'en menait pas large et serrait les dents pour ne pas crier tant il souffrait. Son petit visage était aussi blanc que le ciel laiteux de l'aurore.

— Je voulais pas faire de bêtises, mais seulement montrer la mer et les étoiles à Titine Elle a ri, Papa, elle a ri, dit-il la voix étranglée par de gros sanglots.

— Ne t'inquiète pas mon grand, tu… tu as cru bien agir. Tu aimes beaucoup ta petite sœur… c'est très beau… Mais il y a des choses dangereuses, qu'il ne faut pas faire, tu comprends ?

Serrant son fils contre lui, Bernard était extraordinairement ému. Obsédé par son boulot, n'était-il pas en train de passer à côté de l'essentiel d'une existence : la vie de ses propres enfants ?

38

— On a un gros problème, Bernard, dit Olivier en se grattant la tête, un très gros.

Bernard soupira.

— Vas-y... au point où j'en suis, je m'attends à tout !

— Assieds-toi... parce que c'est un gros pépin... Le bateau qui transportait le bois qu'on a commandé en Côte d'Ivoire a fait naufrage, tout est perdu.

— Mais c'est pas vrai ! dit-il en fermant les yeux, c'est pas vrai !

— On s'y était pris bien à l'avance pour la commande et j'étais étonné de n'avoir toujours rien reçu. Tu parles, ils ne nous auraient pas prévenus ! Le problème c'est que l'on est bloqué pour finir, puisque ce sont les lattes du pont, les montants de meubles, les marches, tout quoi !

— Et puis j'ai versé un acompte moi, et le temps que les assurances se mettent en branle, c'est encore ma trésorerie qui va en prendre un coup.

Il se mit la tête entre les mains.

— J'en ai marre Olivier, dit-il la voix tremblante, je n'en peux plus. J'ai eu tort de me lancer dans cette entreprise. J'ai été orgueilleux, j'ai cru que j'y arriverai. Je joue avec vos emplois à tous, ici et puis... avec ma famille... c'est devenu catastrophique ! Je suis en train de tout casser.

— Qu'est-ce qui se passe ?

— On vient d'avoir confirmation qu'Églantine est atteinte d'autisme, Ludovic a une sale fracture de la jambe, Romain passe de justesse en troisième et Valérie fait une grosse dépression. Elle doit arrêter de travailler pour s'occuper d'Églantine et de Ludovic et... et elle ne supporte pas du tout la situation précaire dans laquelle je les ai tous foutus... Et moi devant tout ça, je joue avec mes petits bateaux comme un égoïste fini !

— Oh ! Oh ! Tu arrêtes oui ? Tu oublies que tu étais au chômage et que tu n'as pas voulu baisser les bras ! Tu as créé des emplois, tu fais des bateaux superbes. Tu as un maximum d'emmerdes en ce moment, mais on va trouver des solutions pour le bois, je vais me débrouiller pour en trouver autrement, j'ai des idées... et puis pour ta famille, tu crois que l'ambiance aurait été meilleure si tu étais resté dans tes pantoufles sans boulot ? Ta fille est née avec cette maladie, tu n'y es pour rien, et ta femme a des difficultés pour le supporter, mais qui pourrait admettre une chose pareille avec le sourire aux lèvres !

— Je sais... je me dis ça tous les soirs, je ressasse ça toutes les nuits et je me lève le matin crevé, en me traitant de con...

— Résultat, tu es incapable d'analyser la situation avec recul et discernement.

— D'accord, d'accord, dit soudain Bernard en s'énervant, mais les solutions, il faut que je les trouve parce que le banquier, lui, il s'en moque de mes états d'âme et des bateaux qui coulent avec nos marchandises et des clients qui hésitent et des fournisseurs qui râlent de ne pas avoir leur chèque !

— Bernard, répliqua Olivier avec un ton très grave, si tu lâches le gouvernail dans la tempête tu sais très bien que tu nous entraînes tous au fond. Alors tu arrêtes de te regarder le nombril bon sang, tu te secoues ! Je m'occupe de la fabrication, tu t'occupes du commercial. Tu prends ton téléphone, tu appelles toutes tes connaissances, tu repères les régates... bref tu te démerdes, mais tu ne restes pas planté dans ton fauteuil en te demandant quelle est la lame de fond qui va nous faire chavirer !

Il se leva brusquement et quitta le bureau en claquant la porte. Il était furieux contre lui-même pour avoir osé être aussi brutal avec son ami, furieux contre Bernard qui baissait les bras, furieux contre... le monde en général. Il appela Philippe et Robert qui étaient en train de monter des panneaux intérieurs.

— Dites, il va falloir qu'on avance le boulot au maximum sans les lattes, je ne sais pas quand je vais avoir le teck, mais je m'en occupe.

— Ça ira, vous inquiétez pas, dit Robert qui travaillait très méthodiquement, sans jamais ni perdre de temps, ni s'énerver, ni dire un mot de trop. On va se débrouiller mais faudrait pas que ça prenne un mois, parce que c'est long de tout découper, poser, poncer, etc.

— On ne prendra pas un mois ! dit fermement Olivier.

Il retourna vers le bureau pour passer plusieurs coups de téléphone et fut étonné de ne plus y voir Bernard. Il soupira. Lui aussi s'inquiétait mais il continuait à bosser ! Évidemment c'est plus facile de faire du travail manuel que de devoir vendre ses produits quand on n'a plus confiance dans ses propres capacités à pouvoir les réaliser.

Il appela plusieurs menuiseries puis des constructeurs pour savoir s'ils avaient de la réserve de bois. Mais personne ne pouvait les dépanner. Le teck dont il avait besoin était pourtant couramment utilisé mais tout le monde travaillait à flux tendu, étant donné son prix élevé et personne n'en avait en réserve. C'était désespérant. Il rappela un fournisseur de Côte d'Ivoire, puis un autre au Cameroun, un au Gabon. Les temps de livraison seraient trop longs. Une seule solution s'imposa à lui, trouver un autre bois aussi résistant aux intempéries et aussi dur et dense. Le teck est pratiquement imputrescible et même les clous qui y sont enfoncés ne rouillent pas ! Difficile de trouver quelque chose d'identique ! Il y avait bien du wengé qui pourrait convenir à l'intérieur mais était trop fragile pour le pont, ou alors du cerisier pour la cabine.

Il appela un vieux charpentier qu'il connaissait depuis longtemps et lui confia son problème.

— Je vais t'en trouver du bois, Olivier, du bon, ne t'inquiète pas, j'ai des copains qui ont ça en réserve, je vais leur expliquer que c'est urgent… tu peux pas mettre n'importe quoi sur tes bateaux… allez, rappelle-moi demain.

Olivier sourit, les bonnes relations de travail sont toujours profitables à plus ou moins long terme. Il aurait voulu en parler à Bernard et lui confier son espoir de voir le problème résolu, mais il ne savait pas du tout où il était allé.

Olivier ne réfléchit pas plus et s'apprêtait à retourner à l'atelier quand le téléphone sonna. Il soupira. Il n'avait pas envie de décrocher. « Ce doit être encore un fournisseur qui réclame le paiement de ses factures », se dit-il. La sonnerie était insistante, il prit le combiné.

— Cap Voile, bonjour, dit-il.

— Puis-je avoir Bernard Rosit ? dit une voix masculine sympathique.

— Monsieur Rosit est en rendez-vous à l'extérieur, je peux vous renseigner ?

— Dites-lui que Frédéric l'a appelé, on est des vieux copains et on a fait pas mal de régates ensemble. J'ai parlé de ses bateaux à plusieurs de mes amis qui sont extrêmement intéressés et on voudrait débarquer rapidement chez vous pour voir les constructions et certainement vous commander quatre ou cinq voiliers. Je vous donne mon numéro de téléphone, s'il peut me rappeler rapidement.

— Je note… merci, au revoir Monsieur.

Ouah ! cria Olivier tout seul dans le bureau, en sautant en l'air et en poussant des cris de singe. Il composa le numéro de portable de Bernard, mais il était sur répondeur.

« Bon sang, pourvu qu'il ne fasse pas le con », se dit-il soudainement paniqué. Bernard était en pleine déprime et il l'avait peut-être trop secoué.

Le port ! Cela lui arrivait souvent de partir faire un tour en mer avec un petit bateau à moteur, pour prendre l'air et se changer les idées.

Olivier partit en courant et cria aux ouvriers de décrocher le téléphone si cela sonnait.

Il commençait à pleuvoir, Olivier aperçut Bernard au bout du ponton, la tête nue, insensible aux gouttes de pluie.

— Bernard !

Celui-ci se retourna, surpris.

— Ça va ? lui demanda Olivier inquiet.

— Oui… oui… j'avais besoin de réfléchir et c'est impossible devant un téléphone qui m'angoisse et des factures qui me stressent.

— Je voulais te dire…

— Je sais, tais-toi… J'ai eu une idée… on a tort de n'avoir qu'un seul produit qui soit un produit de luxe. Notre balance est trop brutale, on perd ou on gagne. Il faut nous diversifier en construisant des voiliers beaucoup plus petits, financièrement plus accessibles, mais à qui on donne notre marque de fabrique… Il faut réfléchir aux loisirs des gens qui ont besoin de rêver. La mer offre des rêves. Mais certains ne savent pas franchement bien naviguer, d'autres n'ont pas le temps de partir plusieurs jours en mer ou n'ont pas de fortune… Donc il faut que l'on imagine un autre bateau et faire les deux, des gros et des petits… ce sera plus sécurisant… il faut que je trouve de l'argent…

— Dis, tu peux m'écouter un instant ? reprit Olivier en souriant.

— Je sais, tu as été odieux avec moi tout à l'heure... Enfin c'est ce que tu crois... Mais tu m'as fait du bien, un bon paquet de mer en pleine figure, c'est ce que je méritais.

— Bernard... Stop !

— Oui ?

— Tu te rappelles ton copain Frédéric ?

— Frédéric ? Tu penses, un mec super, un sacré bon marin... et à la tête d'une fortune colossale.

— Ton copain Frédéric, écoute-moi bien... veut débarquer avec d'autres mecs pour t'acheter quatre ou cinq bateaux... et rapidement !

— Tu... Tu me fais marcher ?

— J'ai l'air tiens ! Comment j'aurai pu inventer un truc pareil ! Voilà son numéro, il veut que tu le rappelles d'urgence et toi, comme une andouille, tu avais fermé ton portable ! Heureusement que j'ai deviné où tu étais ! Ah... il faut que je te dise aussi que j'ai trouvé une solution pour le bois.

— Tu en as trouvé ?

— Sans doute, grâce à un vieil ébéniste...

— Formidable... Bon on en rediscute à l'atelier, je t'y rejoins.

Olivier s'éloignait quand Bernard le rappela.

— Je te remercie Olivier... pour tout... Surtout de savoir supporter mon sale caractère.

— Tu m'as donné l'occasion de faire un boulot que j'adore, alors ce n'est pas un petit coup de blues de ta part qui va m'empêcher de travailler ! À tout de suite.

Une semaine plus tard, Frédéric vint visiter Cap Voile avec quatre autres personnes.

— Cela fait plaisir de te revoir, s'exclama Bernard, tu as une mine magnifique.

— Par contre toi, il y a longtemps que tu n'as pas pris le large, tu es aussi blafard que tes coques.

— J'ai beaucoup de boulot avec le démarrage de l'entreprise, mais je me rattraperai plus tard. Allez, viens avec tes amis pour une visite approfondie… Alors on commence par les coques. Au fond du moule on met du gelcoat, c'est la peinture extérieure, puis plusieurs couches de fibres de verre de compositions différentes pour respecter les variations de la structure du bateau. On utilise aussi du balsa très léger et positionné à différents endroits et enfin on met de la résine. Tout est travaillé à la main, de façon très précise pour qu'il n'y ait aucune bulle d'air.

— Tu fabriques les coques ici ?

— Pas encore, c'est un peu mon souci, mais le constructeur fait un excellent travail. Nous avons aussi des fournisseurs pour les mats, les voiles, les hublots, le moteur, etc.

— Mais tu fais beaucoup toi-même ?

— L'essentiel, évidemment. À l'intérieur du bateau, tu vois les varangues qui sont en composite et qui consolident la coque. Pour l'aménagement de la cabine, on utilise du teck essentiellement, en contreplaqué pour les cloisons, ou en bloc pour les structures et les lattes extérieures qui sont posées une par une, avec des découpes particulières.

— C'est quoi ce moule ? demanda un homme.

— C'est pour faire les marches, vous savez qu'elles sont incurvées étant donné l'instabilité du voilier. Elles sont faites en fines feuilles de teck lamellées collées puis vernies, sablées, polies et revernies.

Les cinq marins s'intéressèrent de près à toute la technique, depuis le moteur, jusqu'au générateur qui permettait d'avoir la climatisation, le chauffage, l'électricité, la télévision même, ou le frigo. Ils posèrent de multiples questions sur l'installation des réservoirs d'eau et de fuel, sur les possibilités de désalinisation de l'eau de mer, sur le GPS, le pilote automatique, les canots de survie, puis sur tout le confort proposé depuis les couchettes, jusqu'à la salle de douche, les lampes halogènes, les multiples placards, etc.

Ils restèrent plus de trois heures.

Bernard pataugeait dans le bonheur : celui de partager ses deux passions, la mer et la construction navale.

Au moment du départ, Frédéric le prit à l'écart du petit groupe.

— Bernard, tu les as emballés, je les connais, cela va marcher ! Ils vont sans doute avoir des petites exigences pour personnaliser leurs bateaux, mais je suis émerveillé par ton travail et celui de toute ton équipe ! Chapeau ! Je te rappelle dans les jours qui viennent.

39

Arnaud était ravi. Il contemplait ses neuf mille mètres carrés d'atelier qui avaient poussé comme des champignons après la pluie. Il en fallait de la place pour recevoir les tonnes de vêtements qui arrivaient tous les jours, les trier, les conditionner, et enfin les renvoyer pour la vente. À part l'espace, il n'avait pas besoin de choses trop compliquées. Il avait cependant veillé à faire des vestiaires agréables et une mini-cafétéria où le personnel pouvait se reposer et manger sur place en apportant son repas, partant du principe que les plages de vraies détentes au boulot étaient rentabilisées par la qualité du travail qui en découlait.

Il avait été contraint de remplacer Valérie, mais l'intérimaire faisait parfaitement son boulot avec un dynamisme et une compétence tout à fait valables.

Il avait décidé de faire un pot d'inauguration en invitant les personnalités de la ville, de la Chambre de Commerce et d'Industrie, ses nouveaux amis de l'association et quelques journalistes du coin. Ceux-ci ne trouvaient qu'un faible intérêt à l'inauguration d'une entreprise mais leur curiosité était aiguisée par cet homme jeune, hors du commun, qui avait bourlingué sur toute la surface du globe, s'était fait enlever par un petit mec insignifiant, s'en était sorti *in extremis* et avait réussi à lancer son entreprise dans la foulée.

Une des journalistes, passionnée par les conséquences psychologiques d'un enlèvement, se demandait si Arnaud Mainvilliers était suivi et aidé par un psychologue ou s'il avait réussi à tout oublier, sans problème.

— Comment vous sentez-vous après cet enlèvement qui a failli vous coûter la vie ? lui demanda celle-ci. C'était une petite femme, au visage ingrat et aux grosses lunettes sombres.

— La tête toujours aussi solide, mais c'est du passé, c'est de mon entreprise dont il faut parler.

— Oui, bien sûr, mais le choc que vous avez éprouvé a dû vous compliquer la tâche pour réussir à mettre en œuvre votre projet ?

— Ma personne n'a aucun intérêt, Mademoiselle. Par contre, l'origine de cette nouvelle entreprise qui va me permettre d'embaucher une vingtaine de salariés rapidement, ça, c'est intéressant.

— Bien évidemment, mais ne ressentez-vous aucune séquelle ? Allez-vous assister au procès de Monsieur Durofour ?

Arnaud soupira et se retint d'envoyer la journaliste à l'autre bout de l'atelier au fond d'un sac avec des vieilles chemises ! Il en riait intérieurement en l'imaginant avec ses horribles lunettes, gesticulant les jambes en l'air pour s'en extraire. Il prit soudain un air perturbé et lui dit dans l'oreille :

— Je peux vous le dire à vous, car je me rends compte que vous êtes sensible à ce problème… mais surtout vous ne l'écrirez pas dans votre papier… Toutes les nuits je fais des cauchemars horribles où des poissons malodorants m'avalent tout cru en me tapant sur le crâne !

— C'est affreux ! s'exclama-t-elle en ouvrant des yeux globuleux.

En la voyant avec la bouche ouverte et le regard écarquillé, Arnaud fut pris d'un fou rire qu'il ne put contenir, tant elle ressemblait à une carpe !

— Excusez-moi, dit-il en hoquetant, c'est nerveux… Je… je compense en riant… Sinon… je pleurerai… vous comprenez… Un homme comme moi ne doit pas pleurer.

— Mais si Monsieur, dit-elle en lui posant la main sur le bras dans un geste de protection maternelle. Il faut oser pleurer, cela vous fera du bien. Vous savez… c'est normal, ce n'est pas parce que vous pleurez que vous êtes un homme faible… vous paraissez d'ailleurs tellement fort !

Elle aurait voulu rajouter : beau, mais elle se retint.

N'en pouvant plus, Arnaud se moucha pour étouffer son fou rire. Elle fut persuadée qu'enfin les larmes salvatrices le libéraient.

— Vous êtes incroyable vous alors ! dit Arnaud en se reprenant.

— Je sais, je fais souvent cet effet-là. Les gens aiment se confier à moi.

Cette fois pour éviter que son rire énorme n'affole tout le monde, Arnaud opéra un repli stratégique vers un autre journaliste qu'il avait repéré comme étant le responsable économique du journal régional.

— Ça va ? lui demanda Charlotte qui offrait du champagne aux invités. Qu'est-ce que tu as ? Pourquoi tu te marres ?

— Je t'expliquerai, mais méfie-toi de cette journaliste qui est là-bas, elle est complètement tarée ! Eh… tu es magnifique et je t'aime !

Il reprit son sérieux et se laissa interviewer à travers une discussion passionnante et très professionnelle.

— Oh, excusez-moi, mais j'aperçois le Maire de la ville, je me dois d'aller le saluer.

Allant de l'un à l'autre, Arnaud découvrait le bonheur brutal d'être une personnalité locale reconnue, c'était amusant et flatteur. Toutes les employées avaient revêtu des vestes de même couleur et profitaient de la soirée tout en offrant à boire, fières de montrer qu'elles faisaient partie de l'entreprise.

Arnaud éleva la voix et demanda un court instant de silence.

— Je ne vais pas faire de discours, j'en serai bien incapable. Je voudrais simplement vous remercier d'être là et vous dire mon bonheur de m'être amarré dans ce port après quinze années de voyages à travers le monde. Mon ami Édouard m'a rejoint dans notre nouvelle aventure et c'est pour moi une grande chance de pouvoir profiter de tous ses talents. Je ne pourrais rien faire non plus sans mon équipe… qui va poser les plateaux et venir près de moi.

Intimidés les employés fendirent la petite foule.

— Une entreprise, c'est une idée de départ, une volonté de création, mais c'est surtout un ensemble d'hommes et de femmes qui sont la trame et la chaîne d'un petit tissu économique qui se fabrique avec patience. Chacun est important aussi bien pour le quotidien que pour les idées qu'il transmet à l'équipe pour améliorer cette activité nouvelle. Je suis très heureux de travailler avec vous tous et je compte sur vous, pour que ces locaux soient vite trop petits et que vous soyez rejoints par d'autres collègues de travail… J'associe à mes remerciements une femme exceptionnelle, Charlotte, ma future épouse.

— Tu exagères, lui dit-elle en rougissant sous les applaudissements.

— Toutes mes félicitations Monsieur Mainvilliers, lui dit le Maire, tant pour Récup'Tex et les emplois que vous avez créés dans notre commune qui en avait bien besoin, que pour vos fiançailles. Tous mes vœux de bonheur.

Il partit rapidement à une autre réunion. Quand toutes les personnalités eurent disparu, la détente se sentit dans le groupe et on mit en place un buffet plus consistant.

— Comment va Valérie ? demanda Arnaud à Bernard qui discutait avec d'autres lauréats du Réseau.

— Pas terrible. Elle dort une partie de la journée, se laisse totalement aller. Elle ne s'occupe de rien dans la maison, fait le strict minimum pour les enfants, mais pas pour moi ! Églantine est en foyer toute la semaine, donc ça va de son côté, mais j'ai dû mettre Ludovic chez mon frère médecin, il a eu une mauvaise fracture et Valérie n'est pas en état de s'en occuper. Quant à Romain, je crois qu'il prend conscience de la difficulté du moment et se met enfin à travailler.

— Elle se soigne ? demanda Charlotte.

— Oui, mais elle est assommée par les médicaments et n'a donc plus une goutte d'énergie ! Quand j'essaie de la secouer, elle pleure et retourne se coucher ! Je suis totalement déconcerté par la situation.

— Mais ta boîte ? Ça se passe bien maintenant ? dit Arnaud.

— Oui, de façon inespérée, j'ai eu une commande de cinq bateaux ! J'ai dû embaucher ! Et puis je vais me diversifier en faisant des petits voiliers sportifs, rapides, moins onéreux !... Malheureusement Valérie ne veut même pas s'en réjouir, ni même en entendre parler !

— Il faut lui laisser un peu de temps sans doute, dit Charlotte, dépourvue d'autres arguments.

— Bof, je ne sais plus... notre ménage tenait quand tout allait bien. C'est sans doute dans ce genre de difficulté que l'on teste le mieux les attaches ! La seule chose que je puisse faire, c'est de bosser au maximum, pour ne plus avoir de difficultés financières... de toutes les façons, je me sens mieux au bureau qu'à la maison !

Accaparés par d'autres invités, un peu honteux, ils laissèrent Bernard à ses soucis. Celui-ci rejoignit Franck Durand et peu à peu on le vit se détendre.

40

Alcibiade semblait déborder de son fauteuil comme une poule de son nid. Sa masse graisseuse s'échappait de tous côtés en bourrelets flasques. Il respirait bruyamment en regardant la secrétaire d'Arnaud d'un air narquois.

Il était arrivé un quart d'heure plus tôt et s'était installé sans qu'elle ait pu dire quoi que ce soit.

— Je suis un ami de Mister Liers, dit-il en souriant, il ne s'attend pas à me voir mais sera ravi.

— Je ne connais pas de Mister Liers, répondit-elle en ouvrant de grands yeux.

— Oui, oui je sais, Monsieur Mainvilliers que vous l'appelez ici, c'est pareil... C'est mon ami.

— Ah... euh... il ne va pas tarder.

Elle reprit son travail, surveillant du coin de l'œil l'étrange personnage qu'elle trouvait particulièrement repoussant. Elle n'avait pas osé poser de questions, mais était étonnée qu'un homme aussi écœurant d'aspect puisse être un ami de son patron qu'elle trouvait si beau !

— Christiane ! dit Arnaud en entrant précipitamment dans le bureau le nez collé sur une lettre, j'ai...

Il se tut brusquement en voyant Alcibiade qui le dévisageait d'un air goguenard.

— Qu'est-ce que… Qu'est-ce que vous foutez ici ? hurla Arnaud. Christiane !

— Euh… euh, bafouilla-t-elle, Monsieur m'a dit qu'il était votre ami et qu'il voulait vous faire une surprise… je… je ne savais pas… que…

— Sortez d'ici Alcibiade, avant que je ne me mette dans une colère telle que vous vous en souviendrez toute votre vie.

— Mister Liers ! Mister Liers, calmez-vous ! répondit l'homme avec un immense sourire qui dévoilait plusieurs dents en or, je viens en ami.

— Ah, oui ? Un ami ? À qui vous plantez un couteau dans le dos ! Dehors ! Vous m'avez ruiné avec vos sales combines.

— Pas du tout, c'est vous qui m'avez joué un mauvais tour. Parce que les rideaux… vous les avez vendus… je le sais… et ma commission ?

— Écoutez-moi gros tas de lard, à cause de vous j'ai tout perdu, j'ai dû tout reconstruire, alors vous partez ou vous allez vous retrouver au fond d'une cale de bateau en train de bouffer du poisson pourri, cela vous fera un excellent régime alimentaire… Compris ? hurla Arnaud. Dehors, j'ai dit dehors !

Alcibiade essaya de se lever, mais son postérieur était coincé dans le fauteuil qui se souleva en même temps que lui.

Il jeta un regard de haine sur Arnaud qui se mit à rire.

— Je crois que je vais vraiment vous faire faire un régime de poisson, dit-il en ne faisant pas un geste pour venir en aide à l'homme qui ne savait quel morceau de graisse glisser en premier lieu pour s'extraire de son siège.

On entendit soudain un bruit curieux comme celui d'une bouteille que l'on débouche. Rouge, le regard en feu, Alcibiade essaya de toiser Arnaud mais la différence de taille était telle qu'il dut lever les yeux vers le plafond, ce qui ne l'empêcha pas de prendre un air de dignité outragée.

Il tendit vers lui un doigt boudiné.

— Vous !... vous !... grogna-t-il.

Arnaud se reprit.

— Qu'est-ce que vous voulez à la fin ?

— Cela fait un an que je vous cherche, un an... et vous me réservez un accueil... déplorable. J'en suis blessé... voyez-vous... mais...

Il reprit son sourire de conspirateur.

— Je ne venais pas vous réclamer de l'argent, croyez-moi, même si j'estime que... mais enfin... ne parlons plus de ces rideaux, je suis bon prince.

— Vous ? ricana Arnaud, cela m'étonne, vous devez être malade. Avez-vous oublié les lettres déplaisantes que vous m'avez envoyées ?

— Oh, il s'agissait d'un peu de mauvaise humeur de ma part... C'est oublié... non ? Et je pense que vous devriez cesser vos moqueries, Mister Liers, et considérer que je ne viens pas en ennemi mais en ami... Nous avons eu une dernière affaire... malheureuse, mais nous en avons eu aussi d'excellentes, plusieurs fois et vous n'avez jamais eu à vous plaindre des contacts merveilleux que je vous ai fréquemment fournis.

— Vous avez besoin de moi si je comprends bien.

— Vous aussi avez besoin de moi.

— Oh non ! Vous voyez cette entreprise ? Elle ne vous doit rien, strictement rien ! Et elle fonctionne très bien sans vous !

Alcibiade fit une petite moue.

— Mister Liers, vous m'étonnez et me décevez même. Comment vous, un homme aussi créatif, pugnace, aventurier, pouvez-vous vous plaire à rester ainsi dans un petit port sans âme, dans un hangar au milieu des chiffons ? Non, Mister Liers, je sais qu'un jour prochain, vous allez repartir sur les routes du monde... Ici ce n'est qu'une petite halte. Je suis certain que cela vous démange... Je me trompe ?

Arnaud se disait qu'il avait tort de le laisser parler. Alcibiade réussissait à le déstabiliser totalement. Sa seule présence lui rappelait tant de bons souvenirs... tout ce qu'il avait aimé faire pendant quinze ans... Il en éprouvait brutalement une désagréable nostalgie.

— Je fais ce que je veux de ma vie... je ne me mêle pas de la vôtre.

Édouard arriva à ce moment-là dans le bureau. Il s'arrêta en voyant Alcibiade.

— Qu'est-ce que vous foutez là, vous ? dit-il en regardant successivement les deux hommes qui étaient face à face.

— Ah, l'ami Édouard, répondit Alcibiade en souriant d'aise, vous voilà aussi ancré en ce port... curieux. Je vais vous laisser Mister Liers. Vous voyez que je suis doux et animé de bonnes intentions à votre égard. Je vous donne ma carte, si jamais vous aviez égaré mes coordonnées... je suis certain que nous referons affaire.

Arnaud tendit la main tout en se disant qu'il ne le devait pas. Il avait choisi de vivre ici, de fonder une famille, jamais il ne repartirait... jamais.

Alcibiade quitta le bureau et traversa tranquillement l'atelier en saluant les employés.

— Qui c'était ce bidon d'huile ambulant ? demanda Charlotte le soir même.

— Les réminiscences du passé, soupira Arnaud.

— Ah... agréables ou désagréables ?

— Désagréables et… perturbantes…

Ils étaient sur la terrasse achevant de dîner. Emmitouflés dans de gros pulls, ils aimaient profiter ainsi de l'air frais du soir.

— Cela te manque de ne plus voyager ? demanda Charlotte.

— Je l'ai fait toute ma vie, j'y ai eu beaucoup de plaisir. Cela a toujours été passionnant. J'aime quand les choses bougent, c'est profondément ancré en moi. C'est naturel de ressentir parfois un peu de mélancolie à l'évocation de certains souvenirs.

— Tu es… malheureux en ce moment ?

— Non, non… lui dit-il en lui prenant la main, et je crois que je ne pourrais plus trouver goût à quoi que ce soit si tu étais loin de moi… mais c'est vrai que j'ai peur de la routine qui s'installe et par moment je trouve que Récup'Tex devient déjà routine.

— Il y a à peine plus d'un an que tu l'as créé !

— Il y a une grosse différence entre gestion et création. Il y a des gens qui sont faits pour gérer des entreprises, jamais ils n'auraient eu l'idée et le charisme de créer. Il y a en a d'autres qui ont la création dans le sang… mais la gestion d'une entreprise, non. Je suis de ceux-là. J'ai besoin de retrouver l'excitation de l'aventure, ce côté mystérieux et imprévisible de l'existence. Créer, c'est si excitant.

Charlotte ne savait que répondre. La date de leur mariage était fixé deux mois plus tard. Ils feraient une petite fête très simple avec le peu d'amis véritables qu'ils avaient l'un et l'autre. Puis ils avaient décidé de partir une semaine en voyage de noces, pas plus, pour ne pas laisser l'entreprise sans gouvernail trop longtemps. Édouard acceptait de prendre le relais à ce moment-là, au milieu de toutes ses pérégrinations. Elle imaginait la construction de leur vie de famille en ce lieu, avec l'activité de Récup'Tex. Peut-être auraient-ils un ou deux enfants ? Ses rêves en étaient doux et paisibles. Mais était-ce ce que désirait l'homme qu'elle aimait ?

— Tu souhaiterais repartir ? lui dit-elle au bout d'un long moment de silence.

— Je ne sais pas. Oui... oui... sans doute, mais je me suis enchaîné avec l'entreprise et il n'est pas question de laisser tomber.

— Tu sais... je serais d'accord.

— D'accord pour quoi ?

— Pour partir... si c'est ta vie, si c'est ce que tu aimes, il faut le faire pendant que tu en as encore l'âge. Je ne veux pas que tu te sentes trop attaché à moi, tu serais malheureux.

— Non, c'est idiot d'avoir remué tout cela, je ne veux pas te quitter.

— Mais il n'en est pas question, non plus. Qu'est-ce que tu crois ! Je viendrais avec toi.

— Tu es adorable, dit-il en l'embrassant. Je suis l'homme le plus chanceux du monde, de t'avoir trouvée ! Rassure-toi, il n'est pas question de changer quoi que ce soit maintenant, l'entreprise est encore fragile, nous allons nous marier. Si dans deux ou trois ans, je vois que tout va bien, que je peux revendre à bon prix et bien, on achète un voilier à Bernard et on part autour du monde... en faisant découvrir toutes les beautés de la nature à nos enfants !

— C'est un merveilleux programme ! Tu veux un garçon ou une fille ? lui dit-elle en riant.

— Une demi-douzaine et qu'ils te ressemblent ! Mais mon désir le plus cher, c'est de te rendre heureuse... voyage ou pas !

Ils s'endormirent dans les bras l'un de l'autre, oubliant la visite d'Alcibiade.

Arnaud n'aurait pas fermé l'œil s'il avait pu deviner le motif pervers de la venue de cet homme horrible, qui avait décidé de le perdre.

41

Alcibiade ne voyageait jamais seul. Un homme aussi étrange que lui mais d'une corpulence inversement proportionnelle à la sienne, l'accompagnait partout avec une telle discrétion qu'il était rare qu'on le remarquât. Grand, fin et musclé, il ressemblait à un chat au pelage sombre, au regard fendu. Il avançait sans bruit grâce à des chaussures aux semelles synthétiques et avait l'art de se glisser n'importe où, mû par une souplesse incroyable qui lui permettait de se plier dans toutes les positions sans avoir l'air d'en souffrir le moins du monde même si cela devait durer plusieurs heures. Il s'appelait Kouros, du nom donné aux sculptures des jeunes hommes de l'Antiquité grecque.

Comme Alcibiade ne pouvait passer inaperçu, inévitablement les regards se tournaient vers lui. Personne ne faisait donc attention à celui qui l'accompagnait et qui pouvait alors disparaître à sa guise pour faire ce que son patron lui avait commandé.

Tandis qu'Alcibiade attendait inconfortablement installé dans le bureau de Récup'Tex, Kouros avait eu le temps de repérer l'ensemble du bâtiment, de faire une empreinte de la serrure d'entrée et de laisser une cale dans l'embrasure d'une fenêtre des toilettes.

Les petits yeux de fouine d'Alcibiade n'étaient pas restés inactifs, eux non plus. Ils avaient repéré l'ordinateur, l'endroit où la secrétaire, Christiane, rangeait les bons de commande et le fonctionnement de la photocopieuse.

Tout s'annonçait pour le mieux.

C'est ainsi que dans la nuit qui suivit la visite d'Alcibiade, deux ombres se glissèrent aisément dans l'entreprise par la porte d'entrée car l'empreinte de la clef avait été bien faite. Il n'avait donc pas été nécessaire de passer par la fenêtre… ce qui aurait été particulièrement délicat pour le gros personnage.

Guidés par une lampe de poche, les deux hommes pénétrèrent facilement dans le bureau.

Alcibiade alluma l'ordinateur avec un sourire de joie mauvaise. Il montra le classeur avec les bons de commande à Kouros qui sans un mot, se mit à en photocopier toutes les pages.

Alcibiade tapait sur les touches avec une rapidité étonnante pour ses gros doigts.

— Pas prudent ce cher Arnaud, il n'a pas vérifié que sa secrétaire a oublié de verrouiller l'accès à ses dossiers !

Il glissa un compact-disc dans la machine et avec un clic qu'il accompagna d'un cri de triomphe, il recopia tout le disque dur de la société.

Soudain, ils suspendirent leurs gestes. Un bruit de moteur se faisait entendre… mais la voiture continua sans s'arrêter.

— J'ai fini, dit Alcibiade, et toi ?
— Voilà... Encore deux pages... c'est bon.
— Tu fais attention à tout remettre en place de façon à ce que personne ne se doute de rien... il va en avoir une surprise Mister Liers ! Ah, il s'est foutu de moi ! Il se croit le plus fort ! Eh bien mon ami, tu auras du mal à te remettre du coup que je vais te faire ! Tu t'imaginais sans doute que j'avais abandonné la partie ? Oh, non ! J'ai étudié tes faiblesses et tes forces. Physiquement tu gagnes ! Mais tu fais trop confiance aux gens et ça... ça va te perdre et te perdre définitivement !

Il se frottait les mains de contentement et riait en émettant un étrange couinement de souris.

Effaçant avec soin les touches de l'ordinateur, et tout ce qui aurait pu conserver la moindre empreinte de leurs doigts, ils fermèrent doucement la porte du bureau en tenant la poignée avec un mouchoir, traversèrent l'atelier silencieux et se retrouvèrent dehors, la porte de l'entreprise correctement fermée.

— Et maintenant, nous allons bien nous amuser ! À l'aéroport Kouros, quittons ce lieu sinistre !

Tandis que Kouros conduisait, Alcibiade ouvrit son ordinateur portable, y glissa le disque et bientôt apparut tout ce qui faisait la vie de Récup Tex.
— Les clients à l'export... Voilà... Formidable ! Merveilleux ! Extraordinaire ! J'ai toutes leurs références, toutes les commandes passées... En recoupant avec les bons photocopiés, tu ne pourras pas passer entre les mailles de mon filet, Mister Liers !

Il se renversa en arrière s'enfonçant dans les sièges de cuir moelleux. Il respira profondément. Il allait pouvoir donner toute puissance à sa vengeance et il en éprouvait un rare sentiment de contentement. C'était de l'art, du grand art !

Personne ne remarqua quoi que ce soit le lendemain matin. Christiane s'énerva un moment sur l'ordinateur qui cafouillait mais n'osa se plaindre à Arnaud de crainte de faire preuve d'incompétence. Elle râla sur le fait qu'une fois de plus il n'y avait plus de papier dans la photocopieuse alors qu'elle l'avait chargée la veille au soir, mais se dit que son patron avait dû travailler au bureau et même utiliser son ordinateur.

42

Ce n'est qu'un mois plus tard, au creux de l'hiver, quand le moral baisse avec la luminosité, que le froid décide de ne jamais vouloir s'arrêter, que le vent souffle et que la nature semble s'être minéralisée, qu'Arnaud commença à percevoir les premiers frissons d'un dysfonctionnement.

— Je ne comprends pas Christiane, nous n'avons pas reçu la commande habituelle de Libreville ?

— Non rien du Gabon, ni de Brazzaville, ni même de Yaoundé. C'est bizarre.

— Vous les avez relancés ?

— Oui bien sûr, par mail. Mais personne n'a répondu.

— Et Dakar ?

Elle secoua la tête.

— Enfin ce n'est pas possible ! Ce sont vos mails qui ne passent pas ! Tant de commandes régulières qui bloquent tout à coup, il y a quelque chose derrière ça ! Pour les pays de l'Est, Varsovie par exemple ?

— La commande est confirmée, donc vous voyez que mon ordinateur fonctionne et que je sais passer des mails, répondit-elle vexée avec un air pincé.

Il ne releva pas, trop inquiet. Il faisait près de quatre vingt dix pour cent de ses ventes à l'étranger, pourquoi cela ne fonctionnait-il plus en Afrique ? Il n'y avait pourtant ni chute du dollar, ni événements particuliers qui puissent expliquer ce fait étrange.

Édouard faisait une tournée dans tous les pays de l'Est et il prenait pas mal de commandes, heureusement. Arnaud se dit qu'il fallait qu'il aille voir sur place ce qui clochait et vite ! Il prit la décision de partir immédiatement. Il fallait comprendre et surtout ne pas laisser la situation s'envenimer.

Il appela Charlotte qui était en train d'expliquer avec beaucoup de patience à une jeune femme comment ne pas faire d'erreur dans les tris.

— Vous voyez, ça c'est du coton, cela se sent au toucher… et cette chemise est en synthétique.

— Ben comment que je l'vois ?

— La texture est bien différente, vous ne le remarquez pas ?

— Peut-être ben.

Charlotte soupirait en essayant de garder son calme quand elle vit Arnaud arriver.

— On ne va pas pouvoir la mettre au tri, lui dit-elle en désignant la femme, il faut quelque chose de plus simple ou rien du tout.

— Oh non, il faut me garder, j'sais travailler, moi ! Je vas m'y faire.

— Tu la mets à la découpe, dit Arnaud d'un air soucieux.

— Non, excuse-moi, mais j'y ai le monde qu'il faut. Je lui donne encore trois jours pour faire preuve d'un peu de jugeote, sinon, cela va être difficile de la conserver et nous arrivons à la fin de la période d'essai… regarde le tri qu'elle a fait depuis trois heures ! Tout est mélangé, du craqué et du neuf… Ce n'est pourtant pas difficile de voir la différence entre la laine et la soie !… Il faut tout recommencer, cela fait perdre un temps énorme et c'est très énervant pour toute l'équipe… Non, il y a un problème d'inadaptation à ce genre de travail.

— Excuse-moi, je vais te laisser régler cette question toute seule comme tu sais si bien le faire, mais il faut que je te parle, lui dit-il avec un air tellement soucieux, qu'elle s'inquiéta immédiatement.

— Qu'est-ce qui se passe ?

— Suis-moi dans le bureau.

— Bon, Adèle, allez au tapis roulant et ouvrez les sacs plastique, sans rien trier, cela fera gagner du temps aux autres et vous ne ferez pas de bêtises, j'arrive dans cinq minutes.

Reniflant, traînant les pieds, la femme partit doucement vers le fond de l'atelier où arrivaient tous les sacs de vêtements.

Arnaud ferma la porte du bureau et se mit à tourner en rond dans la petite pièce.

— On perd tous nos clients d'Afrique, sans raison, plus de commande, rien ! Une baisse encore, je pourrais l'admettre, mais le black out complet, ça… !

— Il n'y a qu'en Afrique ? demanda Charlotte qui s'était assise, profitant de ces quelques instants pour se délasser les jambes car elle était debout toute la journée. Ailleurs, cela se passe bien ?

— Là où est Édouard, oui parfaitement, mais dans les lieux où cela commençait à fonctionner tout seul, ça capote, c'est incompréhensible… il… il faut que j'aille sur place voir ce qui se passe.

— Sur place ? En Afrique ? bredouilla Charlotte, mais… mais on se marie dans un mois !

— Il me suffira d'une semaine pour faire le tour et comprendre le problème pour relancer les commandes… Je ne peux pas laisser tomber, Charlotte, lui dit-il doucement.

Ils auraient voulu échanger davantage mais la présence de Christiane les en empêchait, d'autant plus qu'elle les regardait du coin de l'œil tout en faisant semblant d'être captivée par son écran.

Charlotte respira profondément et réussit à sourire.

— Et qui tiendra le gouvernail du bateau pendant que le capitaine et son second voyagent sur d'autres mers ? dit-elle en faisant une petite moue.

— Toi. Tu es la mieux placée, tu as tout le personnel bien en main, et Christiane connaît son travail. Je ne vais pas t'abandonner longtemps ne t'inquiète pas, mais c'est trop grave, c'est tout l'avenir de la société qui est en train de se jouer et il est hors de question de laisser la gangrène tout infester !... Il n'y a pas une seule journée à perdre en tergiversations et suppositions de toutes sortes... Christiane trouvez-moi un avion pour Libreville au plus tôt... appelez une agence de voyage, ou débrouillez-vous avec Internet, mais je veux partir dés ce soir.

— Oui Monsieur.

Arnaud réussit à joindre Édouard sur son téléphone.

— On a une grosse emmerde mon vieux. Tout se casse la figure en Afrique.

— Mais... Enfin... Qu'est-ce qui arrive ? répondit Édouard profondément intrigué.

— Si je le savais ! Bon, de ton côté comment cela se passe ?

— Impeccable ! Les gens sont ravis, ils ont des vêtements de qualité, quasiment neufs à des prix défiant toute concurrence ! C'est bon ce que tu fais !

— Ce que nous faisons, répliqua Arnaud en insistant sur le nous. Bien, écoute, je fais vite... je fonce là-bas pour y voir clair et relancer la machine.

— Tu ne veux pas que j'y aille ?

— Non, non, termine la tournée prévue là où tu es... Ce sera toujours ça de pris ! Je vais partir une semaine, dix jours maximum. Charlotte sait parfaitement gérer la boutique et Christiane se débrouille à peu près avec le secrétariat. De toutes les façons, on ne peut pas faire autrement.

— Bon courage... et tiens moi au courant, je termine par Vilnius et rentre au plus vite !

— D'accord merci, mais prends ton temps pour confirmer de bonnes commandes.

Arnaud raccrocha, tria quelques dossiers urgents qu'il voulait faire dans les jours prochains et passa plusieurs coups de fil.

— Voilà Monsieur, lui dit Christiane, vous avez un avion ce soir à 22 h 30 à Roissy, arrivée 5 h 15, heure locale. Le voyage dure six heures quarante cinq. Sinon, il y en a un autre qui part dans la journée de demain, mais fait escale à Casablanca. C'est plus long et plus cher.

— Téléphonez pour voir s'il y a une place dans celui de ce soir. Je gagne une nuit de cette façon et je serai à pied d'œuvre dès demain matin. Pour l'hôtel, réservez une chambre à l'Atlantique, c'est un quatre étoiles mais pas plus cher qu'un deux étoiles à Paris. Autant en profiter.

Une demi-heure plus tard tout était organisé. Il y avait encore de la place dans l'avion, une chance !

Il quitta l'entreprise rapidement pour préparer quelques bagages.

— Tu as besoin de beaucoup de choses ? lui demanda Charlotte qui était rentrée avec lui.

— Oh non, la température moyenne là-bas est de 30° mais il y a un sacré taux d'humidité, Libreville est au niveau de l'équateur. J'ai mon carnet de vaccination à jour, et il me reste une réserve de médicaments contre le paludisme. C'est parfait.

— Cela va te changer de l'hiver local… au fond, ce devrait être nos vacances, soupira-t-elle.

Arnaud arrêta un instant de préparer ses affaires et la prit dans ses bras.

— Je te promets de t'offrir quelques jours de vrai bonheur, dans un pays où je n'ai aucun client !

— Et tel que je commence à te connaître, tu en auras dix en partant ! répondit-elle en riant. Allez ne t'inquiète pas pour moi, je comprends tes soucis. Mais si tu le veux bien, je te conduis à Roissy, tu en profiteras pour travailler dans la voiture si tu le veux et puis on sera encore un peu ensemble.

— Cela te fait une longue route !

— J'en ai envie, lui dit-elle en l'embrassant. Je t'aime !

— Tu es adorable !

— N'oublie pas un maillot de bain, je suppose que tu as la mer et la piscine là-bas.

— Tu supposes bien, le paradis sur terre ! Je t'y emmènerai un jour.

Bien qu'il n'eût jamais voulu l'admettre, Arnaud était heureux de ce départ précipité dans une ambiance d'urgence décisionnelle qui lui rappelait tant de bons souvenirs de jeunesse. Cela ne lui déplaisait pas non plus de retrouver son amie la solitude, même si la présence permanente ou presque de Charlotte à ses côtés ne lui pesait pas le moins du monde.

Il dormit mal dans l'avion. L'impossibilité d'allonger totalement ses grandes jambes lui donnait des fourmillements, qui lui rappelaient d'horribles souvenirs ! Il se plongea alors dans ses dossiers, se remémorant les divers contacts qu'il connaissait de longue date et avec qui il avait pu traiter, qu'ils soient marchands de confection, de prêt-à-porter ou gérants de dépôt-vente.

S'il comprenait ce qui se passait à Libreville avec des gens en qui il avait pleinement confiance, il comprendrait aussi pourquoi toutes ses affaires s'écroulaient subitement en Afrique.

La nuit était encore glaciale quand l'avion atterrit sur le tarmac de Libreville.

En descendant, Arnaud ferma les yeux un instant, goûtant les retrouvailles avec l'odeur si particulière de la terre africaine. C'était une bouffée de bonheur au goût suave de fleurs et d'humus.

Dans la pénombre du matin, il frissonnait de fatigue en se dirigeant vers l'aérogare. Il avait hâte de se retrouver sous une bonne douche, de prendre un copieux petit-déjeuner et de foncer voir ses clients, sans même les prévenir de son arrivée.

Soudain le soleil déchira la nuit et le froid, éclaboussant de lumière la nature aux couleurs éclatantes.

« Comment puis-je réussir à vivre sans cette lumière ? », se demanda-t-il en respirant l'air doux et léger.

L'hôtel était calme et endormi quand il y arriva.

L'eau immobile de la grande piscine miroitait sous les palmiers. À faible distance, la mer aux sombres couleurs vertes s'éveillait à peine sous la caresse soyeuse du soleil.

43

Bien loin de ce cadre idyllique de cartes postales pour touristes en goguette, Édouard frissonnait depuis plusieurs jours en parcourant les rues verglacées de Vilnius en Lituanie.

Le fait que ce pays se soit libéré du joug communiste quinze ans plus tôt et qu'il soit maintenant entré dans l'Union européenne ouvrait d'extraordinaires perspectives de marchés à tous ceux qui avaient l'intelligence de se placer au bon moment.

Comme toujours, Édouard avait voulu prendre le temps de sentir la ville et ses habitants. Il avait vite délaissé le centre moderne où les magasins de luxe étalaient la même marchandise qu'à Paris, se demandant d'ailleurs qui pouvait s'offrir de tels vêtements à un prix en total décalage avec le niveau de vie moyen des habitants.

Il avait emprunté un autobus électrique. La conductrice, une femme aux grosses godasses et au gabarit de chauffeur routier, avait affiché sa féminité à travers les décorations de passementerie qui égayaient son pare-brise. Édouard fut subjugué par le tableau de bord en tôle noire et aux gros compteurs antiques ronds qui voisinaient avec des clignotants faits de capsules de Coca-cola et de Fanta !

Il réussit avec difficulté à faire un trou dans son ticket en l'écrasant dans une vieille poinçonneuse de métal rouge.

Le bus glissait sans bruit. Les gens papotaient dans un langage incompréhensible pour Édouard, le lituanien ne ressemblant à aucune autre langue. Des femmes âgées, le fichu sur la tête semblaient être l'incarnation des photos de vieilles Russes usées par les travaux et la misère. À côté d'elles, des jeunes filles en pantalon et anorak affichaient une certaine modernité. Édouard les observait discrètement, sentant une méfiance vis-à-vis de l'étranger qu'il paraissait être.

Il détourna le regard. Le bus s'engageait sur un large pont enjambant le fleuve Neris. À l'entrée et à la sortie du pont, semblant narguer les immeubles modernes, quatre immenses statues soviétiques lançaient au ciel leurs cris de paix et de guerre, clamant la joie de travailler en usine ou aux champs. Attenantes à l'avenue principale Gedimino, des ruelles laissaient apercevoir des datchas de bois dont les habitants s'abritaient du froid derrière des doubles fenêtres.

En descendant du bus, une vieille femme glissa sur le verglas et tomba devant Édouard. Il se précipita pour l'aider à se relever et lui demanda en anglais si elle n'était pas blessée. Elle eut pour lui un regard de profond étonnement puis de crainte et repoussant brutalement son bras, elle partit dans une démarche boitillante particulièrement instable.

« On m'avait prévenu que les gens étaient méfiants ici, mais elle aurait pu au moins m'offrir un sourire de remerciement ! », se dit-il.

Il décida de continuer son étude de terrain en faisant des courses de base. Il prit quelques litas au distributeur de billets de banque et, après une bonne demi-heure de marche vers les quartiers plus pauvres de la ville, il entra dans une sorte de petite supérette. Il y trouva peu de choses qui puissent le mettre en appétit sauf… de la confiture, du jambon et du Nescafé… français ! Il repéra cependant les produits du terroir, comme le saucisson et le porc fumé et acheta de la bière et un petit pain de seigle noir devant le regard soupçonneux du marchand qui se demandait ce qu'il faisait à détailler son étal avec autant d'attention !

Enfin il se promena dans un marché, subjugué par les vieilles femmes qui vendaient gants et chaussettes de laine qu'elles tricotaient de leurs gros doigts gercés par le froid.

En quelques heures, Édouard s'était imprégné d'une infime parcelle de la mentalité lituanienne, émerveillé de sentir un pays se secouer du joug communiste pour s'ouvrir à toutes les libertés occidentales, tout en étant profondément imprégné d'une culture riche et solide, celle de gens ayant eu l'habitude de se battre pour leur sauvegarde quotidienne. Ils découvraient cependant que leur nouvelle liberté était maintenant tissée de multiples contraintes, quand plus personne ne décide à votre place. Même la nature âpre et sauvage, belle et mystérieuse à la fois, semblait faire partie intégrante de la personnalité de chaque habitant du pays.

Il sentait qu'il pouvait trouver d'énormes marchés en ce lieu si curieusement attrayant et en était ravi.

Il fallait cependant qu'il trouve les bons interlocuteurs, sachant pertinemment qu'il ne réussirait à faire des affaires qu'en pouvant avoir une pleine et entière confiance en une personne du pays qui l'aiderait à discerner les très nombreux pièges à éviter et les coutumes à respecter.

Il adorait vraiment ce genre de boulot.

44

Charlotte s'était couchée à trois heures du matin, trouvant difficilement le sommeil malgré la fatigue de la route.

Elle aimait Arnaud, de toutes les fibres de son cœur et de son corps. Autant elle s'était sentie écrasée, utilisée, méprisée par son ex-mari, autant elle découvrait maintenant une étonnante ouverture à la vie. Pourtant elle travaillait énormément, avait un salaire très moyen pour un boulot que plus d'une femme aurait estimé très dévalorisant. C'était tout ce qu'elle avait pu trouver dans un moment de déprime énorme, sans un sou devant elle. Et puis elle s'était attachée à cet esprit d'entreprise assez étonnant, à ces autres femmes qu'elle avait formées et dont elle était devenue naturellement le chef incontesté. Toutes avaient confiance en elle car elles savaient que Charlotte n'hésitait pas à mettre la main à la pâte tout en ayant la délicatesse de reconnaître les talents de chacune d'entre elles.

Comme tous les matins, elle arriva à huit heures pour le démarrage de l'activité. Il y avait maintenant vingt employés et deux hommes venaient de rejoindre l'équipe. Ils s'occupaient principalement de la fabrication des gros ballots compactés et des envois.

— Bonjour Jacqueline, comment va ?
— Bien, pas de problème.

— Et ton mari ?

— Toujours pas de boulot, alors il boit en passant sa journée devant la télé, dit-elle en haussant les épaules. C'est comme ça, on fait avec.

— Il cherche tout de même ?

— Il n'en a plus le courage, à force d'être rejeté.

— S'il se laisse aller ce sera encore pire que tout.

— Je sais, répondit la femme en se frottant le front du revers de la main, mais c'est un feignant. Il a jamais aimé se lever tôt le matin pour bosser, jamais aimé obéir à un patron, alors il a toujours bricolé par ci par là, en touchant des allocations et puis il fait un peu de noir.

— Et tes enfants ?

— Ils tiennent de leur mère, heureusement. Ils travaillent bien à l'école, j'en suis fière !

— Dis Jacqueline, je voudrais te demander un conseil, pour Adèle. Tu l'as vu faire le tri, ce qui est catastrophique et puis ouvrir les sacs hier, qu'est-ce que tu en penses ?

— C'est pas qu'elle est bête, elle est feignante comme mon homme. Elle fera pas un geste plus vite qu'un autre ! Elle s'arrête, se plaint tout le temps, file aux toilettes tous les quarts d'heure… On peut pas travailler avec elle, elle nous casse le moral. Tu vois Fabienne et bien elle, elle en a des problèmes de santé, elle a le dos en bouillie et puis t'as vu ses jambes ? Des varices énormes ! Elle dit rien, elle bosse, elle chante, elle est gaie comme un pinson toute la journée. Adèle, elle démoraliserait un régiment de chasseurs alpins !

— Pourquoi de chasseurs alpins ? répliqua Charlotte en riant.

Jacqueline rit aussi.

— J'ai vu un reportage sur eux à la télé hier !

— Ah bon !… Merci pour ton avis Jacqueline, à tout à l'heure.

Charlotte fit le tour de tout le monde, salua les uns, discuta un peu avec d'autres, ramassa des vêtements tombés à côté de certains sacs… comme elle repéra tous les petits trucs défaillants ou non, depuis le grippage d'une machine, jusqu'aux cris d'émerveillement devant un lot de magnifiques vêtements neufs, arrivés dans un sac poubelle.

Adèle se dandinait, mal à l'aise sur sa chaise. Devant elle, Charlotte était bien ennuyée. C'était la première fois qu'elle se trouvait dans une telle situation : devoir signifier à quelqu'un qu'il était impossible de le garder.

Elle étudiait une fois de plus le CV d'Adèle qui, à trente-cinq ans, semblait déjà avoir une belle expérience. Un CV qui ne correspondait pas du tout à son personnage.

— Qu'est-ce que vous voulez faire ? lui demanda Charlotte. Nous avons essayé de vous aider à travailler correctement, mais on a l'impression que vous vous en foutez complètement.

— Ben non, j'm'en fous pas, j'fais ce que j'peux. Et puis, je dois nourrir mes enfants, vu que j'suis seule. Il est parti avec une autre le salaud.

— Et vous avez… cinq enfants, répondit Charlotte, en soupirant, l'œil sur la fiche. (« Pauvres gosses », se dit-elle intérieurement.) Le problème, Adèle, c'est que vous faites partie d'une équipe, ici il n'y a pas de place pour les paresseux. Les autres filles doivent réparer tout le boulot que vous faites mal, quand vous le faites et vous râlez tout le temps. Plusieurs fois j'ai essayé de vous mettre en garde, mais vraiment maintenant, on ne peut plus vous garder.

— Vous pouvez pas faire ça, qu'est-ce que je vais devenir, moi ? répliqua la femme en se triturant les mains.

— Je ne sais pas Adèle ! Notre entreprise doit fonctionner pour pouvoir payer les salaires de tous ceux qui travaillent vraiment. Vous trouvez que c'est normal d'être payé à ne rien faire tout en empêchant les autres de bien bosser ? Vous ne voulez pas faire d'effort, cela vous embête, avouez-le ! dit Charlotte qui commençait à perdre patience.

— Vous avez pas le droit de me mettre dehors… et puis j'ai un copain qui est au syndicat, il va me défendre, lui… et puis vous devez me laisser le temps de me former.

Charlotte se rendit compte soudain qu'elle ne pouvait rien faire sans la signature d'Arnaud. Elle regarda une fois de plus la femme qui était devant elle, le profil même à leur attirer des ennuis !

— Dites-moi, Adèle, lui dit-elle en se penchant vers elle, vos expériences professionnelles c'est de la pure invention, n'est-ce pas ?

— Qu'est-ce que ça peut faire ! C'était à vous de le vérifier ! C'est de votre responsabilité d'employeur d'y faire attention, dit-elle avec un sourire narquois, fière de se souvenir de la phrase apprise par cœur.

Énervée, Charlotte lui dit de quitter le bureau et de se remettre à ouvrir les sacs. Elle téléphona immédiatement à l'expert-comptable pour connaître les démarches précises à faire devant l'urgence du problème.

Il fallait qu'elle se débrouille toute seule et ne voulait en informer Arnaud que d'une façon précise, avec la solution toute prête.

L'expert-comptable lui indiqua le service juridique d'un syndicat patronal.

45

Le soleil s'était caché derrière de gros nuages noirs et épais. L'humidité rendait la chaleur encore plus difficilement supportable.

La chemise collée par la transpiration, Arnaud était arrivé dans un quartier populaire de Libreville, là où il avait fait de nombreuses affaires avec des grossistes en textile.

Des gosses aux tee-shirts déchirés, couraient pieds nus sur le sol poussiéreux, jonché de pierres et de détritus.

Du pas du touriste heureux de sa balade, il entra chez Gaston, un homme d'une cinquantaine d'années, qui en paraissaient vingt de plus.

— Bonjour Gaston, lui dit-il avec un large sourire, quelle joie de te revoir mon ami !

— Arnaud ! Pourquoi tu ne m'as pas prévenu de ton arrivée ? On aurait fait la fête ! Comment vas-tu ? Tu travailles ou tu es en vacances comme tant de Français qui viennent ici ?

— Ah… Tu sais que je ne m'arrête jamais, lui répondit Arnaud tout en se promenant au milieu de l'entrepôt où des piles de vêtements attendaient d'être vendus. J'ai été heureux de travailler avec toi. Des bons produits n'est-ce pas ?

— Euh, oui… oui… Quand es-tu arrivé ?

L'homme sembla soudain très mal à l'aise.

— Viens chez moi, ma femme sera heureuse de te revoir et on partagera le repas.

Arnaud secoua la tête.

— Merci Gaston, mais… je suis venu voir pourquoi tu n'as plus de client pour mes vêtements.

— Si… si…

Arnaud remuait des piles, ouvrait des sacs.

— Qu'est-ce que tu fais ? demanda l'homme.

— Je regarde, j'observe, j'admire… Tiens, qu'est-ce que c'est ? dit-il en sortant de nombreuses chemises d'hommes arborant une grande marque de luxe. Ouah ! la classe ! Made in China, n'est-ce pas ? Bravo Gaston, tu fais dans l'illégal maintenant ! Moi qui te croyais un frère !

— Tu es mon frère ! Je te jure, répondit l'homme de plus en plus mal à l'aise.

Arnaud s'essuya le front dégoulinant de sueur. Il faisait particulièrement chaud dans l'entrepôt et c'était quasiment irrespirable malgré un gros ventilateur qui grinçait en tournant.

— Tu sais, les gens ici, ceux qui vivent en ville, aiment de plus en plus les marques… on m'en a proposées… les mêmes produits que ce que tu me fournissais mais en mieux.

— En mieux, tu crois ? Regarde, dit Arnaud en prenant une chemise. C'est une contrefaçon tellement mal faite, que le tissu va lâcher en quelques jours et les boutons ne tiennent même pas.

— Tu sais, mon ami, ici au Gabon, on vit beaucoup moins longtemps que chez vous en France, cinquante-cinq ans au plus… alors les vêtements qui durent des années…

— Tu sais que tu risques gros à ce jeu ?

L'homme sourit.

— Oh non, je ne crois pas, continua-t-il d'un ton calme et avec un grand sourire. Il y a tant de corruption chez mes amis les douaniers ! Et puis ils sont sans formation, incapables de repérer les contrefaçons.

— Tu as entendu parler de la création de brigades spécialisées ? Eh bien, récemment, un marchand comme toi a eu affaire à eux et s'en est sérieusement mordu les doigts. Mais enfin… tu fais ce que tu veux… si tu as envie de tout perdre… et de connaître le plaisir de la prison.

— Qu'est-ce que tu souhaites me dire, exactement ?

Arnaud pointa sur la poitrine du pauvre homme un doigt accusateur.

— Pourquoi m'as-tu trahi Gaston ? C'est ça que je veux savoir. Pourquoi tu ne me passes plus aucune commande ? Mes produits sont bons, tu le sais, pas chers, modernes. Quand je le peux, je te rajoute même des bonnes chaussures dans les colis. Avec tout ça tu peux habiller des tas de gens même ceux de la brousse, et avec des choses dignes… au lieu de trucs mal foutus que tu leur vends aussi cher ! D'où ça vient toutes ces fringues ?

— Te fâche pas ! Pas toi Arnaud, je t'aime bien tu sais.

— Moi aussi Gaston, je t'aime bien, c'est pourquoi je suis venu chez toi en premier.

— Viens à la maison, lui dit de nouveau l'homme qui sembla soudain s'affaisser sur lui-même. Viens. S'il te plaît.

Arnaud accepta cette fois et suivit Gaston jusqu'à son habitation relativement luxueuse parmi les autres bâtiments qui l'entouraient. Une jeune fille les accueillit. Elle était rayonnante dans une magnifique robe longue aux grosses fleurs rouges et jaunes, mise en valeur par sa peau sombre. Arnaud la dévisagea un instant.

— Mais… mais tu es ?

— Marie-Angèle, répondit-elle en souriant, tu ne me reconnais pas ?

— Marie-Angèle ! Mais la dernière fois que je t'ai vue tu étais une toute petite fille !

— Pas si petite que ça ! lui dit-elle en riant.

— Tu es… magnifique ! Gaston, ta fille est un trésor ! La plus belle fleur de tout le Gabon !

— Tu as raison, elle est belle, intelligente. Elle fait des études à l'université tu sais, elle veut être médecin.

— Bravo, répondit Arnaud.

— J'espère pouvoir aller en France, dit-elle, pour apprendre plus de choses, bien que ce soit très coûteux.

— Pourquoi la médecine ?

— Le pays est malade, comme toute l'Afrique, répondit Marie-Angèle, le sida, le choléra, la fièvre jaune, le paludisme… et puis des avortements faits n'importe comment, des accouchements qui se passent mal et une mortalité maternelle et infantile effrayante. Nous manquons de moyens et surtout de soignants qui comprennent bien la mentalité de toutes nos ethnies.

— Je te félicite, sincèrement. Et si tu viens en France, dis-le moi, je pourrais t'aider. Je te le promets.

— Merci.

Gaston semblait de plus en plus mal à l'aise.

— Tu es bon Arnaud, c'est vrai que j'ai toujours été content de travailler avec toi. Tu es honnête, tu me donnes de la bonne marchandise. Il faut… que je t'avoue quelque chose.

Clarisse, la femme de Gaston arriva à ce moment-là. Elle était l'image même de la Mamma africaine, précédée d'une énorme poitrine et vêtue d'un boubou coloré. Elle embrassa Arnaud sur les deux joues avec une joie évidente.

— Reste partager notre repas, dit-elle. Assieds-toi, qu'est-ce qui te ferait plaisir ?

— Ah Clarisse, lui répondit Arnaud en salivant d'avance, un gari aux crevettes, je n'en ai jamais mangé d'aussi bon que chez toi.

— Oh... toi... tu sais prendre ma femme par le bon bout, dit Gaston en riant, soudainement détendu. C'est la reine du gari, elle prend la meilleure farine de manioc, les crevettes les plus grosses, avec des tomates aussi rouges que le soleil couchant, des petits oignons, hum...

— Et elle n'oublie pas le piment ! dit Arnaud en riant, Clarisse, j'arriverais de France rien que pour ton gari !

Riant de bonheur, la femme partit vers sa cuisine tandis que Gaston entraînait Arnaud sous l'ombrage d'un bougainvillée. Il lui servit une bière fraîche. Arnaud respirait à fond et se détendait enfin. Il avait l'impression que toute la tension qui crispait ses muscles depuis vingt-quatre heures était en train de s'évanouir au soleil de l'Afrique, en ce lieu où le temps semble ne plus compter, où les valeurs changent de perspective. Il regardait la jolie Marie-Angèle mettre la table sous la pergola à l'ombre des feuillages de passiflores.

Gaston semblait toujours aussi malheureux.

— Alors, lui dit Arnaud en le regardant avec sympathie, qu'as-tu à m'avouer de si difficile ?

— Tu ne m'en voudras pas ?

— Comment le pourrais-je quand je vois ton hospitalité, celle de ta femme et de ta fille ?

— Elle est le résultat d'une amitié sincère, tu le sais.

— Je le sais.

— Bien... euh... voilà... il y a deux mois, j'ai eu la visite d'un homme qui m'a proposé des vêtements, comme les tiens mais neufs, et un peu moins chers. Je lui ai dit que je ne voulais pas changer de fournisseur, que tes produits me plaisaient, que je faisais de bonnes affaires grâce à toi... j'ai besoin d'argent... J'ai six enfants après Marie-Angèle, tu vas les voir, ils vont revenir de l'école.

— Alors ?

— J'ai eu une impression bizarre. Il te connaissait bien et surtout, il savait précisément ce que j'avais acheté chez toi… Il m'a dit que tu allais arrêter ton activité, que je me retrouverai sans rien… il m'a dit aussi que c'était toi qui lui avais demandé de reprendre tes clients.

— Mais… mais comment a-t-il pu prouver de tels mensonges ?

— Oh très simplement en me montrant le double des factures de Récup'Text, que l'on avait faites ensemble. Je l'ai cru, tu comprends, pourquoi, je n'aurais pas eu confiance en lui, puisqu'il travaillait avec toi ? Enfin, apparemment.

Arnaud se frotta les tempes et essaya de respirer à fond pour se détendre et éviter que la colère n'éclate contre ce pauvre Gaston, bien innocent dans l'histoire…

— Donne-moi encore un peu de ton excellente bière, lui dit-il, j'ai besoin d'un remontant.

— Tu sais qui est cet homme ? demanda Gaston un peu soulagé qu'aucune tempête n'éclate.

— Décris-le moi.

— Petit, gros, le teint jaune.

— Alcibiade !

— C'est ce nom-là en effet, je ne m'en souvenais plus.

— Le salaud… le salaud ! murmurait Arnaud, indigné.

— Mais… comment s'y est-il pris ? Je t'assure que les papiers qu'il m'a montrés, venaient bien de chez toi !

— Je ne sais pas… je ne sais vraiment pas comment il a pu faire cela…

Il se leva brutalement et se mit à marcher nerveusement dans le petit jardin aux mille fleurs.

— Peu importe pour l'instant de connaître la façon avec laquelle il a pu avoir accès à mes dossiers, une chose est sûre : ce qu'il a fait avec toi, il l'a fait avec d'autres, c'est pourquoi j'ai perdu tous mes clients ici en Afrique. Ce type est un escroc de la pire espèce, remarquablement intelligent et sournois, mais c'est aussi un criminel, il n'hésite pas à martyriser les gens qui ne le suivent pas.

— Je… oui… ça c'est vrai, il m'a dit que si je ne faisais pas affaire avec lui, il arriverait quelque chose à mon magasin « par hasard ». L'homme qui l'accompagnait, avait un regard si mauvais que j'ai eu peur… Je ne peux pas me permettre de tout perdre, tu le comprends ?

Arnaud se rassit.

— Je comprends, Gaston, tu n'es pour rien dans tout cela, c'est à moi de me débrouiller. Mais quel bandit, bon sang ! c'est incroyable.

Le gari servi avec un vin blanc bien frais était si bon qu'Arnaud oublia un court instant tous ses tracas. Les gosses de Clarisse et de Gaston couraient dans tous les sens en riant, il les regardait en souriant.

— Ils sont beaux tes enfants, Clarisse.

— Et toi tu en as combien ? demanda-t-elle.

— Aucun.

— Aucun ? Mais tu dois être très malheureux ! Comment un homme peut-il vivre sans enfants ? s'exclama-t-elle profondément effrayée. C'est une chose horrible que de ne point avoir de descendance, seule vraie richesse dans une vie humaine.

— Je crois que j'en ai très envie maintenant, je suis encore jeune tout de même et il fallait d'abord que je trouve la femme qui puisse être la meilleure des mères !

— Et tu l'as trouvée ?

— Oui. Nous nous marions dans un mois. Elle s'appelle Charlotte.

— Oh, c'est magnifique, dit Gaston en tapant dans les mains, Clarisse, donne du champagne ! Pour mon ami. Les enfants, venez faire la fête, Arnaud va se marier !

La chaleur, la bière, le vin blanc, puis le champagne eurent raison de la résistance d'Arnaud qui s'endormit comme un bienheureux sous l'ombre des passiflores pourpres, à côté de Gaston qui n'aurait pour rien au monde manqué sa sieste !

Quand il se réveilla deux heures plus tard, honteux de s'être ainsi laissé envahir par le sommeil, il mit un certain temps à réaliser où il se trouvait, jusqu'à ce qu'il voie le visage jovial de Clarisse qui l'observait comme une mère poule.

— Tu étais bien fatigué, dit-elle gentiment. Es-tu reposé maintenant ?

— Oui, oui, merci Clarisse, je suis confus. Où est Gaston ?

— Il est reparti travailler. J'ai entendu votre conversation, je sais que tu es dans la difficulté, car l'homme qui est venu voir mon mari est mauvais. Dieu lui vienne en aide ! Il fait peur, car il ne reculera devant rien pour faire le mal. Même brûler tous nos biens. Je suis effrayée par tout cela Arnaud, très effrayée. Que doit faire Gaston ? Et les autres qui achetaient tes vêtements ?

— Je ne sais pas, Clarisse, je ne sais vraiment pas. Je peux laisser tomber tous ces marchés que j'ai mis en place depuis tant d'années et essayer d'en ouvrir d'autres. Mais cela va prendre combien de temps ? J'ai une entreprise maintenant en France. J'ai une vingtaine d'employés.

— Oh ! dit-elle les yeux agrandis d'émerveillement, c'est bien !

— C'est bien oui, mais cet Alcibiade risque de tout faire capoter, tout… Il faut que je trouve sa faiblesse… et vite !

Il s'était levé et s'apprêtait à partir.

— Tu remercieras Gaston pour son accueil, pour sa franchise, et toi tu me donnes le goût de revenir ici avec ma femme ! dit-il en l'embrassant sur les deux joues.

— Prends soin de toi, d'elle, pour tous les petits que vous aurez. Et que Dieu te bénisse, dit-elle en lui traçant une croix sur le front comme elle le faisait chaque soir pour tous ses enfants. Que vas-tu faire maintenant ?

— Réfléchir calmement... surtout réfléchir... Au revoir Clarisse.

46

De retour à l'hôtel, Arnaud mit son maillot de bain et nagea un long moment dans la piscine peu fréquentée par les touristes à cette heure-là. L'eau lui fit du bien et chaque mouvement le délassait tout en lui permettant de réfléchir.

Tous ses clients avaient dû être retrouvés par Alcibiade. Mais comment avait-il fait ?

Le seul moment possible où il avait pu avoir accès à ses dossiers, était le jour où il était venu à Récup'Tex. Mais Christiane était là, elle ne l'aurait pas laissé fouiner dans ses papiers !

Après avoir nagé plus d'une heure, il se sentit mieux et l'esprit plus opérationnel. Il s'enferma dans sa chambre d'hôtel et reprit sa liste de clients. Il était trop tard pour les voir aujourd'hui. Il décida de louer une voiture pour le lendemain pour poursuivre son enquête.

Il envoya un mail à Édouard lui expliquant sa rencontre avec Gaston. Celui-ci lui répondit dans la foulée.

« *J'ai bougrement envie de le flinguer ce type, cet Alcibiade ! Le problème c'est qu'il a en main les cartes, car il joue sur la trouille des gens qui au fond s'en foutent d'avoir des produits venant de toi ou de la contrefaçon, du moment que cela se vend!* »

« *Pas forcément* – répondit Arnaud en pianotant sur le clavier de son ordinateur – *mais je n'admets pas ce jeu d'escroc et je trouverai une solution pour y mettre fin.* »

« *Dis-moi comment tu vas t'y prendre, parce qu'à moins de l'envoyer voir Satan dans l'au delà, il sera toujours aussi nuisible sur terre!* »

« *Calme-toi, je vais réfléchir… comment cela se passe à Vilnius?* »

« *Super, un pays incroyablement attachant malgré le froid de canard. Les gens t'offrent leur confiance une fois qu'ils ont compris que tu ne voulais pas les rouler – c'est le plus difficile, ils en ont tant vu avec le régime communiste qu'ils suspectent tout le monde spontanément de vouloir les manipuler – incroyable – mais bon, le produit plaît et je signe des commandes!* »

« *Bravo! Quand penses-tu rentrer?* »

« *Trois jours et toi?* »

« *Je ne sais pas, la situation est vraiment complexe… Il faudrait essayer de repérer ce salaud.* »

« *Et tu en fais quoi après?* »

« *???* »

« *Efficace!* »

« *Je te tiens au courant… bonne nuit!* »

« *Bonne nuit… Ici il fait moins 15° et chez toi?* »

« *Plus 29° à peu près, mais c'est triste, il y a quelques nuages ce soir!* »

« *Sans commentaire!* »

Arnaud termina les échanges mail en souriant, cette amitié avec Édouard était extraordinaire, sa réaction de violence l'inquiéta cependant. En cognant un peu Alcibiade, il comprendrait qu'il avait tort de jouer ainsi avec eux, mais Arnaud refusait absolument d'entrer dans ce jeu de voyou. Il devait être plus fort parce que plus astucieux! C'est tout!

Il téléphona à Charlotte, évitant de lui dire ce qu'il avait découvert, estimant qu'il ne servait à rien de l'inquiéter. Elle-même ne lui parla pas des soucis qu'elle avait avec Adèle, ayant rendez-vous le lendemain matin avec un juriste dont la consultation était gratuite car son cabinet était en partenariat avec l'association dont Arnaud était lauréat.

Au beau milieu de la nuit, Arnaud se réveilla en sursaut, il avait trouvé ce qu'il devait faire ! Alcibiade ne s'en remettrait pas !

Trépignant d'impatience, il eut un mal fou à se rendormir et dès l'aube il parcourait la plage à grands pas pour essayer de se calmer en attendant que le monde veuille bien ouvrir les yeux !

Enfin il put téléphoner au Service français de coopération technique internationale de police et expliqua ce que faisait Alcibiade.

— À votre avis par où transite-t-il ? lui demanda-t-on.

— Dubaï, répondit Arnaud, il est souvent fourré par là.

— Effectivement, c'est un lieu habituel. Bien, nous allons voir ce qu'il est possible de faire en accord avec la police et la douane gabonaises. Mais l'enquête peut être longue, ces types-là sont particulièrement prudents. Ah, une précision, savez-vous à qui il revend ?

— Vous comprendrez que je ne puis vous le révéler, les commerçants sont sous la menace d'un chantage.

— Évidemment, c'est logique, le tableau complet ! Merci Monsieur.

Après coup, Arnaud se dit qu'il jouait un jeu très délicat, car il ne voulait pas nuire à des braves gens comme Gaston. Il avait bien expliqué la situation au fonctionnaire mais, comment allaient être faites les transmissions. Cela, il n'en savait rien !

Pendant deux jours, au volant d'un gros 4 × 4, il parcourut la région allant à Franceville, Koulamoutou, Labaréné, Makokou… partout, il découvrait la même situation, Alcibiade y était passé avant lui, détruisant son fond de commerce et laissant une traînée de frayeur dans son sillage.

Que pouvait-il faire pour l'instant ? Strictement rien. Il décida de rentrer en France en passant dire au revoir à Gaston et à Clarisse.

— Tu as fini ton enquête ? lui demanda Gaston.

— Oui, tout le monde est dans ton cas.

— C'est horrible, cet homme est aussi nuisible qu'un serpent venimeux.

Ils se quittèrent tristes et désemparés.

47

Le ciel d'hiver parut encore plus bas et lugubre à Arnaud quand le TGV sortit de la gare de Roissy. Il était fatigué, mécontent de lui et surtout profondément vexé d'avoir été ainsi manipulé par Alcibiade. Décidément, cet homme se mettait toujours sur son chemin depuis l'affaire des rideaux de Riyad. Il fallait en finir de façon définitive. Mais il ne pouvait ni se transformer en assassin ni lui envoyer des tueurs. Ah, si Alcibiade mourrait subitement, emporté par une crise cardiaque ou une congestion, une mort naturelle qui arrangerait tant de monde. Mais c'est le genre de choses qui n'arrive jamais, évidemment !

Charlotte l'attendait à la gare. Ils se précipitèrent dans les bras l'un de l'autre sans se soucier des voyageurs qui les dévisageaient.

Arnaud la trouva adorable dans son petit anorak cintré dont la capuche auréolait son visage.

Durant le trajet assez court, il lui expliqua tout ce qu'il avait découvert, elle écoutait, ahurie que de telles choses puissent exister dans la réalité.

— Ce type doit être assez sournois et malin, pour qu'on ne puisse remonter jusqu'à lui, même si sa marchandise est repérée, dit-elle.

— La partie n'est pas facile, c'est vrai et je vais avoir besoin de bons conseils juridiques.

— Ah, j'ai ce qu'il te faut. Parce que moi aussi j'ai eu quelques soucis, avec Adèle. Un retors cette femme ! J'ai demandé conseil au service juridique qui est en partenariat avec ton association de créateurs d'entreprise, car je craignais que son contrat de travail nous joue des tours. Mais c'était bien bordé de ce côté et tu arrives à temps pour signer tous les papiers et qu'on la mette dehors, sans état d'âme !

— Oh ! Je te croyais plus humaine !

— Je pense que je le suis en faisant tout pour aider les gens à avoir du boulot et à le garder, mais pas vis-à-vis de ceux qui ne foutent rien en imaginant que l'entreprise est une vache à lait et en abîmant le travail de toute une équipe !

Arnaud la regardait en souriant.

— Tu es adorable quand tu te fâches !... Il est déjà tard, dit-il en regardant sa montre, j'aurais voulu passer au bureau ce soir, mais je suis crevé, j'irai très tôt demain matin.

— Heureusement, car j'ai prévu un bon petit dîner au coin du feu !

La cheminée irradiait une douce chaleur. Ils étaient assis par terre sur le tapis, appuyés l'un contre l'autre.

— Tu connais l'Afrique ? demanda Arnaud.

— Pas du tout.

— C'est un autre monde, dans tous les sens du terme. En dehors du climat, de la végétation ou de la faune inimaginable chez nous, en dehors de la culture et des coutumes, ce sont surtout les relations humaines qui sont étonnantes. Elles sont primordiales chez eux. Les amis comme la famille, sont choses sacrées. Tu aurais vu l'ahurissement de la brave Clarisse quand elle a su que je n'avais pas encore d'enfant, c'était pour elle un véritable malheur, comme si Dieu m'avait oublié ! Par contre, quand je leur ai parlé de toi, ils ont ouvert le champagne !

— C'est vrai ?
— Oh… mais… j'oubliai un truc important !
— Quoi donc ? demanda-t-elle étonnée du regard rieur d'Arnaud.
— Attends.

Il gigota pour prendre quelque chose dans sa poche. Il en sortit un petit paquet chiffonné par le voyage et, pliant sa grande carcasse, il se mit à genou devant Charlotte.

Sans rien dire, il lui tendit le paquet. Elle l'ouvrit avec émotion et découvrit, nichée dans un écrin de velours bleu sombre, un gros diamant serti de rubis.
— C'est… c'est magnifique… c'est trop beau, bafouilla-t-elle. Oh chéri !
Elle l'embrassa avec fougue.
— Je savais que les femmes aimaient les bijoux, j'en ai la preuve, dit-il en riant.
— C'est plus qu'un bijou, dit-elle très émue, c'est un trésor.
— C'est toute la lumière de l'Afrique !

Il prit la bague et la lui enfila au doigt.
— Je ne sais pas trop comment le dire, mais… euh.
Il s'embrouillait, elle souriait, les yeux bordés de larmes.
— Charlotte acceptes-tu toujours de devenir ma femme ? Et… euh… pour faire plaisir à Clarisse, continua-t-il en riant pour détendre l'atmosphère, la mère de mes enfants ?

Elle eut toutes les difficultés du monde pour ne pas se mettre à pleurer.

Il se redressa et rit :
— C'est une bonne répétition pour le mariage, non ?

Ils dormirent peu mais ne ressentirent plus aucune fatigue en arrivant à Récup'Tex le lendemain matin. Le cœur léger, ils avaient emmagasiné l'énergie nécessaire pour faire face à tous les problèmes qui les attendaient.

Arnaud signa tout de suite les papiers pour ne pas poursuivre l'embauche d'Adèle qui arriva la bouche en cœur, avec un quart d'heure de retard.

Charlotte alla vers elle avant qu'elle ne retire son manteau.

— Vous pouvez partir, Adèle, nous ne pouvons pas vous garder. Malheureusement.

— Vous pouvez pas faire ça, je vais vous attaquer moi, c'est de la discrimination à l'embauche !

— Ah oui ? Et pourquoi ?

— Parce que vous me trouvez pas de votre monde ! De toutes les façons, dit-elle en grimaçant un sourire, je vais vous attaquer aux prud'hommes.

— C'est ça, mais nous n'avons rien à nous reprocher, nous ! Vous gâchez tout, Adèle. Il y a du boulot ici, pour beaucoup de personnes et tous, nous mettons la main à la pâte pour que l'entreprise fonctionne, parce que c'est ainsi que l'argent peut entrer et payer les salaires. C'est à cause de gens comme vous qu'on hésiterait à embaucher. Vous creusez votre propre chômage, c'est stupide de votre part ! Pendant des jours j'ai essayé de vous mettre dans le rythme du travail, vous ne voulez pas, vous refusez de faire le moindre effort mais vous voulez être payée ! Et ça, ce n'est pas possible !… Allez, au revoir et laissez-moi travailler !

La femme repartit en jetant un air mauvais à toutes les employées qui suivaient la scène avec intérêt.

— Bon débarras ! s'exclama Jacqueline, des bonnes femmes comme ça, elles foutent le bordel partout où elles passent et empêchent les honnêtes gens de travailler !

— Pas de commentaires, dit Charlotte d'un ton ferme. Ce n'est qu'une pauvre fille.

— Ouais, c'est une paresseuse et une voleuse aussi, elle a pris plein de vêtements pendant qu'elle était là, je l'ai vue, plusieurs fois. C'est pour ça qu'elle s'accrochait à rester là, tiens c'est pratique, elle a un salaire et s'en met plein les poches en revendant des fringues volées !

— C'est à moi de régler tout ça, OK ! reprit Charlotte fermement, allez au boulot !

Elle nota cependant les faits, prévoyant un dossier complet sur Adèle au cas où elle leur attirerait des ennuis avec les prud'hommes.

Arnaud passa un bon bout de temps à mettre son courrier à jour, à répondre à des dizaines de mails et à décrocher son téléphone sans cesse, bref à élaguer tout ce qui l'ennuyait profondément pour pouvoir se concentrer à fond sur le problème Alcibiade.

— Christiane, dit-il tout à coup en faisant sursauter la secrétaire, vous vous y connaissez en informatique ?

— Euh, normalement Monsieur.

— Peut-on réussir à voir si quelqu'un a piraté l'ordinateur ?

— Je n'en sais rien ! Pourquoi ?

— Vous vous souvenez de l'horrible type gras qui est venu ici il y a environ deux mois ? Auriez-vous remarqué quelque chose le lendemain en ouvrant votre ordinateur ?

— Euh non… c'est loin…

— C'est important Christiane, cet homme a réussi à retrouver le nom et les commandes de tous nos clients, toutes leurs références et de plus, il a en main les photocopies des factures. Je ne vois qu'une explication, il a profité de son passage ici pour faire ça.

— Mais comment ? Je n'ai pas quitté le bureau un seul instant pendant qu'il était là. Je m'en souviens bien maintenant… il a peut-être fait cela en revenant… la nuit par exemple ou à un autre moment… pourquoi pas ?

— La porte était fermée ?

— Oui… enfin, je ne sais plus.

Elle s'était arrêtée de travailler et appuyée sur le dossier de son fauteuil, elle réfléchissait.

— Vous savez que je suis bien ordonnée et que je prépare toujours mon travail pour le lendemain ? dit-elle.

— Oui, j'ai remarqué, je vous en félicite, répliqua Arnaud qui trouvait que toutes ses petites manies étaient franchement énervantes.

— Merci. Bon, le lendemain matin, je n'ai pas compris pourquoi toutes les feuilles que j'avais préparées dans la photocopieuse avaient disparu. Je me suis dit que vous étiez venu travailler la nuit et puis… oui, oui, je m'en souviens, c'est vrai ! Je me suis énervée sur l'ordinateur qui cafouillait. C'était bien la première fois. Là encore, j'ai pensé… euh… que c'était vous !

— Je n'ai aucune raison de tirer des tonnes de photocopies en pleine nuit ni de toucher votre ordinateur, répliqua Arnaud avec un soupçon d'impatience dans la voix. J'ai mon portable, de plus, je ne connais pas votre code d'accès.

— Mon… mon code d'accès ! Mais… euh… en fait je ne pensais pas que c'était important… Je n'en ai pas.

— Mais ce n'est pas vrai ! C'est pourtant la moindre des précautions ! Ce n'est plus la peine de chercher bien loin. Alcibiade a dû trouver un moyen pour entrer, je ne sais pas comment et il n'a eu aucune difficulté à consulter tous nos fichiers. Le mal est fait maintenant et cela importe peu de savoir comment il a pu pénétrer ici sans que l'on puisse s'en apercevoir.

Il était furieux, mais essayait de contenir sa colère.

— Cela ne sert à rien de pleurer, Christiane, vous avez fait une connerie alors il faut assumer ! Vous me bloquez votre système d'accès dare-dare et vous téléphonez à un serrurier pour changer toutes les serrures de la boutique !

Arnaud se disait qu'aucune enquête ne lui donnerait la solution pour qu'Alcibiade arrête de lui nuire. Les faits étaient là, implacables. Passer du temps à savoir comment il avait fait, ne résoudrait pas le problème des commandes… Même s'il réussissait à découvrir que ses fichiers avaient été piratés, ce type était hors de portée de toute contre-attaque et le mal était fait !

Il savait pertinemment que la perfidie et le chantage sont extrêmement difficiles à combattre.

Gaston lui avait envoyé un petit message pour lui dire que le jeune qui accompagnait Alcibiade faisait des tournées régulières, un peu partout en Afrique, grâce à un petit avion privé et, curieusement, un gros entrepôt de textile avait brûlé suite à son passage.

— Je ne capitulerai pas, dit-il en bougonnant à Charlotte. C'est non seulement une question de principe, mais c'est aussi la survie de l'entreprise. J'ai eu un coup de fil désagréable d'un banquier ce matin et tu vas voir, le second va s'y mettre aussi si je ne peux payer mes échéances. Bon sang, on m'a prévenu de m'attendre à tous les pépins possibles quand on crée une boîte, mais pas au coup de poignard dans le dos !

— Tu manges ?

— Excuse-moi mais je n'ai pas très faim.

Charlotte ne savait comment aborder la question de l'organisation du mariage bien que cela fût urgent maintenant. Tout était prévu à la mairie, la salle était retenue, le traiteur aussi, elle avait choisi une jolie robe toute simple, évitant la tenue de mariée qui lui rappelait trop de mauvais souvenirs, mais il y avait encore une multitude de détails à voir et Arnaud était à mille lieues de s'en soucier !

— Chéri, dit-elle timidement, pour le 12, il y a encore des choses à voir.

— Le 12 ? Qu'est-ce qu'il y a le 12 ? dit-il en fronçant les sourcils.

Elle soupira, mais réussit à sourire en secouant sa main gauche sous son nez.

— Tu vois ? Elle est magnifique cette bague… Eh bien tu m'as demandé quelque chose, j'ai dit oui et cela va se passer le 12 !

— Oh, je suis désolé… je replonge dans mes habitudes de célibataire… Euh… dis-moi… que faut-il faire ?

48

Rares sont ceux qui connaissent une vie aussi trépidante que celle d'Arnaud Mainvilliers. Leur quotidien s'avère parfois monotone, difficile et pesant sans aiguillon pour en stimuler le cours.

C'était le cas de Valérie qui revenait peu à peu à la vie tout en se sentant épuisée. Elle essaya vainement de suivre des cours de gymnastique, mais cala à la troisième séance, puis elle refit quelques tours à vélo, mais il lui fallait plusieurs heures pour récupérer. Son moral ne remontait guère après ces expériences malheureuses.

Elle prit rendez-vous avec les professeurs de Romain et ceux de Ludovic, entraîna ses fils à des concours de judo, pour l'aîné, et à refaire du poney, pour le plus jeune dont la jambe guérissait après plusieurs semaines de rééducation douloureuse. Elle décida de retirer Églantine du centre, estimant qu'elle était la mieux placée en tant que mère pour savoir ce dont sa fille avait besoin.

Bernard s'inquiétait de son teint blafard.

— Tu ne crois pas que tu en fais un peu trop ? lui demanda-t-il un soir, tu me sembles totalement épuisée.

— Oui, je le suis, j'essaie de me secouer, de ne pas passer mon temps au lit, ce qui d'ailleurs ne me repose pas plus. Je ne comprends pas ce que j'ai. J'ai eu un coup de déprime c'est vrai, mais je fais surface avec ma tête, c'est mon corps qui refuse de suivre… Je ne sens incapable de reprendre le travail !

— Les affaires vont bien maintenant, et si tu le souhaites, tu peux prendre une femme de ménage quelques heures par semaine, cela te soulagera.

— Oh oui, j'accepte volontiers ! dit-elle avec un petit sourire crispé.

Romain se passionnait de plus en plus pour le métier de son père, ravi de voir qu'il allait se mettre à fabriquer des voiliers beaucoup plus petits et plus maniables.

— Tu devrais les proposer pour des régates organisées par des étudiants, lui suggéra-t-il un jour, j'ai regardé sur Internet… euh… dans ton bureau, et rien que pour le travail, je te le jure ! Il y a plein de grandes écoles qui organisent des courses en mer, ce serait l'occasion de tester ton voilier, ce serait génial !

— C'est sans doute une excellente idée, il faut que j'en parle à Olivier. On ne peut pas tout faire et cela prend du temps de construire un bateau, même s'il n'est pas très gros. Pour te donner une idée, la fabrication d'un voilier de quarante pieds, c'est-à-dire de douze mètres, nécessite deux mille heures de travail.

— C'est énorme !

— Oui et non. Il y a une multitude de détails qui doit être parfaitement exécutée. Tu sais, Romain, le travail bien fait c'est très important, car cela satisfait tout le monde : l'ouvrier qui est fier de son boulot, le patron qui fait de belles ventes, le client qui est ravi.

— Oui, je sais… Et, euh… je pense à un truc, Papa, quand tu seras vieux et que tu voudras prendre ta retraite, qu'est-ce que tu vas faire de Cap Voile ?

— Je ne suis pas encore vieux et je n'y ai pas pensé. Sans doute revendre mes parts à Olivier qui est beaucoup plus jeune que moi.

— Alors tu perdrais tout ce que tu as fait ?

— Non, ce serait dans d'autres mains.

— Mais Cap Voile c'est toi qui l'a créé, c'est presque ton nouveau nom !

— Je le sais, répondit Bernard en riant. Mais tu vois pour l'instant je me concentre plus sur la consolidation de mon entreprise, qui est encore fragile, que sur des projets à quinze ans de distance !

Il regardait son fils qui semblait réfléchir intensément.

— À quoi penses-tu, Romain ?

— Aux études qu'il faut faire pour faire ton métier.

— Pourquoi ?

— Parce que je trouve que tu fais un boulot super et que j'aimerais bien en faire autant… Et comme ça, Cap Voile restera dans la famille !

Bernard regarda son fils aîné, comme s'il ne l'avait jamais vu. Il comprit alors qu'aucune des difficultés qu'il avait dû vaincre depuis ces derniers mois n'avait été inutile, puisque son propre fils en avait retiré une réelle fierté.

Il était incapable de trouver les mots pour exprimer ce bonheur si étrange que Romain lui procurait, alors il lui dit simplement.

— Que tu veuilles partager la même passion que moi, toi, mon fils aîné, c'est le plus beau cadeau que tu puisses me faire ! Nous chercherons ensemble le meilleur chemin pour que tu réussisses à acquérir les connaissances utiles à ce travail, Romain, mais il y a quelque chose que tu peux apprendre sur le tas, dès maintenant : c'est aimer la mer. Et tu ne pourras vraiment l'aimer qu'en essayant de la connaître, d'en découvrir les caprices, les folies, les moments de calme et toutes les richesses. Si tu n'aimes pas la mer, tu ne pourras jamais aimer les bateaux.

— Je sais et je me suis déjà inscrit au club de voile, je préfère ça au judo et maman veut bien.

L'adolescent sourit à son père, ravi de cette complicité qui le menait vers le monde des adultes dont il rêvait déjà.

— Je suis très fier de toi, Romain !

— Moi aussi, Papa.

49

Arnaud se sentait extrêmement maladroit dans son rôle de jeune marié, d'autant plus quand il lui fallut faire la connaissance de toute la famille de Charlotte. Famille qui regardait d'un œil critique, ce nouvel arrivant.

— Tu es certaine que c'est le bon, cette fois ? dit le père de Charlotte en regardant Arnaud droit dans les yeux.

— J'apprécie ta délicatesse, papa, répondit celle-ci en grimaçant. Si c'est pour me critiquer, tu n'étais pas obligé de venir !

Arnaud la serra contre lui.

— Je comprends votre réaction, Monsieur. J'ai tout de même attendu d'avoir 35 ans pour me marier et j'ai eu le temps de m'apercevoir de ce que valent les autres femmes. Votre fille est une perle, elle me rend heureux et je suis très fier d'entrer dans votre famille.

L'homme, âgé d'une soixantaine d'années, le dévisagea.

— Vous ne ressemblez pas au précédent… loin de là… Je ne l'aimais pas celui-là et c'était réciproque… Bon… vous paraissez plein de bon sens et ma foi… assez sympathique, j'accepte de vous donner la main de ma fille… à une condition.

— Laquelle ?

— Rendez-la heureuse cette fois, elle le mérite !

Charlotte soupira, mourrant d'envie de lui dire qu'à son âge, elle pouvait se passer de la permission de ses parents. Mais elle se réjouissait de voir qu'Arnaud avait pu détendre l'atmosphère et qu'il semblait même bien accueilli. Elle l'en aima encore plus !

La cérémonie à la mairie fut courte et discrète, devant une dizaine de personnes seulement. Le repas qui suivit fut excellent, bref tout se passa normalement pour un jeune couple, souhaitant simplement officialiser un amour vrai et profond.

— Tu ne m'as pas dit où nous allons en voyage de noces, dit Charlotte le lendemain matin qui suivit la fête. (Elle avait ouvert une valise.) Je mets des vêtements chauds ou froids ?

— Rien.

— Comment rien, on ne part pas ? répliqua-t-elle attristée.

— Rien, parce que c'est le rien qui te va le mieux ! répondit-il en riant et en retirant sa fine robe de chambre.

Elle se laissa embrasser, ravie.

— Tu ne m'as pas donné de réponse pour les vêtements, dit-elle un peu plus tard… Alors ?

— Des vêtements très légers, nous partons… devine !

— En Afrique ?

— Gagné !

— Et… tu vas en profiter, je le parie, pour voir tes clients et essayer de résoudre ton problème.

— J'ai réservé les plus beaux hôtels, prévu un safari, et plusieurs équipées dans des régions magnifiques…

— Et tes clients aussi ? Tu ne m'as pas répondu.

— Les clients aussi, au passage… Mais connaître les Africains, être reçu chez eux, c'est la façon la plus extraordinaire pour découvrir le pays, et tu ne seras pas déçue!... Tu... tu aurais voulu autre chose? demanda-t-il avec un petit air penaud, faussement désolé.

— Non, non, c'est très bien, c'est même extraordinaire. Nous ne pourrions nous permettre d'abandonner la boîte totalement en ce moment, nous travaillerons ainsi encore un peu, mais de loin.

— Je savais que tu étais la plus merveilleuse des femmes! Édouard peut rester à Récup'Tex une quinzaine de jours, nous avons donc tout le temps pour nous reposer, voyager et surtout essayer de résoudre le cas Alcibiade.

— Tu sais comment t'y prendre?

— Non... Non... je suis dans le flou le plus complet!

Ils n'eurent pas à se poser longtemps la question de savoir comment retrouver la piste d'Alcibiade en Afrique, car des grèves empêchèrent tout départ d'avions pendant plusieurs jours. Ils décidèrent alors de ne rien décider et partirent au hasard sur les routes de France, découvrant la richesse architecturale des villes, le charme des villages endormis, le mystère des petits châteaux nichés au creux des vallées et la beauté de sites sauvages.

Ils couchèrent en chambres d'hôtes chez l'habitant prenant plaisir à déguster les spécialités locales... et Arnaud se rendit compte qu'il ne connaissait même pas sa terre natale et que c'était bien dommage!

La semaine d'insouciance passa trop vite. Édouard dut appeler Arnaud.

— Excuse-moi lui dit-il, mais ton banquier bloque tout et je ne sais que faire.

— Comment cela? demanda Arnaud inquiet.

— Tous les chèques que tu as faits ces derniers temps sont rejetés et il te menace d'interdit bancaire.

— Et merde ! Je rentre demain… je ne vais pas me laisser faire ! On fera une analyse précise de la situation, les perspectives de marchés, etc. Est-ce que tu peux me faire un bilan complet de toutes tes pistes et de tes commandes ? Ce foutu banquier va bien devoir admettre que l'entreprise est viable ! bougonna Arnaud.

— Tout est déjà prêt… Bon allez, profite bien de ta dernière nuit de tranquillité ! répliqua Édouard.

— C'est foutu !

Oui Récup'Tex était viable, et même rentable. Mais il lui fallait d'urgence réussir à récupérer les marchés que lui avait volés Alcibiade ou en créer d'autres. Mais cela prend toujours du temps… Sauf s'il partait lui aussi avec Édouard sur le terrain pendant quelques semaines.

Mais son organisation de vie était maintenant totalement chamboulée. Il lui était impossible de tout quitter sur un coup de tête, embarquant en quelques minutes un sac à dos toujours à moitié prêt. Il avait une femme, avec qui il s'était engagé pour toute la vie, il ne pouvait l'abandonner moins de quinze jours après leur mariage ! Elle en comprendrait sans doute l'urgente nécessité, mais ce n'était pas drôle !

Charlotte reprit son travail, encore sous le charme de ces quelques jours de bonheur absolu. Derrière la vitre du bureau qui donnait sur l'atelier, elle voyait Arnaud gigoter comme un ours en cage. Il faisait de grands gestes devant Édouard assis calmement. Se rasseyait, prenait son téléphone, se relevait. Elle sourit en se disant qu'il faisait ainsi un peu de sport !

— J'ai appelé le brave Gaston de Libreville, dit-il à Édouard, le pauvre bougre ne sait plus ce qu'il doit faire. Il voudrait me passer des commandes, mais il est sous la menace permanente de la clique d'Alcibiade qui vérifie avec sans gêne, tous ses articles et qui exige qu'il soit leur seul client.

— Mais Alcibiade n'a tout de même pas une armée à sa disposition, s'exclama Édouard, il doit y avoir moyen de l'arrêter !

— Il suffit de savoir qu'un seul type sans scrupule peut débarquer un jour ou l'autre dans ton magasin et tout casser, pour que tu ne prennes pas le risque de lui déplaire ! Mais tu as raison aussi, il ne peut être partout. Je crois cependant qu'il nous faut d'urgence trouver de nouveaux clients sans attendre de pouvoir récupérer les anciens.

— Et pour la banque, qu'est-ce que tu fais ?

Arnaud soupira.

— Je vais y aller et essayer de négocier ce que je peux ! Il est hors de questions qu'on nous force à arrêter l'activité ! Hors de question ! répéta-t-il en tapant sur la table de façon si violente qu'il fit rebondir tout ce qui s'y trouvait.

— Je t'accompagne, à deux on aura plus d'arguments.

— Christiane, dit Arnaud en partant, repérez sur Internet tous les négoces de textile en Afghanistan, Pakistan, Roumanie, Croatie, Nigeria et Cameroun ou ailleurs si vous en avez l'idée. Vous me faites une liste précise avec les coordonnées et on attaque les démarches dès notre retour… Tenez, voici une carte du monde, vous pourrez ainsi repérer les pays.

En montant en voiture, Arnaud dit à Édouard :

— Il faut aussi que j'ouvre des magasins en France, quelque chose qui ne donne pas l'impression à l'acheteur de récupérer les vieilles fringues des autres… Il faut trouver un concept original avec une communication moderne, tonique… un peu à l'américaine.

— C'est une bonne idée, tu sais que les gens aux États-Unis, ont l'habitude de revendre toutes leurs affaires d'une façon très naturelle.

Ils mettent tout sur leur pelouse devant chez eux et voilà. On achète rapidement et on revend aussi rapidement.

— Il faut réfléchir à cela. On ne va pas se laisser faire bon sang !

Il se reprit soudain et se mit à rire.

— Moi qui trouvais que la boutique commençait à ronronner, je suis servi !

Ils eurent la désagréable impression en s'asseyant devant le banquier, d'être des élèves pris en faute et ayant l'obligation d'expliquer le pourquoi de leurs mauvaises notes. C'était extrêmement blessant, mais il leur était impossible d'y échapper.

Arnaud respira profondément et fit un effort colossal pour rester courtois et aimable tout en expliquant calmement le motif des difficultés passagères de son entreprise.

— Nous avons un gros problème totalement imprévisible, dit-il.

— Dans une nouvelle entreprise, l'interrompit le banquier, les difficultés sont normales et doivent être prévues.

— Ah oui ? ricana Arnaud, même le piratage d'un ordinateur et le chantage d'un voyou ?

— C'est de la malchance, mais vous auriez dû avoir des réserves suffisantes pour parer un cas comme celui-là.

— Je ne vais pas m'énerver, répliqua Arnaud les mâchoires crispées, nos clients africains avec qui nous faisons 60 % de notre chiffre d'affaire ont eu affaire à un escroc qui les forcent à se détourner de nous. Pour l'instant nous ne savons comment récupérer ces clients, aussi sans attendre, nous entamons une démarche commerciale d'envergure vers d'autres pays. Il nous faut un peu de temps, cela ne peut pas rendre du jour au lendemain. Nous vous demandons d'être patient et de ne plus rejeter les chèques surtout ceux des salaires ! C'est une catastrophe !

— Si nous acceptons votre demande, vous allez continuer à tirer plus qu'il n'est raisonnable et notre banque n'est pas responsable des malversations de votre escroc. C'est votre problème, pas le nôtre. Je vais d'ailleurs vous demander la carte bleue et vous préviens que nous continuerons à refuser tous les chèques jusqu'à ce que votre compte soit largement crédité.

— Vous... vous, bafouilla Arnaud, en se dressant face à l'homme qui se recula instinctivement contre le siège de son confortable fauteuil.

Édouard retint son ami par le bras.

— Laisse Arnaud, assieds-toi.

— Non, je ne peux pas... Des mois d'effort vont être ruinés en un clin d'œil parce que Monsieur refuse d'attendre un mois maximum, que cela redémarre ! Est-ce que vous vous rendez compte de ce que vous faites ? continua-t-il soudain abattu.

— Il y va de l'intérêt de notre banque donc de tous nos clients. C'est la loi bancaire, sans doute vous paraît-elle inhumaine, mais qu'y puis-je ?

Arnaud souffla en secouant la tête dans un mouvement de désespoir.

— Mais que feriez-vous à notre place ?

— D'abord je ne suis pas à votre place. Ensuite, demandez-vous de votre côté ce que vous, vous feriez à la mienne ! Nous ne sommes pas un organisme de charité publique et l'argent ne nous appartient pas.

— Je le sais, je ne suis pas idiot ! bougonna Arnaud, je ne vous demande pas de faire une croix sur mes dettes, mais de me donner un peu d'oxygène pour avoir le temps de trouver de l'argent. Ce n'est pas difficile à comprendre !

— La discussion est close, Monsieur Mainvilliers, je veux l'argent sur le compte demain.

— Vous savez bien que c'est impossible, je vous demande une semaine.

— Non.

— Cinq jours alors ?

— Trois jours, trois et pas un de plus ! Sinon, vous serez interdit bancaire… Je… je suis désolé, reprit-il d'un ton plus doux, je n'aime pas devoir vous dire cela… Mais j'y suis obligé, croyez-moi…

Il se leva pour signifier la fin de l'entretien. Arnaud et Édouard en firent autant et quittèrent le bureau sans avoir réussi à faire l'effort de lui dire au revoir.

— On est dans une merde noire, ronchonna Arnaud.

— Je ne t'ai même pas aidé devant le banquier, dit Édouard, il m'a paralysé ce type. C'est bien la première fois de ma vie que je me trouve dans une situation aussi dégradante !

— Je ne peux plus rien mettre dans la boîte, je suis aussi totalement à sec, soupira Arnaud. Cela fait plus de deux mois que je ne me verse aucun salaire et le voyage au Gabon a fini par vider le peu qui me restait personnellement. Je n'ai pas voulu pomper la boîte davantage. Mais on ne va pas se laisser faire ! Je téléphonerai et enverrai des mails pendant trois jours et trois nuits, s'il le faut, mais jamais je n'accepterai de déposer le bilan. J'aurais bien trop honte !

— Ce qui est arrivé ne relève pas d'une incompétence professionnelle, c'est de la malversation.

— Le pire c'est que l'on ne peut rien faire contre cet Alcibiade de malheur, parce qu'il n'est pas sur le territoire français.

— À moins de trouver un tueur à gage !

— J'espère méchamment que quelqu'un le fera à notre place ! Il a des ennemis partout ce type ! J'ai été naïf avec ce mec, quand j'y pense, je me traite de con !

— J'ai fait pareil. Quand on est jeune, et que l'on rencontre un baroudeur de cette espèce qui prend les gens avec perversité et malice dans ses filets, on ne voit pas le piège !

Tout en parlant, ils étaient arrivés à Récup'Tex. Christiane leur avait préparé une liste de contacts, avec l'activité précise de chacun et les numéros de téléphone, de fax ainsi que les adresses mail.

— Parfait, s'exclama Arnaud en lisant le relevé, parfait, magnifique ! Vous avez fait du bon boulot.

Rouge de plaisir, la secrétaire, se remit à travailler avec ardeur. Elle avait tant à se faire pardonner !

Édouard regardait la liste, penché au-dessus d'Arnaud qui s'était assis à sa table de travail.

— Je vais prendre tout ce qui concerne les pays de l'Est, puisque je commence à nous y implanter.

— D'accord, moi je vais faire le reste.

— Bonjour tout le monde, s'écria Vivien Cataloni en entrant dans le bureau comme d'habitude, tel un courant d'air. Salut Arnaud, Édouard. Bonjour Christiane. Alors comment va ?

— Nous ne sommes pas encore morts, s'exclama Arnaud. En coma, mais il nous reste un souffle de vie ! Pour l'instant la situation en Afrique est bloquée, les banquiers râlent, mais on va creuser d'autres marchés en espérant qu'il y aura très vite du répondant… Et que les banques prendront patience sans avoir l'intention de nous euthanasier !

— Tu as vu ton banquier ?

— Oh oui… comme un élève pris en faute.

— Il fait son boulot, répliqua Vivien, mais tu fais comment avec tes clients africains ? Tu…

Il se tut soudain, l'attention attiré par l'atelier où il voyait Jacqueline, qui levait une robe, la posait sur elle puis la regardait attentivement avec un air d'admiration. D'un geste sec, elle la jeta ensuite dans un bac.

— Mais bon sang, on aurait dû y penser plus tôt! s'exclama-t-il en se tapant le front.

— À quoi? demanda Arnaud qui s'apprêtait à décrocher le téléphone.

— À deux choses: vous débordez littéralement de vêtements qu'il ne vous est pas possible d'écouler suffisamment pour l'instant; vous avez de très belles choses qui feraient certainement plaisir à des gens d'ici si vous les revendiez à bas prix. Vous organisez au plus vite une grande vente style braderie et non seulement vous écoulez le stock, mais en plus vous faites entrer de l'argent, rapidement…

— Mais c'est pas con, pas con du tout, on aurait dû y penser plus tôt! s'exclama Arnaud.

— Tu sais, répliqua Vivien, à force d'avoir le nez dans tes difficultés, c'est naturel de laisser échapper certaines choses.

— Christiane, vous pouvez appeler Charlotte s'il vous plaît? Qu'est-ce que tu en penses Édouard?

— Comme tu le dis, c'est pas con du tout… au contraire! À mon avis, pas trop difficile à mettre en place, mais tu vas avoir un peu de frais de pub, tu ne peux pas faire autrement.

Charlotte entrait dans le bureau. Arnaud la trouva particulièrement jolie, mais se contenta de lui lancer un beau sourire tout en lui exposant l'idée de Vivien. Elle réfléchit un moment en silence, puis, s'asseyant, elle prit un papier et un crayon.

— Cela peut marcher et on ne risque rien, au point où l'on en est. Les filles pourraient s'occuper de préparer les vêtements sur des cintres, il faut trouver suffisamment de portants… et on mettrait tout le monde dans le coup pour la vente, je suis certaine qu'elles ne diraient pas non… Christiane et moi on tiendrait la caisse… Vous verriez cela sur combien de jours? demanda-t-elle en regardant les trois hommes.

— Oh… trois? Jeudi, vendredi et samedi.

— Peut-être quatre, en ajoutant le mercredi, parce que les mères de familles pourraient venir avec leurs enfants et essayer les vêtements.

— Il faut alors une cabine d'essayage…

— Au moins quatre, mais c'est facile à monter… On n'a pas besoin de luxe, c'est une vente d'usine, cela plaît tout autant et les gens adorent se précipiter sur les bonnes occasions.

— Ta pub, tu la ferais comment ? demanda Vivien.

— Très simple, sans couleur, prix minima, grande quantité. On va concevoir le trac nous-même. Christiane, vous pouvez vous renseigner chez un imprimeur ?

— Il faut voir aussi l'autorisation légale pour faire cette vente ici, dit Charlotte, il y a des réglementations strictes en ce domaine, il faut demander à la préfecture.

Vivien les regardait en souriant.

— Je sentais les difficultés arriver, dit celui-ci à Arnaud, mais j'espérais que la situation se débloquerait plus vite. Cette idée me semble faisable, cela peut te donner une bonne avancée d'argent frais et permettre ainsi de faire patienter le banquier. Pour ta pub, je te conseille l'imprimerie Delos, c'est un ancien lauréat de l'association, il comprendra l'urgence, travaille bien et à prix intéressants. Tu pourrais aussi appeler Patrick Dupuis, il a une boîte qui loue du matériel de réception, il pourrait te passer des portants, des tables, enfin tout ce dont tu pourrais avoir besoin. Lui aussi est de l'association… Bon tu vois autre chose ?

— Oui, un conseil, qu'est-ce que je dois faire avec le banquier ?

— Te faire le plus humble possible, crois-en mon expérience, même si tu as envie de lui casser la figure ! Tu dois absolument l'appeler aujourd'hui et lui parler tout de suite de ton projet pour qu'il puisse patienter encore un peu. C'est son intérêt de toutes les façons. Calcule approximativement ce que tu peux gagner en quatre jours de vente et dis-le lui.

— Merci pour tous ces renseignements. On va y arriver, bon sang !

Ils travaillèrent sur le projet, très tard dans la nuit et cela leur faisait un bien fou de construire quelque chose qui allait pouvoir être rentable tout de suite.

50

Tandis qu'Arnaud se battait avec son banquier, Bernard terminait de remplir un chèque avec une immense satisfaction : c'était le début du remboursement du prêt d'honneur que lui avait accordé l'association. Ce chèque c'était la preuve du commencement de sa réussite, c'était la fierté d'avoir pu vaincre des milliers d'obstacles, c'était la reconnaissance envers ceux qui lui avaient fait confiance.

Son année avait été excellente, et l'année suivante s'annonçait telle qu'il allait lui falloir procéder à des embauches supplémentaires. Il avait des commandes fermes pour les deux types de voiliers. C'était merveilleux.

Le salon nautique avait été un véritable tremplin. Intimidé de se retrouver au milieu de tant de grands noms de la construction navale, Bernard s'était vite démarqué en sachant partager sa passion et surtout en donnant confiance aux nombreux acheteurs potentiels. Son voilier était vraiment beau, soigné dans les moindres détails, intelligemment conçu autant pour la navigation que pour le confort. Il avait passionné un homme d'une quarantaine d'années à qui il avait raconté en riant, les frayeurs du premier essai en mer et la découverte par le fait même de l'extraordinaire maniabilité du bateau.

Il s'avéra que cet homme était journaliste et Bernard découvrit avec ahurissement un article de deux pages sur Cap Voile, dont on louait le sérieux et les compétences alliées à ce petit quelque chose de plus qui donne une âme aux bateaux.

Une seule chose ternissait son bonheur : Valérie semblait toujours épuisée et démoralisée. Elle n'avait pas poursuivi bien longtemps toutes les activités qu'elle avait décidé d'entreprendre.

— Je voudrais être en forme, lui dit-elle un soir, la tristesse au fond des yeux, je me sens si flasque… c'est démoralisant. Je voudrais pouvoir me secouer, mais je n'y arrive pas.

— Que dit le médecin ?

— Que je déprime ! Alors il me donne des tas de cochonneries et cela me fout par terre encore plus ! Je t'avoue que je ne prends plus rien depuis un moment. J'avais l'impression d'être comme un zombie !

— Je ne m'y connais pas en médecine mais il faudrait peut-être que tu fasses une prise de sang, tu as peut-être un déséquilibre de quelque chose et c'est cela qui te rend si fatiguée. Il ne t'en a pas fait faire ?

— Non, soupira-t-elle, il me dit que je ne supporte pas la situation familiale et la maladie d'Églantine.

— C'est un peu facile comme diagnostic.

— Au début c'était vrai, mais j'admets maintenant tout cela. Il faut aller de l'avant, c'est la seule façon de s'en sortir.

— On va aller le voir ensemble, ce n'est pas naturel que tu sois si épuisée alors que tu étais toujours dynamique. D'accord ?

Elle secoua la tête, comme une petite fille.

Bernard avait raison et on découvrit chez Valérie un très mauvais fonctionnement de la thyroïde, ce qui est assez fréquent chez une femme à la quarantaine. Sous traitement, elle reprit goût à la vie, elle dormit mieux, mincit légèrement et se remit à sourire.

Un jour elle arriva à Cap Voile, sans prévenir Bernard. La petite Églantine commençait enfin à faire ses premiers pas et elle la tenait devant elle par les deux mains.

— Bonjour, dit-elle simplement, on peut visiter ?

— Cela… t'intéresse ? demanda Bernard tout heureux de sa venue.

— Étant donné tout ce que me raconte Romain sur tes fameux voiliers, je commençais à avoir un manque, dit-elle en riant. C'est… c'est beau ici, cela sent merveilleusement bon… ce vernis, ce bois. J'ai honte d'avoir refusé si longtemps de connaître ton lieu de travail.

Bernard prit la petite fille dans ses bras et emmena sa femme dans tous les recoins des ateliers.

— C'est magnifique ce que tu fais, chéri… J'ai eu tort de tout critiquer ces derniers mois et de vouloir t'empêcher de faire tout cela. Tu ne m'as pas écouté, heureusement. Sans doute étais-je trop fatiguée pour réussir à lutter comme toi, en même temps que toi… Tu… tu ne m'en veux pas ?

— C'est vrai que ta réaction a été pénible parfois, mais je sais que moi aussi je n'étais pas drôle tous les jours et que je t'ai laissé tomber avec les enfants. On a tenu bon ensemble, tout de même et c'est ce qui est important. La tempête est passée, notre bateau familial a résisté et c'est bien !

— Oui, c'est bien, répéta-t-elle, en appuyant son visage contre son épaule.

— J'ai réfléchi à quelque chose, dit Valérie le soir même, quand les enfants furent couchés, crois-tu qu'Églantine pourrait aimer la mer, le bateau… à son niveau bien sûr. Il faut lui faire découvrir beaucoup de choses et on verra ainsi ce qui lui fait faire le plus de progrès… Qu'est-ce que tu en penses ?

— Tu as sans doute une bonne idée. On va en parler à Romain et à Ludovic, c'est important de les mettre dans le coup et cela leur fera plaisir aussi car ils aiment énormément leur petite sœur. Je pourrais peut-être concevoir un voilier petit, très stable, comme un Optimist mais en mieux.

— Je me disais qu'il y avait peut-être un concept à développer pour tous ces enfants qui n'ont pas la même conscience de la vie que nous… je crois que Ludovic m'a fait comprendre que faire rire notre petite puce, faire rire ces enfants, c'est une chose absolument merveilleuse et même vitale… Tu vois, Bernard, elle nous a fait pleurer quand on a connu son handicap, alors je voudrais que nos pleurs se transforment en rire, pour elle, pour qu'elle soit heureuse.

51

Kouros, l'aide démoniaque d'Alcibiade, commençait à prendre un plaisir immense à ses tournées vengeresses. Même s'il se sentait parfois pieds et poings liés par son patron, il avait bien conscience que l'embonpoint d'Alcibiade et sa mauvaise santé, l'empêchait de plus en plus de tout contrôler. Tout en continuant à utiliser ce nom qui engendrait chaque fois une immense frayeur, il détournait de nombreuses opérations punitives à son seul profit. Il utilisait pour cela des bandes de truands qu'il débauchait un peu partout.

À Libreville, Gaston s'en voulait de plus en plus de son attitude de lâche, vis-à-vis d'Arnaud, quand il apprit par un de ses cousins qui travaillait à l'aéroport que le service des douanes était sur une grosse affaire de contrefaçon dans le textile.

La peur l'empoigna. Il allait perdre toute sa marchandise et surtout risquait de devoir payer d'énormes amendes ou même d'aller en prison.

Il fallait qu'il prévienne tous ses cousins qui avaient eux aussi des magasins, car là-bas tout le monde est cousin avec tout le monde !

Ils réussirent à se retrouver le lendemain soir chez Gaston.

— Il faut tout cacher ou jeter, je ne sais pas, dit celui-ci. Mais si on trouve cette marchandise chez nous, on risque gros.

— On ne peut pas jeter, cela va nous coûter trop cher, se plaignit un homme maigre.

— Si tu es en prison avec une forte amende, cela te coûtera encore plus cher.

— Je crois, répliqua un vieillard, que nous pouvons retirer toutes les étiquettes de marque, quand c'est possible, ainsi on ne reconnaîtra pas les vêtements. Pour les autres, il faut les enterrer quelque part, le temps que cela se calme.

— Est-ce qu'on ne risque rien avec ce type qui nous menace sans arrêt ? reprit l'homme au visage émacié.

— Si les douanes font bien leur travail, et mon cousin me l'a dit, et je crois ce que mon cousin me dit, il va être arrêté ou alors il sera en fuite, mais ne pourra plus nous nuire.

— C'est bien, c'est bien, reprit le vieillard, les méchants sont toujours punis. Et ses vêtements n'étaient pas bons, les coutures ne tenaient pas, les boutons partaient tout de suite, le tissu était fragile… Moi je vais en recommander à Mister Liers.

— Oui, oui, moi aussi, dit Gaston. On lui a fait du tort à mon ami français, parce que nous avons eu peur. Nous avons été des lâches. Ce n'est pas bien, dit-il encore en secouant la tête.

Dans les heures qui suivirent ce conciliabule, un curieux va-et-vient de camionnettes bringuebalantes eut lieu. Longtemps on travailla dans les magasins et ateliers.

Tard dans la nuit, Gaston se coucha. Clarisse remua et ouvrit les yeux.

— Tu vas bien ? dit-elle.

— Bien, toutes les mauvaises choses sont enterrées, personne ne les trouvera.

— C'est bien… tu n'iras pas en prison.

— Demain j'enverrai une commande à Arnaud, une grosse commande, pour qu'il me pardonne ma lâcheté.

Souriant aux étoiles qui scintillaient dans un ciel pur, Gaston était heureux, la conscience enfin en paix.

Trois jours plus tard, Kouros et quelques-uns des truands qui l'accompagnaient furent arrêtés, toute la marchandise fut confisquée.

Gaston comme ses cousins virent arriver chez eux les douaniers et la police. La perquisition se fit en règle. Documents à l'appui, Gaston put prouver, le sourire aux lèvres, l'origine de toutes ses fournitures.

Dans d'autres villes, quelques marchandises mal dissimulées furent saisies par-ci par-là, de quoi récompenser l'ardeur des fonctionnaires de police.

52

Alcibiade était allongé dans une large et confortable chaise longue installée sur une magnifique plage de l'île de Sumatra. Il avait décidé d'en faire le tour, toujours à l'affût de nouvelles affaires intéressantes, tournant rapidement la page du Gabon, ayant appris l'arrestation de Kouros.

Il espérait que celui-ci mourrait rapidement grâce aux bons soins d'un tueur qu'il payait de temps à autre pour accomplir ce qu'il appelait « des actes de salut personnel ». Il craignait par dessus tout, que Kouros le dénonce car ce dernier en savait assez sur lui pour le faire envoyer derrière les barreaux d'une prison pour le restant de ses jours.

Il avait décidé de se reposer un peu, se sentant particulièrement fatigué avec de fréquents maux de tête. Sa tension toujours trop haute lui donnait des palpitations angoissantes.

La mer incitait au bain, mais il avait horreur de cela. Il se contentait de la regarder, sans que l'on puisse deviner s'il l'admirait un tant soit peu. La tête recouverte d'un chapeau de paille, il s'était endormi.

Des enfants passèrent près de lui et constatant son immobilité totale, prirent le risque d'approcher leurs petites mains lestes de la veste entrebâillée.

En un tour de magie rapide, ils dérobèrent le portefeuille et le téléphone d'Alcibiade qui ne se rendit compte de rien.

Quand le soleil éclaboussa la mer en y jetant ses derniers rayons, le gros homme était toujours allongé, immobile.

Tard dans la nuit, deux jeunes amoureux le virent ainsi. Intrigués, ils s'en approchèrent et poussèrent des cris d'effroi.

La police constata le décès d'un homme sans identité, de nationalité inconnue.

Il fut emmené à la morgue.
Nul ne savait qui il était.

Loin de là, pour toucher son confortable salaire, le tueur avait surveillé la cour de la prison où était enfermé Kouros.

Juché en haut d'un arbre, une lunette puissante vissée au canon de son fusil, il attendit patiemment la promenade des prisonniers.

Kouros, tomba brusquement, la poitrine maculée de sang.

53

Ignorant totalement ce qui se passait à des milliers de kilomètres de chez lui, Arnaud travaillait sans relâche, Vivien l'appela.

— J'ai vu ton banquier, c'est le mien également, dit-il en parlant à toute allure comme toujours. Je lui ai dit que j'étais ton accompagnateur et je l'ai persuadé que tu déployais un effort colossal pour t'en sortir. Il accepte d'attendre le résultat de ta vente, pour te donner un dernier laps de temps, mais pas plus, c'est son dernier mot !

— Cela me fait quinze jours de rab, c'est toujours ça de pris. Merci de ce que tu as fait. S'il faut arrêter, on arrêtera, mais je me serai battu jusqu'au bout !

— Comment réagit ton personnel ?

— Pas trop mal, on leur a expliqué la situation de façon très précise. Ils savent que nous sommes sur une pente raide et dangereuse, donc ils y mettent tous le paquet… pour l'instant. Il y a quelques récalcitrants, des râleurs nés, mais ils sont bien obligés d'avancer avec tout le monde.

— Bon excuse-moi je rentre en réunion, dit Vivien, on se rappelle.

— OK, merci encore !

L'effervescence était à son comble chez Récup'Tex. On avait essayé de libérer le maximum de place possible pour permettre aux clients de passer entre les bacs de vêtements. Les plus belles choses avaient été mises sur des portants. Des coins de l'atelier avaient été cachés derrière de grandes tentures et cela faisait deux jours que les tris étaient arrêtés au profit de la préparation de la vente.

Devant la difficulté de la situation, chacun avait accepté de distribuer de nombreux tracts dans son quartier et chez des commerçants. C'était leur boulot qui était en jeu, il fallait que cela fonctionne et même que cela fonctionne très bien !

Le premier matin de la vente, l'anxiété était perceptible jusqu'à ce qu'une horde se précipite pour repérer les plus belles affaires.

En quelques minutes il y eut un hourvari indescriptible, entrecoupé de hurlements de gosses qui faisaient des caprices.

Quand cela se calma un peu vers midi, on avait l'impression qu'un ouragan était passé dans l'atelier. De nombreux vêtements jonchaient le sol malgré le soin qu'apportaient les employés à les ramasser en permanence.

— Tu crois qu'on pourra tenir le coup pendant trois jours ? demanda Christiane à Charlotte qui s'était assise un instant en tirant sur un sandwich.

— Il faudra bien, mais ça marche dis donc ! Cela me rappelle les soldes dans mon magasin, dit-elle en s'essuyant la bouche et en ramassant un petit bout de pain tombé sur son pantalon.

— Tu avais un magasin ?

— Hum… il y a quelques années, un superbe magasin avec de très beaux vêtements.

— Et qu'est-ce que c'est devenu ?

— Oh, les aléas d'un mariage raté avec un type qui m'a escroquée… Je préfère ne plus y penser.

— Excuse-moi, je ne savais pas.

Arnaud s'était approché, très souriant, des liasses de papier en main.

— Alors, vous êtes contentes ? demanda-t-il en embrassant Charlotte.

— C'est bon pour l'instant, pourvu que cela dure. Et toi, tu réussis à travailler malgré le chahut ?

— Regarde, dit-il en lui montrant les papiers.

Charlotte lut un court instant. Elle fixa son mari dans les yeux, incrédule.

— Ce sont… tous tes clients de Libreville ?

— Oui, oui. J'ai reçu ces quatre commandes ce matin. Je ne sais pas ce qui s'est passé, c'est fantastique.

— Ouah ! s'exclama-t-elle en lui sautant au cou, je vais le dire aux autres, cela va remonter le moral de toute l'équipe.

54

Il y avait déjà une année que Bernard et Arnaud avaient été officiellement présentés à un large panel de personnalités, lors de la soirée des lauréats de l'association.

Ils arrivèrent ensemble pour la fête de la nouvelle promotion et essayèrent de repérer tous leurs amis, au milieu de la foule.

— Marie ! Comment vas-tu ?

— Bien, bien Arnaud et toi ? Remis de toutes tes aventures ?

— Je n'en ai pas manqué en effet, mais je dois avoir le caractère à attirer tous les ennuis !

— Tu t'en es sorti, c'est le principal. Bernard, salut ! dit-elle en l'embrassant, ça va ? Dis donc, j'ai vu un magnifique article sur toi, bravo !

— Merci. Et toi, comment cela se passe ?

— Difficile, mais je crois que c'est Napoléon qui disait que l'art de réussir c'est l'art d'être tantôt très audacieux, tantôt très prudent. Je suis dans ma phase de prudence et j'espère tenir le coup. Tu as des nouvelles de Philippe, je crois que c'était assez difficile pour lui ?

— Il a dû arrêter son activité, trop d'investissement, trop de charges, pas assez de clients.

— Le pauvre ! Il sera là ce soir ?

— Je ne crois pas, je sais qu'il est invité, mais il ne se sent pas trop à l'aise. Il a très mal vécu cet échec.

— C'est normal, dit Arnaud. On sait bien que l'on est en permanence en équilibre instable entre réussite et échec et personnellement on s'investit tous énormément dans sa boîte. Si elle coule, on a l'impression de couler avec.

— On y va ? dit Bernard en désignant l'immense salle qui se remplissait peu à peu d'une majorité d'hommes aux costumes sombres.

Les trois amis, assis l'un à côté de l'autre, découvrirent avec une certaine émotion les vingt-cinq nouveaux lauréats, qui allaient être récompensés pour le prix de leur audace. Ils étaient tous particulièrement intimidés devant les centaines d'yeux qui les dévisageaient. Le trio se rappelait la façon enthousiaste et un peu naïve avec laquelle ils avaient décrit leur projet durant les trois minutes qui leur étaient imparties. Ils pensaient avec nostalgie, aux rêves qui avaient hanté toutes leurs nuits, avant de connaître la réalité froide et implacable du quotidien d'un chef d'entreprise.

En consultant le nouvel annuaire de l'association, ils s'amusaient à faire des pronostics sur le devenir des uns et des autres.

— Celui-là, il va s'en sortir, une idée géniale. Celui-là, c'est bizarre son truc, il va lui falloir sacrément bosser. Ça, c'est une bonne équipe de pros. Et lui ? Le marché est déjà tellement saturé !

— Tu crois qu'on nous a jugés aussi de cette façon, si cruellement ? demanda Arnaud en chuchotant.

— Sans aucun doute, dit Marie. Récup'Tex, c'était bon pour des associations de SDF, pas une entreprise. Tes bateaux, Bernard, une utopie de la cinquantaine. Et moi ? Que venait donc faire une bonne femme dans la reprise d'une entreprise sans avenir ! Tu vois, il faut laisser aux gens le temps de faire leurs preuves et je crois de plus en plus que ce n'est pas seulement le produit qui fera que ton affaire est belle, mais surtout ta qualité humaine, ta pugnacité, ta créativité… enfin ce petit quelque chose qui fait que tu es un « faiseur de pluie » comme disent les Américains.

— Un faiseur de pluie ? interrogea Arnaud, qu'est-ce que c'est ?

— « The rainmaker », en anglais, c'est celui qui réalise des miracles pour les ventes. Je préférerais le terme de semeur de pluie, c'est plus joli. On sème et peu à peu on réussit à faire sortir de terre les choses les plus belles, même en terrain aride, comme la fleur qui jaillit en plein désert après une pluie.

— Tu es une jolie poétesse, Marie ! s'exclama Arnaud.

— Peut-être, dit-elle en riant, mais ce n'est pas avec ça que je pourrai gagner ma vie. Et c'est dommage !

Ils se turent soudain car les discours commençaient.

Lors du cocktail qui suivit, ils retrouvèrent avec plaisir plusieurs membres de leur promotion au milieu d'un brouhaha indescriptible.

Franck Durand, comme les différents responsables de l'association, était particulièrement entouré. Des politiques essayaient de repérer les mains utiles à serrer, de nombreuses cartes de visite s'échangeaient. Des journalistes interrogeaient les nouveaux lauréats qui avaient réussi par miracle à retrouver le chemin de leur petit stand où leur entreprise était exposée.

Une étrange atmosphère régnait au cœur de cette foule qui tenait les rênes économiques de la région. On y découvrait des visages graves ou souriants, des yeux vifs ou des regards épuisés, on entendait des discours enthousiastes ou blasés, on s'échangeait les bons tuyaux… pour tenir, pour imaginer, pour créer, parce qu'il le fallait, pour soi et pour tous ceux dont on était responsable, et puis aussi parce que chacun avait en lui cette fibre si particulière et indestructible : celle de l'entrepreneur.

— Tu vois, dit Arnaud à Bernard, cela me fait quelque chose de me retrouver ici, de l'autre côté de la barrière, parmi tous ces chefs d'entreprise. Je ne me rendais pas vraiment compte de ce que j'avais créé !

— Tu as la chance d'être jeune, de pouvoir encore énormément évoluer et tel que je te connais, d'imaginer encore des tas de choses où il t'arrivera mille aventures.

— Oui, oui… tu as raison. Récup'Tex est maintenant sur de bons rails, je sens que je vais vite m'y ennuyer. Je revendrai et recréerai autre chose, cela ne fait aucun doute.

— Tu voudrais repartir dans tous les coins du monde ?

— Moi, oui. Mais je ne suis plus seul, loin de là. Parce que… je vais connaître, tout d'abord, une aventure qui m'effraie complètement et je suis encore plus paniqué que si j'avais devant moi dix banquiers en colère !

— Quelle aventure ? demande Bernard intrigué.

— La paternité !

— Formidable ! Félicitations ! Mais tu verras c'est beaucoup plus simple qu'on ne le croit.

— Euh, oui, oui… mais, dit-il avec une petite moue, sans doute pas si simple.

— Charlotte a des problèmes ?

— Pas vraiment un… mais trois. Elle attend des triplés !

Épilogue

Vouloir mettre le mot FIN à ce roman est chose impossible car l'histoire ne peut se terminer.

Cap Voile peut subir un retournement de situation à cause d'une crise internationale ou de grèves prolongées, comme agrandir son activité et reprendre d'autres constructions navales en difficulté.

Récup'Tex peut tomber sous le coup de l'arrivée sur le marché de produits textiles chinois de grande qualité à coûts réduits, comme générer une multinationale dans un nouveau concept de récupération et de revente.

Une crise économique majeure ou une guerre peut suspendre les prêts des chefs d'entreprises aux créateurs, comme une politique gouvernementale peut assouplir toutes les procédures pour l'embauche et la création d'entreprises.

Il peut donc se passer dix mille événements imprévisibles auxquels il faudra que le chef d'entreprise s'adapte coûte que coûte… et il s'adaptera comme l'ont toujours fait tous ceux qui ont tissé avant lui, le bien-être de la société, au prix de leur audace.

Ce n'est donc pas le mot FIN que je vais mettre à ce roman mais le mot DÉBUT, début de l'aventure d'autres jeunes ou moins jeunes qui auront au fond d'eux-mêmes l'énergie, la pugnacité, la persévérance, la volonté et même ce petit brin de folie et d'insouciance indispensables pour être eux aussi des « semeurs de pluie ».

L'auteur tient à remercier particulièrement tous les créateurs et chefs d'entreprise qui ont accepté de la recevoir et de lui faire découvrir leur passion et leur travail, plus particulièrement,

Sylvie Friocourt et Philippe Kernanet (KFB Industrie), Christophe Desmettre (Demex), Jérôme Maillard (Candas Vannerie), Thomas Gailly (chez Wauquiez International).

L'auteur remercie également :

– les équipes de Réseau Entreprendre, dont Bruno Tesson, Hervé Raby, Bruno Motte et Stéphanie Riquet ;

– l'association Côte d'Opale Entreprendre : Reynold Delattre et Olivier Fourmaintraux ;

– et parmi les auteurs qui l'ont inspirée : François-Xavier Desnoulez, (*Sara Sââdoun*), Jacques Bonte (*Les Patrons textiles du Nord*), Philippe Fabry (*La relève de l'escadre de Perse*).

Cet ouvrage a été composé
par Atlant'Communication
aux Sables-d'Olonne (Vendée).

Achevé d'imprimer en France
en octobre 2006
sur les presses de Corlet Imprimeur

Dépôt légal : novembre 2006
N° d'imprimeur : 95654